U0068286

夏目漱石與村上春樹的比較研究

從現代到
後現代的自我追尋

張小玲———著

本書得到中國教育部人文社會科學青年項目（12YJC752045）和教育部第47批留學回國人員科研啟動基金的資助。

目次

前　言　作為「問題」的夏目漱石與村上春樹　008

第一章　「自我」與現代及後現代
　　　　──以夏目漱石與村上春樹的戀愛小說為中心　023
　　第一節　戀愛與「自我」的悖論──《三四郎》中作為主體的
　　　　　　男性與作為「他者」的女性　024
　　第二節　自我・戀愛・語言──村上春樹作品人物的「自他未
　　　　　　分化」現象研究　041

第二章　現代和後現代語境下的「女性蔑視」　065
　　第一節　「女性嫌惡」與宗教回歸──女性主義角度的《1Q84》
　　　　　　解讀　065
　　第二節　「女性蔑視」傾向的體現與破綻──性差（gender）
　　　　　　視角的夏目漱石與村上春樹比較研究　086

第三章　現代和後現代語境下的中國觀比較研究　108
　　第一節　夏目漱石的中國觀解析──以《滿韓處處》為例　108
　　第二節　作為「符號」的中國──從《諾門罕的鐵的墓場》
　　　　　　看村上春樹的中國觀　125

第四章　現代和後現代語境下「文學」的功能　149
　　第一節　文學的形而上意義──夏目漱石對「文學」內涵的
　　　　　　追尋　149
　　第二節　「物語」與「療癒」──村上春樹的「小說」觀
　　　　　　解析　166

終　章　現代和後現代語境下日本文學者的精英意識
　　　　——從村上春樹對夏目漱石的「誤讀」談起　*189*

附錄一　夏目漱石研究略史　*205*
附錄二　村上春樹研究略史　*214*
附錄三　試論知識分子與民族國家的關係
　　　　——從明治知識分子對文化身份的探詢談起　*221*

參考書目　*239*
後記　*244*

編註：本書引用之夏目漱石與村上春樹作品譯本與台灣譯本不同，以下提供對照表，供讀者參考。

本書中引用之譯名	台灣譯名
哥兒	少爺
諾門罕的鐵的墓場	諾門罕的鐵之墓場
且聽風吟	聽風的歌
斯普特尼克戀人	人造衛星情人
奇鳥形狀錄	發條鳥年代記
世界盡頭與冷酷仙境	世界末日與冷酷異境
地下	地下鐵事件
在約定的場所	約束的場所
1973年的彈子球	1973年的彈珠玩具
開往中國的小船	開往中國的慢船
窮伯母的故事	貧窮叔母的故事

前言 作為「問題」的夏目漱石與村上春樹

一

　　眾所周知，夏目漱石可以說是日本近代文學史上的第一人，他的地位與價值經過一個多世紀歷史的檢驗仍然被證明是無人可以替代的。他生於1867年，逝於1916年，經歷了日本剛剛踏上現代化道路[1]、初顯侵略傾向的整個明治時期。就如同中國文學史上的魯迅一樣，夏目漱石不僅是那個時代的文壇領軍人物，而且是那個時代的思想界代表者。出生於1949年的村上春樹在當代日本文壇的地位也是有目共睹的，雖然作為當代作家，其作品的價值還需要經過時間的檢驗，但是就目前村上春樹作品在世界範圍的影響度來說，他無疑將成為一位即使經過時光沖刷仍然能夠被記住的文學者。日本當代著名文論家柄谷行人曾經在《歷史與反覆》一書中論述過近代日本歷史發展中以六十年為週期的反覆性[2]。他從按照西曆思考和按照日本的

---

[1] 日語中的「近代化」即中文的「現代化」、英文中的「modernization」，日語中的「近代」也指的是中文的「現代」、英文中的「modern」，全書為了統一起見，除有需要特殊加以說明的地方或日語語境中約定俗成的情況以外都使用「現代」一語。

[2] 柄谷行人：《歷史與反覆》，中央編譯出版社，王成譯，2011年。在中文版序言中，柄谷對自己在書中的論述進行了一些修改，認為比起六十年，也許翻倍的一百二十年的週期更加恰當，不過，無論六十年還是一百二十年，柄谷的基本觀點—也即歷史的反覆不能僅僅看成是事件的反覆，而是結構的反覆—沒有

年號來思考所產生的「視差」中，找出了歷史的某種反覆性結構。在書中，柄谷列出了這樣一個對比性圖表[3]：

明治	昭和
（十年 西南戰爭）	（十一年 「二二六事件」）
二十二年 憲法頒佈	二十一年 新憲法公佈
二十七年 日清戰爭	二十六年 媾和會議
	日美安保條約
三十七年 日俄戰爭	三十五年 安保鬥爭
	新安保條約
三十九年 東京奧運會	
四十三年 吞併韓國、大逆事件	四十三年 全共鬥運動
四十四年 修改條約	四十四年 沖繩返還
四十五年 乃木將軍殉葬	四十五年 三島由紀夫自殺

對此，柄谷進行了如此的詮釋：「在此，可以看見用西曆思考時看不到的平行性。這裡異常顯著的呼應關係顯示的全部都是日本確立近代國家體制，實現經濟發展，修改不平等條約，成為與西方列強並肩前進的國家的過程」[4]。而從這個圖表中，筆者注意到，圖中所列舉的一系列重要事件也正是在夏目漱石和村上春樹的文學歷程中佔有重要地位，甚而是形成兩者文學基石的基本點。漱石和村上也正是在這些事件中度過了自己至為重要的青少年及中年時期。明治二十七年日清戰

改變，而且關於一百二十年週期，柄谷是從世界史的視角出發而言，且沒有做
具體論述。故本文仍以柄谷在文中的六十年週期觀點為依據。
[3] 前引《歷史與反覆》一書，第53頁。
[4] 前引《歷史與反覆》一書，第53頁。

爭爆發，其時漱石二十八歲；明治四十五年乃木將軍殉葬，其時漱石四十六歲。這些事件在他幾乎所有重要作品中都有涉及。昭和三十五年安保鬥爭，其時村上十一歲；昭和四十三年全共鬥運動，其時村上十九歲。而這些歷史事件也在村上的眾多作品中構成了極其重要的背景材料。如果按照柄谷的說法，這些事件所構成的「歷史」在明治和昭和時期呈現了「反覆」的結構，那麼，對比討論在如此「反覆」的「歷史」中生活的漱石和村上的文學，將會是一件很有意思和很有意義的工作。具體來說，這種對比研究會使我們對如下一些方面的問題有所啟示：

首先，作為分別處於日本現代和後現代時代的代表作家，通過對他們作品及思想的梳理與比較，將會管窺到日本在現代化道路上懸而未決的一些關鍵問題——如現代性主體的建立、日本知識分子與意識形態的關係等等——的認識軌跡，從而促使我們對日本的現代—後現代道路進行總結反思。日本的現代化道路雖然由於侵略戰爭的失敗被證明是存在重大失誤的，但戰爭責任一直未被認真追究，致使至今為止日本知識界對侵略戰爭的認識仍有很多隱患存在。日本知識分子一直有「被專門化」、用所謂「知識性態度」處理一切思想資源的傾向。尤其是經過二十世紀六七十年代「大學紛爭」運動的失敗後，這種傾向愈加嚴重。而本書論述的一個核心出發點在於陳述文學與文學的主體——作家乃至知識分子階層所代表的審美現代性應該，也能夠構成對社會學意義上的「現代」、「後現代」時代進行反思的力量。雖然夏目漱石和村上春樹在保持知識分子獨立思考力的程度、特徵、目的上有所不同，但是他們至少都做過很多切實的努力，這一點應該得到承認和提倡。

其次，通過對日本現代—後現代道路的探討，我們對「現代」、「後現代」、「現代性」這些起源於西方的舶來概念的內涵將會有一些新的認識。對於中國、日本等東亞各國，在二十世紀初被動地被西方國家拖入全球化浪潮之後，似乎對現代化、現代性這些舶來概念還處於懵懵懂懂的狀態中，在七八十年代卻又突然被所謂「後現代主義」的大潮席捲包圍。在新世紀我們應該對這一過程做出沉澱後的反思。作為非西方國家的知識分子，不單純地照搬和推崇西方理論術語，而是從這種民族文化主體性出發，探討「戲擬」（mimicry）化的過程和存在的問題，為今後的思想發展中可能會出現的問題做出預測，這應該成為一種社會責任。而日本作為一衣帶水的鄰國，其現代—後現代的發展軌跡與我們有很多相互對應並提供借鑒與教訓的地方。例如對於中日兩國來說，「現代性」都不僅意味著「古今之爭」，也意味著「東西之爭」；在面對「西方」這個「他者」的時候，兩國都產生了強烈的文化民族主義傾向，但這種文化民族主義傾向在何種程度上是合理的？在經歷過刻骨銘心的戰爭傷痛之後，探究這段被學者們稱為「相互纏繞的」[5]現代發展道路在相當的程度上也是在探究我們自身；如果說二戰的戰敗國身分使日本的國體喪失了絕對性，從而為日本國民成為真正意義上的現代意義上的個人——自由的主體——創造了有利條件的話，那麼中國社會革命的勝利和具有真正主體性的現代個人又有著什麼樣的關聯呢？這樣的比較讓我們思考精神思想領域的現代化與社會現代化的關係問題；而在個人的真正主體性似乎還未徹底建立的時候，中國和日本在七八十年代

---

[5] 可見溝口雄三、孫歌、小島潔的一系列相關文章，孫歌：《直面相互纏繞的歷史》，《讀書》，2001年第5期，第19頁。

都匆忙進入了「後現代」社會，那麼此時在西方成為被「解構」對象的「中心」在東亞究竟指是什麼呢？我們又以什麼標準判斷精神領域的「後現代」已經來臨？本書希望在這一方面對中國知識界提供一些啟示。

同時，將夏目漱石和村上春樹放在一起進行比較研究的方式也會使我們對兩位作家的專題研究中一些未被注意的問題加以重視。夏目漱石作為一個已被定論為日本近代文學論壇第一人的作家，關於其的研究是多不勝數的。但很遺憾的是，中國國內的研究者絕大部分都是重複論述日本學者的一些觀點，缺乏作為中國研究者的立足點[6]。村上春樹研究倒是由於小資們對「村上熱」的追捧，國內研究界近年來呈現少有的熱鬧場景，特別是一些有關村上文學的專業論著也在第一時間被翻譯過來，在日本文學研究領域實屬少見。不過，其在全世界領域被廣泛接受的事實，讓很多研究者著眼於村上作品中所謂的「世界性因素」：似乎因為我們現在也和日本一樣，處於後消費時代的大潮中，所以自然會對作品中的爵士樂、名牌、一絲頹廢的小資情調等等產生了超越國境的共鳴。雖然日本文學評論界對村上春樹褒獎的不多，但其原因也恰恰是認為其沒有「日本性」，過於「世界性」。也即是說，「世界性」是日本國內外對村上春樹的普遍認識。但筆者認為，固然由於村上春樹的知識結構，他直接受日本文學傳統的影響的確不顯見，不過，在根本的精神風格上，他倒恰恰充分反映了二十世紀六七十年代「全共鬥」之後知識分子（儘管其精英性沒有夏目漱石明顯）的思想特徵。而且，過於重視村上春樹的「世界性」因素是具

---

[6] 可見本論文附錄一：《夏目漱石研究略史》。

有迷惑性和危險性的，這很容易讓我們失去評論者應有的警惕和判斷力，疏忽村上作品中所隱藏的某些對日本近代過程的妥協傾向。比如小森陽一提到的《海邊的卡夫卡》一文中表現的對整個日本民族「近代戰爭創傷」進行「治癒」的作品特徵。所以，將作為日本「後現代」代表作家的村上春樹和「現代」代表的作家夏目漱石列為日本知識分子思想發展軌跡的兩個亮點，在寬闊的文化視野下，討論其思想發展的承繼性和獨特性，對兩位作家的專題研究也是有一定啟發的。

二

　　由於夏目漱石和村上春樹二人顯赫的文壇地位，在文學評論界關於其分別的先行研究是相當多的，近年來，將兩人聯繫在一起的專門論述也紛紛出現。在日本國文學研究資料館的「國文學論文目錄資料系統」（國文學論文目錄データーベース）中以「漱石　村上」作為關鍵字進行檢索，顯示相關論文41篇，主要論者有後文提到的半田淳子、柴田勝二、還有山根由美惠、佐藤泰正、平野芳信等，絕大部分均為具體的作品對比研究。目前為止就筆者所查到的中國及日本的文學研究資料，關於夏目漱石和村上春樹比較研究的專著有兩本，即半田淳子的《村上春樹、與夏目漱石相遇——日本的現代‧後現代》（『村上春樹、夏目漱石と出會う——日本のモダン‧ポストモダン』若草書房　2007年）以及柴田勝二的《村上春樹與夏目漱石——兩個國民作家所描寫的「日本」》（『村上春樹と夏目漱石——二人の國民作家が描いた〈日本〉』祥伝社　2011年）。前書分為五章，分別就漱石的《我是貓》與村上的《尋羊冒險記》；《三四郎》與《挪威的森林》；《從那以

後》與《舞！舞！舞！》；《道草》與《國境以南　太陽以西》；《滿韓處處》與《諾門罕的鐵的墳墓》進行了立足於作品論的比較。作者將「現代」與「後現代」作為連續的歷史階段加以把握，通過「時間」、「家族」等現代及後現代過程中為人關注的視角，對漱石和村上做了富有啟發性的比較研究。此書是作者在英文撰寫的博士論文基礎上改編而成，書中清楚可見西方文學理論的影響。不過，可能是每章都是將漱石和村上放在一起加以論述的緣故，文中很多地方雖閃現思想火花，但讓人感覺意猶未盡、淺嚐輒止，比較瑣碎。柴田勝二的著作分為八章，四個部分。每個部分由兩章構成，對漱石與村上進行了分別論述。比起半田淳子的著作，柴田一書的特徵是不囿於單部作品，而試圖從「國民作家」的個人與國家的角度對漱石與村上做整體論述。通覽全書，作者並不是從歷史主義的角度對「現代」與「後現代」進行把握，而是借用利奧塔等的「宏大敘事」[7]的觀點，認為漱石和村上分別經歷過的日俄戰爭以及全共鬥運動都是「宏大敘事」，兩人的創作都是以描述在此之後的時代面貌作為創作的主軸，所以，兩人作品都是具有後現代特徵的。這種理論認知雖然不無道理，但是筆者認為，在一本對漱石和村上加以比較研究的專著中，如果完全不考慮歷史發展的縱軸線的話，也許會讓讀者對漱石和村上的不同之處認識不足。

　　雖然關於夏目漱石和村上春樹比較研究的專門論述不多，但一個饒有興趣的現象是，在一些關於村上春樹作品的論述中時常會有論者提及夏目漱石。比如，小森陽一在《村上春樹論

---

[7]　柴田勝二：『村上春樹と夏目漱石——二人の国民作家が描いた〈日本〉』，祥伝社，2011年，第70頁。日語原文為「大きな物語」。

——精讀海邊的卡夫卡》（小森陽一：《村上春樹論「海辺の
カフカ」を精読する》平凡社，2006年。中譯本可見秦剛譯，
新星出版社，2007年）一書的第三章《甲村圖書館中書籍的迷
宮》中以夏目漱石的《礦工》、《虞美人草》和《海邊的卡夫
卡》的關聯為切入口，以其一貫的犀利視角和紮實的理論功底
論述了三篇作品的聯繫與關鍵區別，指出《海邊的卡夫卡》最
大缺陷在於有意切斷了保障人格和性格要素中最為重要的記憶
的連續性和持續性，將各自作為「精神」性存在的人本應通過
語言進行的相互溝通的可能性完全抹殺，在根本上就沒有形成
「他者」，也就沒有形成由批判性自省而建構起的「自我」。
而這一點是與《礦工》的根本不同之處。在夏目漱石和村上春
樹的單篇比較研究論文中，小森陽一一文堪稱上乘之作，對筆
者啟迪甚多。另一位文學評論家石原千秋在《解謎村上春樹》
（石原千秋：《謎解き　村上春樹》光文社　2007年）一書中
指出：村上春樹的《且聽風吟》和夏目漱石的《從此以後》及
《心》一樣，是以「男性中心社會」（ホモソーシャル）的基
本構造為背景展開的作品。並在詳細分析了《挪威的森林》文
本後從互文性的角度指出夏目漱石的《心》可以說是《挪威的
森林》的「原型」（原文使用「本歌取り」一詞）。另外還有
如內田樹教授也曾指出過，村上春樹的作品幾乎都是關於「幽
靈」的故事，而夏目漱石亦是如此（內田樹：《村上春樹にご
用心》アルテスパブリッシング　2007年。中文版可見楊偉、
蔣葳譯，重慶出版集團，重慶出版社，2009年）。國內的一些
論述村上春樹的專著中也曾提到過其與夏目漱石在時代背景上
的相似，如楊炳菁著《後現代語境中的村上春樹》（中央編譯
出版社，2009年）等。

從某種程度來說，夏目漱石其人其文已經成了近代日本的文化思想原型的代表，如本尼迪克特的《菊花與刀》、土居健郎的《日本人的精神結構》等等的文化經典都會從夏目漱石的作品中尋找例證，而且就村上春樹本人來說，雖然他青少年時期主要的文學素養來自歐美文學，並聲稱自己在當上小說家以後才開始認真讀日本作家的作品，但是對於夏目漱石倒是屢有提及，在《海邊的卡夫卡》等小說中更是將夏目漱石的作品作為了揭示人物心理發展的重要線索之一。這就無怪乎很多評論者在論述村上春樹時會想到夏目漱石。但是就筆者所查的資料來看，除了如小森陽一等人以外的大部分評論或只是蜻蜓點水地加以提及，或是當將兩者作為論述中心的時候，卻只局限於細處的比較，沒有較為宏觀的學術視野。柄谷行人曾說，他追究的是「作為『問題』本身的夏目漱石」，而不是「追求叫做漱石之『實體』」[8]。這樣的研究視野和高度是讓人欽佩的。特別是對於經常只見樹木不見森林的日本文學研究者來說，這樣的心胸應該得到大力提倡。而本研究也首先是秉承著這樣的研究出發點，首先將夏目漱石和村上春樹作為「問題」來看待。在此思想基礎上，本人將本書的中心確定為：以夏目漱石和村上春樹的個案研究為依託，通過對這兩位分別為日本社會的現代語境及後現代語境中的代表作家的知識結構及代表作品的梳理，從自我的確立與現代及後現代、女性主義與現代性、中國觀與文化身份認同、文學意義與現代性等幾大方面，抓住「主體」、「歷史」、「小說形式」、「文化身份」等關鍵字，通過比較兩位作家對一些關鍵概念的理解差別管窺日本的「現

---

[8] 柄谷行人：《馬克思，其可能性的中心》，中田友美譯，中央編譯出版社，2006年，第193頁。

代」、「後現代」的具體內涵，從而試圖揭示日本現代化道路中的偏頗與問題，並以此反觀中國乃至東亞的現代─後現代的軌跡，進而在對西方理論概念有一定梳理和理解的基礎上對「現代性」、「現代」、「後現代」這些舶來概念做出某種程度的補充和批判。也即本書不想單純囿於對兩位作家的比較研究，而是希望做到在具有寬闊文化視野的前提下，在具備相應理論素養的基礎上，從具體的文本分析入手，最終對文學與現代性問題做出一些有益的探討。

三

因為本書的論述前提是將夏目漱石和村上春樹定義為日本「現代」語境及「後現代」語境下的代表作家，所以有必要在進入正文論述之前就「現代」、「後現代」、「現代性」、「後現代性」、「後現代主義文學」等概念做一下厘清和說明。

首先，本文使用的「現代」與「後現代」指的是從社會學角度加以定義的一種社會背景。如同中國文化界對中國是否已經處於「後現代」社會仍有爭論一樣，日本思想界對「後現代」（日語的ポストモダン）一詞也是眾說紛紜，也頗有一些學者對此嗤之以鼻。這其中的一個根本問題在於因為「現代」、「後現代」這些概念皆是從西方文論界舶來的，產生於西方語境的「現代」、「後現代」的一系列基本特徵並不完全可以套用在別的文化語境中，所以對日本或中國是否已經是「後現代」社會這樣的問題當然會有不同的判斷。不過筆者認為一切的概念判斷都會伴隨著一定的風險，但為了認清某個問題，從策略上必須做出權益的選擇。本文對日本「現代」與「後現代」概念的界定是基於六七十年代日本社會經濟生活發

生了巨大變化這一事實而做出的。戰後日本的經濟變動大致經歷了四個發展時期：第二次世界大戰後的十年間是社會混亂與經濟重建時期，在美國佔領下日本實現了政治民族化，為其後的經濟活動奠定基礎；從1955年開始到1973年，是為經濟高度發展時期；由於1973年第一次石油危機的爆發和日美兩國實現匯率浮動制，從1973年到1985年開始進入經濟穩定發展時期，成為僅次於美國的第二大經濟國，也是大眾消費社會全面發展的階段；1985年以後隨著日元升值勢頭的穩固，日本開始進入泡沫經濟和長達十年之久的經濟蕭條時期[9]。弗里德里克·詹姆遜曾經說資本主義已經經歷了三個階段，第三個階段即「晚期資本主義」和「消費社會」[10]。這一階段新技術有了新發展，五六十年代如電視等資訊傳媒被發明，廣告及廣告形象鋪天蓋地；政治環境也發生了巨大變化。而與此階段相對的文化即為「後現代主義」，其文化風格和文化邏輯與此前兩個發展階段的「現實主義」和「現代主義」也截然不同[11]。基於這樣的特徵判斷，我們姑且可以認為日本在六七十年代進入高消費時代之後，從社會學意義上說，所處時期的確與以往有鮮明的不同。而在文化思想來說，日本在二十世紀六十年代爆發的安保運動、1968年前後的「全共鬥」、「大學紛爭」運動、1972年的「聯合赤軍」事件也代表著日本舊的文化價值觀的終結和新的文化價值觀的興起。如果用理論術語概括這種新的社會背景和文化思想的話，也許找不到比「後現代」更合適的詞彙。而

9　參考升味准之輔《日本政治史》第4卷及書後附表，東京大學出版社，1988年。中文版，董果良譯，北京商務印書館，1997年。
10　弗里德里克·詹姆遜：《後現代主義與文化理論》，唐小兵譯，北京大學出版社，1997年，第6-7頁。
11　前引《後現代主義與文化理論》一書，第五章《後現代主義文化》部分提及。

詹姆遜也在提到日本的後現代建築時，明確認為「日本基本上是個後現代主義國家」[12]。本書之所以要使用「現代」和「後現代」這樣的概念，是因為要明確區分夏目漱石和村上春樹分別所處的時代背景。夏目漱石的生活年代（1867-1916）是日本踏上現代化的起點時期[13]，他的一系列代表作品無疑反映了在「現代」背景下知識人的所思所想；而村上春樹正是在1968年即「全共鬥」運動如火如荼的時候上的早稻田大學，他的作品背景幾乎都顯性或隱性地與六七十年代的大學運動有關。無疑，這樣的不同時代背景決定著兩位作家在作品中對「個人」、「主體」、「歷史」這樣的現代性中的關鍵概念的表現會有所不同。所以，本論權益地選擇「現代」和「後現代」這樣的詞彙，並不意味著會全盤照搬西方的「現代」、「後現代」的性質特徵，相反地，是為了通過對兩位作家文本的具體分析，揭示「現代」、「後現代」在日本的本土化的內涵意義。

其次，基於對西方一些主要文論的閱讀和了解，本論使用「現代」、「後現代」、「現代主義」、「後現代主義」、「現代性」，而不使用「後現代性」這樣的詞彙。在西方權威文論家中明確地承認「現代性」與「後現代性」的承繼關係，使用「後現代社會」這樣的字眼，並把它當做與「晚期資本主義階段」相應的一個「新型社會」的似乎只有詹姆遜[14]。在哈貝馬斯看來，現代性乃是「一項未完成的構想」，無論是現代性和後現代性，在他看來都是一種話語系統，「後現代」的

---

[12] 前引《後現代主義與文化理論》一書，第165頁。
[13] 如同對中國現代化道路的起點有不同學術意見一樣，關於日本什麼時候有現代化的萌芽也是有不同觀點的。不過，作為始於國家機器的民族－國家的現代化進程來說，將1868年的明治維新作為起點應該是妥當的。
[14] 可參考弗里德里克・詹姆遜：詹姆遜文集（全四集），中國人民大學出版社，2004年。

產生是基於現代性的概念系統已經過時的認識。但哈貝馬斯自己的基本立場卻是對現代性進行一種批判性的辯護[15]。而吉登斯則從社會學的角度出發，做出「我們現今的世界」屬於「高級現代性」或「晚期」現代性的判斷，並明確指出我們實際上並沒有邁進一個所謂的後現代時期[16]；卡林內斯庫在列舉了現代性的五副面孔之後，在《論後現代主義》一文中，明確加上了這麼一條「後現代主義是現代性的一副新面孔」[17]。這些的理論家們對「後現代」的存在不置可否的重要原因之一是認為在「現代性」本身就一直存在著對自身進行反思的張力結構。吉登斯認為「把後現代性看成『現代性開始理解其自身』，而不是對其本身的超越，肯定是很有意義的」[18]。卡林內斯庫則更具體地指出，從波德萊爾對現代性的提起就可以看出，這種起源於藝術領域的現代性從一開始就有兩種意義上的現代性——社會現代性與審美現代性；前者「從社會上講是進步的、理性的、競爭的、技術的」，後者「從文化上講是批判的與自我批判的，它致力於對前一種現代性的基本價值觀念進行非神祕化」[19]。自然，審美現代性和社會現代性之間是相生相剋的悖論關係。因為審美總是有「永恆的、不可改變」的「另一半」[20]，它一方面作為一種激進的思想形式，表達現代性急迫的歷史願望，為歷史變革開道吶喊；另一方面它也是一種保守性的情感力量，不斷對現代性進行質疑和反思，「它始

---

[15] 于爾根·哈貝馬斯：《現代性的哲學話語》，曹衛東等譯，譯林出版社，2004年。

[16] 安東尼·吉登斯：《現代性的後果》，田禾譯，譯林出版社，2000年，第42頁。

[17] 馬泰·卡林內斯庫：《現代性的五副面孔》，顧愛彬　李瑞華譯，商務印書館，2003年，第284頁。

[18] 前引安東尼·吉登斯：《現代性的後果》，第42頁。

[19] 前引《現代性的五副面孔》一書，第284頁。

[20] 波德萊爾語，轉引自伊夫·瓦岱：《文學與現代性》，北京大學出版社，田慶生譯，2001年，第22頁。

終眷戀歷史的連續性，在反抗歷史斷裂的同時，也遮蔽和撫平歷史斷裂的鴻溝」[21]。筆者通過對日本現代文學文化文本的閱讀，對這一點懷有同感。由於日本現代化過程中的「官方民族主義」[22]特徵，審美現代性和社會現代性有共生和妥協之處，柄谷行人就曾經就本居宣長的「物哀說」而對勒南的關於民族根治於「感情」的觀點表示贊成，進而指出「本質上民族就是『美學』」[23]。日本文化界在這點上是有深刻教訓的，比如上世紀四十年代一批學者召開的臭名昭著的「近代的超克」系列座談會。所以，落實於日本這個具體語境，我們更加應該重視審美現代性對社會現代性的反撥作用。例如，在明治初年的代表性文學作品，如《當世書生氣質》、《浮雲》中主要表達的都是對當時社會變革時期官僚制度的不滿，而在成島柳北這些舊士族文人的作品如《花柳春話》中更是充滿了對當時盲目崇洋的諷刺。三好行雄將後者稱為「氣質性地反近代」，並且認為「日本文學的近代化恰是在對社會近代化的抵抗中誕生的」[24]。作為本書所涉及的兩位作家：夏目漱石和村上春樹，雖然他們或多或少有著與社會現代性相妥協的地方，思想發展的軌跡也各不相同，但從主體意識上來說，兩者都有著審視和批駁社會現實的自覺。所以，本書堅持的基本理論認識為：文學與文學的主體——作家乃至知識分子階層所代表的審美現代性將永遠構成對社會學意義上的「現代」、「後現代」時代進

---

[21] 《現代性與中國當代文學轉型》，陳曉明主編，雲南人民出版社，2003年，第11頁。

[22] 本尼迪克特・安德森：《想像的共同體 民族主義的起源與散佈》，上海世紀出版集團，吳叡人譯，2005年，第六章，第91頁。

[23] 柄谷行人：《日本現代文學的起源》，趙京華譯，生活・讀書・三聯書店，2003年，第201頁。

[24] 三好行雄：『近代文學史の構想』，筑摩書房，1994年，第105頁。

行反思的力量。細緻地通過文本分析，討論兩位作家如何通過文學對日本的「現代」和「後現代」的一些核心問題做出解答、進行反思將是本論文的主要任務。同時，本文對生活於現代語境下的作家的文學是否就一定屬於「現代文學」、生活於後現代語境下的作家的文學是否就一定屬於「後現代文學」持保留態度。在還沒有搞清楚日本的「現代文學」、「後現代文學」的內涵究竟是什麼的情況下，給任何一個作家先貼上「現代作家」或「後現代作家」的標籤，這種做法意義不大。比如在1994年就有論者從「消費性」、「消解性」的角度給村上春樹貼上了後現代主義的標籤[25]，自此以後村上春樹的「後現代作家」的身分就似乎為所有中國的村上研究者所承認。有論者說「後現代主義文學的本質性特徵在於對現代性的反思與批判。而村上小說恰好在這一點上體現了後現代文學的本質性特徵」[26]，這種說法本身就是有問題的，對現代性的反思與批判在現代性誕生的同時就已經開始了，夏目漱石的作品中就充滿了對現代性的質疑與批駁，難道以此就可以說夏目漱石文學屬於後現代文學嗎？這裡暴露出批評者的兩個問題：一是對來源於西方的理論概念的來龍去脈沒有搞清楚；二是對「旅行」後的理論變化沒有足夠的認識。所以，本文希望能夠做到在了解理論概念來源與變化的基礎上，從具體文本出發，對日本這個具體語境下的「現代」與「後現代」內涵做出比較切實的認識。

---

[25] 見1994年5月《北京師範大學學報》的王向遠《日本後現代主義文學與村上春樹》一文。

[26] 楊炳菁：《後現代語境中的村上春樹》，中央編譯出版社，2009年，第59頁。

第一章 「自我」與現代及後現代
——以夏目漱石與村上春樹的戀愛小說為中心

　　「自我」的確立作為現代性問題的一個重要論題一直為人們所關注。眾所周知，在西方思想史上，「人的解放」是現代性的核心觀念。思想家們認為在「前現代」中「人」被「神靈」、「自然」、「君主」的力量所壓制，是「權力關係」之下的奴隸。所以，在文藝復興運動和啟蒙運動中他們順理成章地提出了要用「科學」、「理性」、「民主」的力量將「人」從這些關係中解放出來，成為自由的「人」。可是，問題在於，當人們獲得所謂「自由」之後又向何處去？是將與「神靈」、「自然」、「君主」的主奴關係倒個個，妄自尊大嗎？現代性革命的實施在很多方面產生了啟蒙運動思想家們當初始料未及的後果：世俗化過程使基督教傳統不再是一種權威的壟斷，但由此帶來的信仰危機也因而成為現代社會所固有的隱患；人們利用技術統治從自然地束縛中解放出來的同時，日趨嚴峻的生態問題不得不讓人們反思技術究竟給人們帶來什麼。與此同時人們也不得不面對被技術和工具化和異化的後果。自由後的「人」有沒有足夠的勇氣和能力承擔自己做出的選擇所帶來的後果和責任？這已經成了一個嚴峻的問題。而以上這些問題在非西方社會又出現了新的發展模式。在日本「自我」、「個人」這樣的概念是舶來的，將「self」「individual」

這樣的詞彙填充上其作為「客方語言」（guest language）的實際內容，再從古漢語中選擇「自我」、「個人」這樣的外殼，如此的過程是明治時期完成的。這樣的過程決定了「自我」、「個人」這樣的概念內涵在確立之初便不可避免地處在西方與日本的文化衝撞之大背景之下。這種衝撞給人們帶來困惑的同時也迸發出各種各樣異樣的文化火花，使人們對概念發源地的西方和概念「旅行」後的目的地——日本的文化內涵都會有所反思。比如日本著名的文化學者土居健郎就從日本人的依賴（日語中的「甘え」）心理出發，認為西方的「freedom」和日語的「自由」實質意義有很大區別，進而認為「近代以來我們所信奉的崇高的個人自由真是那麼值得嗎？或許他不過是某些西方人所抱的幻想而已」[1]。這樣的分析雖有偏激之處但對我們不無啟發。而本章的任務就是通過對夏目漱石與村上春樹小說的文本分析，立足「戀愛」這一視角細緻梳理一下在現代和後現代的日本語境下「自我」概念的確立、發展與演變過程，管窺日本式「自我」的獨特內涵。

第一節　戀愛與「自我」的悖論
——《三四郎》中作為主體的男性與作為「他者」的女性

一

　　在明治以前的日語中，是沒有「戀愛」這樣的詞彙的。一直到十九世紀後半期，在Rev. W. Lobscheid編著的《英華字典》

---

[1]　土居健郎：《日本人的心理結構》，商務印書館，閻小妹譯，2006年，第64頁。

（1866-1869）中才首次將「戀愛」確定為「Love」的對應詞。最早使用「戀愛」這個詞彙的是中村正直的《西國立志編》。其後在《明六雜誌》中也可以發現這個詞，但均沒有涉及其內涵意義。到了明治11年（1878年），中村正直在《西洋品行論》中十分正面地評價了「戀愛」的積極意義，比如「人有戀愛之情是天命之性，因為有此世界才常保新鮮不失美好、因為有此人性才得以和諧」等等[2]。這樣一個源於西方的概念是迥然不同於一直以來傳統的日本男女感情觀，就像有論者所指出的，在日本近代以前，有「情癡小說」，卻不存在「戀愛小說」；在古典中所表現的男女感情，大抵有兩種類型：或是將性的衝動用傳統的美意識加以美化；或是原封不動地露骨地表現本能；在這兩種的內面還有一種類型──即在羽衣傳說、竹取物語等中體現的女性崇拜[3]。在《源氏物語》等古典名著中體現的是以「好色」為人生理想的戀愛觀；在《好色一代男》中體現的是以「情癡」為人生目的的快樂主義；在本居宣長自然尊重主義的觀念中「戀」是「物哀」（もののあわれ）的體現。而這些都不是近代西方意義上的「Love」。已經有很多學者提到「Love」的理念是與基督教的傳統分不開的，因為有基督這樣的絕對者存在，所謂「愛人如己」這樣自己和他者的平等關係便有了存在的基礎。而這樣的基礎在前近代的日本並沒有建立起來。所以當近代的日本人接觸到「Love」這個概念的時候，他們必然會由此重新審視自我與他者的關係，進而審視「自我」本身。也就是說「Love」作為現代日本人「反思性」[4]

---

[2]　轉引自藪禎子：『透谷・藤村・一葉』，株式會社明治書院，平成3年，第6頁。

[3]　中村真一郎：『日本古典にみる性と愛』，新潮社，昭和50年，第185-186頁。

[4]　安東尼・吉登斯：《現代性的後果》，譯林出版社，趙旭東、方文譯，2000年，第34頁。

內容之一參與到「現代人」的「自我」建構過程之中。例如北村透谷就在名作《厭世詩家和女性》的開頭提到「戀愛是人類的祕密鑰匙」，戀愛是深入「人生」和「人世」兩面的途徑，擔負著奪回失去的「想像世界」（日語的「想世界」）的重大使命。這其中其實蘊含著柄谷行人在《日本現代文學的起源》中對「風景」、「內面」、「自白」等等的現代日本文學形式的解構性批判中所提到的「顛倒」：如同先有起源於基督教懺悔制度的「自白」的文學制度，才有「被自白」的主體性的人的誕生一樣，本應是「戀愛」主體的「自我」似乎也在有了現代的「戀愛」之後才被發現。不過，解構主義式的批評很容易落入虛無主義的陷阱，如果由柄谷行人的批判便得到日本近代的「自我」其實是不存在的結論，也許安東尼・吉登斯關於「反思性」在近代自我建構中作用的論述更利於我們進行下一步的分析。吉登斯曾這樣說道：「但我並不認為，只有作為現代性的獨具特徵，『個體性』的存在才是至關重要的；而我更不認為，自我是現代性的獨特產物」[5]。得出這樣的結論似乎有些讓人驚訝，不過我們看完吉登斯以下的論述就會發現，他其實想要強調的是：現代性語境下「反思性」對自我建構的巨大作用。他借助容瓦特的著作所列舉的十大要素中，都意在說明此點。比如，第一條，「自我可看成是個體負責實施的反思性投射。我們不是我們現在的樣子，而是對自身加以塑造的結果」[6]。按照吉登斯的理解，「自我」這個概念本身並不是現代以後才產生的，但是只有在「現代」以後對於自我的反思才

---

[5]　前引《現代性的後果》一書，第85頁。

[6]　安東尼・吉登斯：《現代性與自我認同》，生活・讀書・新知三聯書店，1998
　　　年，第86頁。

開始參與對「自我」的建構。筆者認為這一點是相當具有啟發意義的。也就是說，柄谷行人所提到的通過「自白」等制度才被「發現」的主體性的人這種途徑其實也正是現代「自我」與前現代「自我」的最大區別。同樣的，通過「戀愛」建構「自我」其實正是「反思性」在現代「自我」的作用體現，是現代語境下「自我」的獨特屬性。

那麼，「戀愛」究竟如何構成對「自我」的反思性建構呢？筆者認為，關鍵在於「戀愛」揭示了「自我」存在的一個必不可少的因素：關係性，具體來說即「他者」的存在。我們知道，從社會學的意義上「自我」這一概念是通過「他者」才得以實現意義界定的。除了大猩猩以外的一般動物對「自我」是沒有意識的，最有名的實驗就是當它們在鏡子中看到自己的影像時會去鏡子後尋找自己的同類，而不會意識到是自己。社會學家觀察到嬰兒在剛出生時也是沒有自我意識的，從出生八個月起才開始借助對於母親形象的把握形成自我，母親就是我們第一個「他者」，「他者」構成了我們的「鏡子」，通過他們我們才會完成對「自我」的意義指涉。而就如學者指出過的，西方的「個人」、「自我」的概念其實與基督教傳統緊密相關，雖然前者看上去是通過對後者的否定才得以成立。也就是說，「人」在面對絕對者上帝的時候，是通過喪失主體性而獲得主體性，這實在是個意味深長的悖論。在宗教哲學家看來，上帝這一類「神」的存在是「人格性他者」[7]之一。「人格性他者」與「非人格性他者」相對，是「我」與「你」的關係，並且這個「你」不是被對象化了的，是具有人格性的主

---

[7]　可見馬丁・布伯：《我和你》一書，陳維剛譯，北京三聯書店，2002年。

體。如果「我」按照自己的視點重新賦予「你」意義，那麼「你」就被對象化了，成為「非人格性他者」。如果「你」還是「你」，維持著自身的整體性和主體性，那麼就是我們通常意義上使用的「他者」，即「人格性他者」。不過，困難的是每個「我」都有一種將「人格性他者」納入自己立場的近乎本能的強烈慾望，如此，在「我」與「你」之間便展開了永恆的爭鬥。而「戀愛」正是訓練我們在處理「我」與「你」關係的絕好途徑，戀愛對象作為當然的「人格性他者」，成為確立「自我」的直接途徑。

本節欲通過對以《三四郎》為主的夏目漱石文本的解讀細緻分析日本近代「戀愛」與「自我」先天存在的矛盾：通過戀愛確立的「主體」實質上是具有強烈性別特徵的，「男性」永遠具有「主體」地位，「女性」則屬於「他者」。

二

如學者們指出過的，西方概念中的「Love」和西方基督教的「絕對信仰」有關。如同《心》中先生所說的「我對這個人，有著近乎信仰的愛。（中略）我堅信真正的愛和宗教心是沒有什麼不同的」[8]，「對於保證『夫妻之愛』的『信仰』和『宗教心』來說基督教式的絕對的神是必要的」[9]。為什麼「愛」必須有「宗教心」呢？按照伊藤整的觀點，只有在基督教的文化語境中才能「認為他者是和自己具有同樣欲求的人並去愛」，「只有在認為他人是和自己同樣的事物的意義上才能

---

[8] 夏目漱石：《心》，林少華譯，花城出版社，2000年，第113頁。
[9] 佐伯順子：「愛」における他者の問題——明治小説を中心として，選自鶴田欣也編『日本文学における〈他者〉』，新曜社，1994年，第139頁。

產生尊重個人的考慮方式，才能產生尊重與這樣獨立的他者以愛的形式形成的組合、交往、合作等等，這構成了市民社會形成的原則之一」[10]。所以「戀愛」的基本要素是雙方具有對等的主體性地位，雙方互為「人格性他者」。可是，在夏目漱石的前期三部曲中，我們會發現作為「戀愛」雙方這種「我」和「你」的對等關係是不存在的[11]，有著典型的男性中心主義的傾向，即在「戀愛」中只有男性是具有主體性的，女性只是被男性對象（**試圖**）作為「非人格性主體」。但這種模式並不說明夏目漱石秉承的仍然是日本前近代的「色」文化的戀愛觀，因為「色」文化中男性是從主體意願上將女性作為完全的「非人格主體」，但漱石的男性主人公們從主觀意識上來說是想要和戀愛對方建立互為主體的關係，但在下意識舉動中卻常常將對方「物化」，顯示了一種前文提到的將「人格性他者」納入自己立場的近乎本能的強烈慾望。而這種矛盾是在「現代」語境下才會產生的。能揭示出這一點體現出夏目漱石比同時代的作家們具有更深的洞察力和思考了。在《浮雲》中內海文三的理想戀愛關係是一方心靈感到快樂時對方心靈也一起快樂，一方心靈痛苦時對方心靈也一起痛苦，即所謂的「異體同心」。但夏目漱石明顯地對這種「戀愛」有著深深的懷疑，這從前期三部曲的內容上充分反映出來。《三四郎》、《從此以後》、《門》這三部作品完全可以作為一個整體看待，在情節發展上是具有連續性的，完整展示了兩性間關係發展的一個過程：三四郎與美彌子的未果的淡淡戀情如果進一步發展的話，三四郎

---

[10] 伊藤整：「近代日本における愛の虛偽」，昭和33年，轉引自上注佐伯順子一文，『日本文学における〈他者〉』，第123頁。

[11] 其實筆者認為在漱石幾乎所有的作品，戀愛雙方的這種對等關係都不存在，後文也將提及此點。

也許會成為另一個代助，在心上人結婚後再將她從別人手中奪回來，而代助和三千代的結局也許就如《門》中的宗助和阿米，在無名的惶恐中度日。夏目漱石懷疑的是作為「戀愛」的基本要素：即可不可能存在對等性的互為「人格性他者」的關係。而這個問題也可轉換為：「自我」意識在何種程度上是合理的。這個深刻的懷疑跨越了文化界限，具有人類性。我們知道，西方自從尼采說「上帝死了」之後，宗教信仰的崩潰帶來的問題之一便是「自我」意識的無限膨脹。按照前述的「愛」與基督教傳統關係來說，必須面對的一個嚴峻問題便是沒有絕對者的神之後，「我」和「你」的互為主體的關係通過什麼得以維持。作為幾乎和尼采同時代的夏目漱石（尼采，1844-1900；夏目漱石，1867-1916），在沒有基督教文化傳統的日本語境下，從另一條途徑出發提出了西方人也在面對的重大問題。所以從這個意義上說漱石的「戀愛」小說不愧被認為是最強烈地體現了現代語境下人物的「現代性焦慮」的文本。

　　以下首先從《三四郎》的文本出發細緻觀察一下「戀愛」中近代日本男性主體是如何處理與作為「他者」的女性之間的矛盾關係的。選擇這個文本的原因在於在三部曲中的男性主人公中主體意識最薄弱的就是三四郎，他還處於一個自我意識成長的階段，而通過解讀這樣一個人物如何通過「戀愛」樹立「自我」的過程，就會更清楚地看到日本的近代「自我」存在怎樣的缺陷。

　　如很多評論者所說的，《三四郎》描述了「上京青年」三四郎的青春成長過程，而在這種過程中，他與美彌子的若有若無的感情成了促進其成長的重要催化劑。可是，三四郎和美彌子有沒有形成「自我」和「他者」的對等關係則十分值得推

敲。從表面看來，美彌子作為大都市的「現代女性」在和三四郎的相處中處於優勢地位。比如在第四章，天長節三四郎和美彌子在廣田先生新家首次面對面交往的時候，美彌子描述白雲時用了「襟卷」[12]，即boa一詞，意為用毛皮或羽毛做的長圍巾，在明治三十年代後期頗為流行。作為從地方來的三四郎自然對此一頭霧水，只好說自己不知道。同章中美彌子用英文所說的「Pity's skin to love」一句，敘述者特意加了一句點評：「發音漂亮而乾淨」[13]。第五章中觀賞菊偶時更是明確提到：「三四郎覺得自己不知在什麼地方實在不是這個女子的對手，與此同時，三四郎自感肚裡的心思被對方看穿，於是萌出了一種隨之而來的屈辱感」[14]。類似的描述在《三四郎》中還有好幾處。尤其是第八章三四郎和美彌子一起看畫展時，三四郎更是只能唯唯諾諾地附和美彌子的意見。從這些地方來看，評論者認為的三四郎是「他人本位」的看法是有依據的。但並不是可依此推斷三四郎就是「沒有自覺到自我的無根之萍」[15]。因為三四郎對於美彌子的順從態度和他對於次郎的順從態度最大不同在於：三四郎對於美彌子的優勢地位一直有一種出於男性自尊的反撥。

文中在第二章描寫三四郎和美彌子第一次邂逅時，便象徵性地提示到三四郎覺得美彌子和他在火車上遇到的女子有相通之處：「他眼前一切色彩的感受全都消失，而遇上了一種難

---

[12] 本節所引《三四郎》原文均根據『日本近代文學大系　第26卷　夏目漱石集Ⅲ』的版本，角川書店，昭和47年。譯文部分參考吳樹文譯本，上海譯文出版社，1983年。

[13] 前引『日本近代文學大系　第26卷　夏目漱石集Ⅲ』一書，第131頁。

[14] 前引『日本近代文學大系　第26卷　夏目漱石集Ⅲ』一書，第152頁。

[15] 加茂章：『夏目漱石──その実存主義の接近』，教育出版センター，平成6年，第200頁。

以名狀的東西。這東西在某些地方很像聽到火車上的女子說出『你是個沒膽量的人』時的感受。三四郎害怕了」[16]。三四郎與在火車上遇上的女子相安無事地度過一夜後卻在分別時被贈於「你是個沒膽量的人」這樣的臨別贈言，對於三四郎來說這是來自於女性世界的巨大而且恐怕是首次的沉重打擊。在此之前，無論是面對母親還是三輪田的阿光姑娘，三四郎都是充滿自信的。可是他一踏入發達的現代社會，在兩性的交往世界中便遭到了當頭一棒。所以，這導致三四郎對於充滿現代意識的「現代女性」有一種恐懼感是可以理解的。不過這種恐懼感與男性的自尊，而且是作為戀愛式的兩性關係中的男性自尊緊密相關。這一點從三四郎對良子和對美彌子的態度對比中可以看出。當三四郎遇見良子時，他的感覺是「這年輕人的腦海中閃現出遠在故鄉的母親的影子」[17]。因為將對方作為母親式的存在，所以「三四郎雖然被孩子式的良子當作了小孩子，心裡卻絲毫沒有自尊心受到傷害的感覺」[18]。這和前一段提到第五章中三四郎在佔據優勢地位的美彌子前感到的「屈辱感」形成了鮮明對比。而之所以會有這樣的差別，正是因為三四郎對於美彌子是懷有兩性間的「戀愛」情懷的。再比如前段提到的兩人一起看畫展的情景，在敘述完三四郎唯唯諾諾之態後，出現了這樣幾句有意思的評論：「是不會說話的傻瓜呢？還是不把這方看在眼裡的偉大男人呢？似乎兼而有之。如果是傻瓜的話這種不自誇有可愛之處、如果是偉大的話，不被他看在眼裡亦有可惡之處」[19]。這句話是敘述者的客觀評價還是美彌子的感受

---

16 前引『日本近代文學大系　第26卷　夏目漱石集III』一書，第69頁。
17 前引『日本近代文學大系　第26卷　夏目漱石集III』一書，第94頁。
18 前引『日本近代文學大系　第26卷　夏目漱石集III』一書，第135頁。
19 原文同前引，第213頁。筆者試譯。從後文提到的敘述者角度考慮，筆者對前引

值得推敲。從敘述者的角度來說，前期三部曲用的都是第三人稱敘述者的模式，並且其「聚焦」屬於「全知」敘事人的模式，即站在人物的後面，大於人物的視野，能看到人物所見，也能見到他所感所思，還能知曉事件的各個細節和因果關係。但值得注意的是，除了在《門》以外，「全知」敘事者對戀愛雙方中的女性的心理描寫是幾乎沒有的。即使在《門》中阿米的心理描述也只局限在第十三章等極少的章節中（這一點也象徵性地顯示出戀愛關係中男性和女性的不平等地位）。但從這句話的「這方」（日語的こっち）、「不被他看在眼裡」（相手にならない）的表現來看，這句話似乎可以理解為敘述者對美彌子心理的描述。可是問題在於這樣的心理活動如果單純從作品人物美彌子的性格出發進行推理的話可信度是多少呢？美彌子會認為三四郎的一無所知還有可能是「偉大男人」的故作姿態嗎？這句話即使被認為是全文唯一一處描寫美彌子心理的陳述，也有可能是敘述者的主觀臆斷，而且這種主觀臆斷是站在明顯傾向三四郎的立場上得出的：因為這句話很像是三四郎為自己的知識匱乏做出的自欺欺人的臆想。也即三四郎出於男性的自尊，僥倖地揣測美彌子也許會將自己的無知看成是偉人的不屑與常人為伍的舉動。

三

前文中已經提過，「戀愛」的基本要素是互相將對方作為「人格性他者」，因為歸根到底「自我」只有通過「他者」才得以確立，就如同雅斯貝爾斯等很多哲學家說過的，只構建

吳樹文譯本進行了修改。

「自己的小天地」必然走向幻滅。當代日本著名的韓裔思想評論家姜尚中由此結合自己的經歷由衷地得出結論：「『我』僅存在與同他人的關係中」[20]。不可否認，三四郎在與美彌子的交往中通過美彌子這個頗具主體性的「他者」，激發了「自我」意識，上文提到的出於男性自尊的反撥正是這種「自我」意識的表現之一。但是當三四郎通過美彌子逐步樹立「自我」意識的過程中，卻首先就受到了來自整個男性集團的「女性嫌惡」傾向的巨大影響，導致他走向「試圖」將美彌子這個「人格性他者」變為「非人格性他者」的道路。在《三四郎》這個文本中出現的兩個重要男性角色——廣田先生和與次郎都曾經向三四郎傳授過自己對於戀愛的看法。第十二章與次郎諄諄地教誨三四郎：「你去思念那樣的女子，真是傻啊」，原因是作為同齡人，女子總是比男子能幹，「男的只有被愚弄的份兒」，美彌子是「根本不會嫁給自己不尊敬的男子」，「你也好，我也好，都沒有資格做她的丈夫」。但是，實際上「不管是我還是你，都比她偉大得多」，只是「不經過五六年時間，她們是看不見我們的偉大之處的，然而她又不會有坐觀五六年的耐心」，但到五六年後，「會出現比她更好的女子，因為日本現在是女的更多」。並且搬出了自己的實際戀愛經驗，以此說明和女子的交往沒必要太認真，「這類事情多得很，你就安心好了」。在此安慰之下，雖然三四郎「並不明白是什麼事，但變得愉快了」[21]。而第十一章中廣田先生則在回憶了自己的初戀情人之後，提到如果一個人在母親去世時才被告知自己是一個毫不相識的人的私生子，則理所當然不會對婚姻產生好

---

[20] 姜尚中：《煩惱力》，陳鴻斌譯，上海譯文出版社，2010年。第12頁。

[21] 前引『日本近代文學大系　第26卷　夏目漱石集Ⅲ』一書，第284-286頁。

感。雖然廣田先生沒有明確指出這個人就是自己，但的確是有所暗示的[22]。有論者已指出過，這裡存在著對文明世界乃至女性的恐怖性的警告；也隱藏著對與母親的血緣相連的「陰暗」的自己的自省[23]。這與全文反覆出現的《舊約》中的原罪概念，如第十二章美彌子喃喃的「我知我罪，我罪常在我前」及「迷途的羊」這樣的關鍵字是相一致的。不過我們需要明白的是基督教傳統中的「原罪」有很大一部分是指向女性的，人類被上帝從伊甸園中趕出來的直接起因是夏娃受蛇的誘惑攛掇亞當偷吃了禁果。廣田的「原罪」意識起源於母親的不貞，這使他產生了對女性「他者」整體的恐懼乃至嫌惡。廣田先生在文中一直和《心》中的先生一樣是擔負著一定的精神導師般的角色的，他這番話對三四郎的影響可想而知。

從《三四郎》及如《草枕》、《行人》等很多夏目漱石文本中，我們發現一個現象：作者很喜歡把女性比做成畫，或是將其圖像化。在《三四郎》中，原口給美彌子作畫是一個不可忽視的情節。在第十章三四郎作為旁觀者觀賞原口的作畫過程中，當三四郎看到原口的畫時他的感覺是「輕快」，「那種漂浮的情調如同乘坐豬牙船一樣，不過心裡總還覺得很踏實，不感到危險。痛苦、不愉快、兇險之類的感觸當然不會有的」[24]，並且覺得這樣的畫很像原口先生這樣的人所做。很難說原口對美彌子是純粹藝術家的眼光，第七章中廣田先生曾以

---

[22] 廣田先生提到自己遇到初戀情人的時間時說道：「頒佈憲法是在明治二十二年吧」，而在提到私生子的故事之後，三四郎詢問「先生當不是這樣的人吧」時，廣田先生只是哈哈一笑，沒有正面作答。而是主動詢問三四郎的父母是否在世，並且主動提到：「我的母親是在頒佈憲法的第二年去世的」。這個時間和其提到遇到初戀情人的時間都是以「頒佈憲法」之年作為基準，耐人尋味。

[23] 見重松泰雄對『日本近代文學大系 第26卷 夏目漱石集Ⅲ』中所做注釋一一五，見前引『日本近代文學大系 第26卷 夏目漱石集Ⅲ』，第581頁。

[24] 前引『日本近代文學大系 第26卷 夏目漱石集Ⅲ』一書，第246頁。

開玩笑的口吻讓原口娶美彌子為妻，原口的回答是：「我麼，要是能行，我當然會娶，不過，她非常不相信我的為人啊」，原因是美彌子曾嘲笑原口在巴黎的所作所為，並且感歎現在的女子都是「西洋作派」[25]。所以由此處看來，原口對美彌子亦有仰慕之情。而通過他的筆表現出的美彌子給三四郎的感覺也是「愉快」的，也就是說，現實中充滿現代的「洋派」氣息的美彌子讓男性們感到的「不愉快」之處都被遮罩了。但是當這個紙面的美彌子有了生命，不能「使易於變形的美定型」[26]的時候情況便大不一樣。聽到原口說「使易於變形的美定型而不變化的方法，再也無法找的了」，三四郎感到的是「驚恐」，「失去了由這種活人畫感到的慰藉感」，當他想到這種美彌子的心理變化而導致的「美」的變化可能是來自自己的時候，感歎美的變化之虛無的情緒就被一種強烈的個性性質的刺激所代替，三四郎想到的是「自己竟會給這個女子帶來如此大的影響」，「並在這種自覺的基礎上，意識到了自己的這一整體的存在」。但卻並不肯定，這一影響對自己是有利還是不利。這個心理過程的描寫典型地反映出三四郎的男性主體和女性他者之間的矛盾關係：男性依靠女性的主體「發現」自己，卻在確立自己的主體性後，對女性的人格性主體產生恐懼，希望女性象靜止的「畫」一樣，維持被觀賞的畫面的「美」。在文本中所描寫的三四郎對與異性的身體性接觸的恐懼也象徵性地反映了這一點。在第八章，美彌子和三四郎的肩膀無意中撞到了一起，這立即讓三四郎想到了受其奚落的同乘一列火車的女子，並由此覺得「身上的那塊碰到美彌子機體的地方像在夢中疼痛

---

[25] 前引『日本近代文學大系　第26卷　夏目漱石集III』一書，第194頁。
[26] 前引『日本近代文學大系　第26卷　夏目漱石集III』一書，第252-253頁。

一般」[27]。

四

　　其實不僅是《三四郎》，夏目漱石的其他很多文本中都存在這種「女性嫌惡」的傾向，這種傾向直接導致文本中女性主體性的喪失。比如漱石戀愛小說中經常出現的「三角戀愛」模式就充分反映了這一點。在《從此以後》、《門》、《行人》、《心》等的文本中都出現了這種模式。但耐人尋味的是在三角戀愛中被爭奪的焦點──女性卻往往成為了龍捲風的平靜的漩渦中心而被忽略了。女性只成為男性主體間為證明自身存在而設置的符號性存在。男性們爭奪的目的不在女性本身，而在於只有在爭奪的過程中才能確立自身的存在價值。所以，在《門》、《心》的文本我們都可以看到，一方在得到所爭取的女性之後，和女性之間並沒有實現預料中的「異體同心」，卻相反極力避免和妻子的精神交流，在巨大的精神壓力之下，或是如宗助般去尋求宗教的救贖，或是向另一個男性（《心》中的「我」）傾訴之後選擇自殺。蓮實重彥曾經從語言文化學角度這樣解讀過夏目漱石：西方的語言體系，是按照「組合軸」（syntagm）和「聚合軸」（paradigm）來配置符號的，在組合軸的每一個時間點上都不可能同時存在聚合軸上的兩個（或兩個以上的）符號，只能是唯一的，這個交匯的點是經過你死我活的嚴酷排斥和篩選後決定的。這樣的語言具有隱喻含義：整個西方文明便是這樣強調著「兩者不能將same space occupy之，唯有甲驅乙、乙驅甲兩法而已」[28]。而夏目漱石是

---

[27] 前引『日本近代文學大系　第26卷　夏目漱石集Ⅲ』一書，第218頁。
[28] 此為夏目漱石作品《草枕》的開頭部分，蓮實重彥在《日語論》中引用此句說

深深感受到了這種爭奪唯一位置的西方文明中的「power」和「will」之殘酷的，所以，尤其是在《從此以後》的後來作品中他描寫的都是在爭奪中失敗的人，在夢想著排斥和篩選均喪失了功能的空間中徒然地反思自己行為的痛苦艱難的旅程[29]，而此點說明夏目漱石對西方文明的模式有著深刻的批判；柄谷行人則認為這種三角關係具有宿命性，也就是說在關係中的任何人其實本身都沒有過錯，一個男人勝利，另一個男人失敗，這種排他性是必然和徹底的，這種選拔和排除的原則，恰恰才是制度（體系）所固有的，反過來說，制度本身總是在形成著三角關係。我們只有在這種制度中，才能成為人。而這直接關係到「我來自於哪方」這種關乎根本意義的問題[30]。以上這兩種解讀是對漱石作品中「三角關係」的深刻詮釋，相當具有啟發性。不過，這兩者都和夏目漱石本人一樣，有意無意地「忘卻」了三角關係中的重要一角——「女性」——的主體性。從這個角度來說，石原千秋的關於「男性社會」（ホモソーシャル）的解讀彌補了這方面的缺陷。他認為所謂的「男性社會」性質相當於我們所說的「父權制資本主義社會」，其特點是社會由男性支配，而且男性們是通過對「女性的交易」來加強相互間的聯繫，這種交易對整個「男性社會」起了支撐作用。日本從百年前踏入「近代」開始一直到1970年代「男性社會」才基本完成，因為直到此時作為家父長制資本主義社會基礎的近代家族終於得以建立。在夏目漱石的《從此以後》、《心》等

明漱石對西方文明的體驗。蓮實重彥：《反日語論》，賀曉星譯，南京大學出版社，2005年。

[29] 前引《反日語論》一書，第106頁。關於此點的較具體論述可參考本人《夏目漱石與近代日本的文化身份建構》一文中終章部分。張小玲：《夏目漱石與近代日本的文化身份建構》，北京大學出版社，2009年版。

[30] 前引柄谷行人《馬克思，其可能性的中心》一書，第192頁。

文本中都描寫了這種典型模式[31]。石原千秋的論述也從社會學的角度說明了夏目漱石文本中如此漠視女性主體性存在的原因。

　　當然從作家論的角度來說，不可否認夏目漱石自己及弟子們的婚姻、感情經歷導致作家自己思想中產生與女性伴侶無法溝通乃至蔑視女性的傾向，在其筆記中有多處直接表現了這一點。而這種傾向與夏目漱石認為的「自我」與「他者」之間存在絕對隔閡的觀念是互為因果關係的（雖然很難斷定這兩種觀點哪一個產生在前。）。也就是說，夏目漱石和前文所提過的二十世紀初著名宗教哲學家馬丁・布伯、存在主義哲學家雅斯貝爾斯、當代日本韓裔評論家姜尚中等人關於「自我」與「他者」的觀點是截然不同的。如果單單從夏目漱石的人是絕對孤獨的這一觀點來看，倒是讓我們想起尼采和薩特。從影響研究的角度來說，夏目漱石受到尼采的影響是有據可查的，例如在《行人》一文中，作者就借書中人物之口引用過尼采在《查拉斯圖拉如是說》中的「人和人之間沒有相互溝通的橋樑」、[32]「孤獨啊，你是我的居所」[33]這樣的語句。不過，就如前文曾提到的一樣，夏目漱石與尼采的文化背景是不同的，尼采關於「個人」、「自我」觀點的對立面是基督教傳統，而夏目漱石關於「自我」觀點的來龍去脈也是頗為複雜的。作為英文學專業的學者，受到包括尼采在內的西方思想影響不可否認；同時，漱石思想中一直有的道家推崇「自然」的思想亦起了很大作用。並且，夏目漱石所面臨的一個嚴峻現實問題是：現

---

[31] 石原千秋：『謎解き　村上春樹』，光文社，2007年，第73-74頁。在這一篇題為《「僕」がねずみを殺す物語》的文章中，論者在論及村上春樹的《且聽風吟》中的「男性社會」構造中提及此點。

[32] 『夏目漱石全集』第八卷，岩波書店，1994年，第406頁。

[33] 前引『夏目漱石全集』第八卷，第407頁。

代「自我」在明治日本沒有成長的土壤[34]。明治維新原本就是由政府發動的改良運動，這就導致了個人主義總是與國家主義相聯繫。即使夏目漱石本人，在面對如何處理「個人主義」和「國家主義」的問題上，也是頗為矛盾的。這一點只要我們細讀一下其《我的個人主義》這篇演講稿的文本就能深刻體會到。這個矛盾不僅在表層意義上會導致個人主義陷入究竟是否該服從國家主義的尷尬境地；而且在深層意義上，對個人主義內涵及存在合理性也給予很大的衝擊：我們知道夏目漱石推崇與「他人本位」相對的「自我本位」，但他同時也意識到「自我本位」會導致「自我膨脹」，從而侵害他人的利益。但是矛盾在於在現代社會中，從國家主義的觀點來看「如果不充分擴張這種個性的話，就會落後於文明的趨勢」[35]。在《三四郎》的文本中，廣田先生也認為如果利己主義和利他主義一直分庭抗禮，保持平衡的話，這個國家就會保持原狀、停滯不前。英國就是這樣一個例子。所以，夏目漱石認為，在這樣一個重視個性的大環境下，夫妻「異體同心」是不可能的，「兩個以上的人以比一般以上的親密程度連接起來的理由是不存在的」[36]。這也正是夏目漱石戀愛小說中體現的男性「自我」不可能與女性「他者」真正形成互為「人格性主體」關係的社會淵源。不過，這種社會淵源掩飾不了夏目漱石文本中反映出的明治時期「現代日本人」在確立「自我」概念的反思性過程中表現的男性中心主義傾向：在這所有提到的觀念中，「主體」是僅僅限於「男性」的，女性表面上擁有了「西洋做派」這樣

---

[34] 關於這一點，松本三之介、清水幾多郎、谷澤永一等很多論者有過論述，可參考拙著：《夏目漱石與近代日本的文化身份建構》一書，第117-119頁。
[35] 『夏目漱石全集』第19卷，第208頁。
[36] 前引『夏目漱石全集』第19卷，第208頁。

的現代元素，事實上，僅僅是作為男性樹立「自我」的必要條件——「他者」而存在，一旦男性「自我」得以成立，女性就必須退回到「非人格性他者」的地位，否則，男性就會覺得「自我」受到了妨礙。從這一方面來說，日本的這種「近代自我」從一開始確立就存在根本的悖論，是天生殘缺的。

第二節　自我・戀愛・語言
——村上春樹作品人物的「自他未分化」現象研究

　　村上春樹作為當今日本最活躍的作家之一，經常被冠以「後現代作家」的頭銜，尤其是在日本以外的海外評論界，儘管村上春樹本人對此並不加以認可。當然，由於文學評論家和作家兩者立場的不同，各自會得出不同的結論，這樣的例子並不少見。由於作品從誕生那一刻起就已經有了自己的生命，一方面，即使是創作出它的作者也無法決定它會被怎樣解讀、會被賦予什麼樣的性質；而另一方面作為文學評論者，也不應該先入為主地在為作品和作家貼上例如「後現代」的標籤後，就籠統地以這個概念的性質對研究對象加以限定。重要的不在於將研究對象歸於某個門類，而是從文本出發探究其獨特性。因為門類的劃分有時更多地出於策略的權益選擇，何況即使同為「後現代作家」也有不同的個性。例如關於村上作品中對「自我」問題的探討就讓我們對一點有更深的體會。村上春樹在作品中對「自我」這一主題的追問是有目共睹的。在為人熟知的《挪威的森林》的結尾就有這樣的表達：「我現在哪裡？我拿著聽筒仰起臉，飛快地環視電話亭四周。**我現在在哪裡？我不知道這裡是哪裡，全然摸不著頭腦**」（著重號為原文

所加）[37]；在《斯普特尼克戀人》的結尾也有相似的表達；在
《尋羊冒險記》、《奇鳥形狀錄》、《世界盡頭與冷酷仙境》
等村上春樹的很多作品中都有丟失—尋找這樣的模式，而這些
幾乎都可以解讀為尋找自我的過程。如同村上在譯作《漫長的
告別》的譯者後記中提到的：「很多小說家都在有意無意地描
寫自我意識。或者運用各種各樣的特徵手法刻畫自我意識與外
界之間的關聯性。這就是所謂『現代文學』基本的存在方式。
有一種傾向，認為文學的價值要由這樣一點來決定，即如何有
效地在文學中表現人的自我的運作情況（不管是具體的還是抽
象的）」[38]。從表面看來，村上作品如此明顯地對「自我」問
題的探究傾向似乎與後現代文學特徵之一的「自我的消解」格
格不入。眾所周知，人們在評論後現代文學時常常會用「顛
覆」、「消解」這樣的中心詞加以概括，認為「玩弄指符、
對立、文本的力和材料」[39]這樣的文字表面的遊戲是其主要特
徵，那些「關於穩定的真理的老觀念」[40]被摒棄一邊。不過，
做出以上論述的西方當代著名後現代文論家詹明信特別針對
「自我」、「主體」的核心哲學概念有過這樣的具體論述，他
認為踏入後現代境況以後，文化病態的全面轉變用一句話概括
就是：主體的疏離和異化已經由主體的分裂和瓦解所取代，而

---

[37] 村上春樹：《挪威的森林》，林少華譯，上海譯文出版社，2007年，第376頁。
本文所引村上春樹作品原文均以講談社所出村上春樹全作品集為準，中譯本參
考林少華譯本，筆者如對譯文的個別地方有所改動，會在注中加以說明。

[38] 村上春樹：訳者あとがき　準古典小說としての『ロング・グッドバイ』，レ
イモンド・チャンドラー：『ロング・グッドバイ』，村上春樹訳，早川書
房，2007年，第537頁。

[39] 詹明信（Fredric Jameson）：《晚期資本主義的文化邏輯》（*The Cultural Logic of The
Late Capitalism*），張旭東編，陳清喬等譯，生活・讀書・新知三聯書店，1997年，
第290頁。

[40] 前引《晚期資本主義的文化邏輯》一書，第290頁。

這種「主體的滅亡」可以由兩種途徑得以解釋。一種是屬於歷史主義的，在過去的社會文化統制下，人的「主體」曾一度被置於萬事的中心，但在官僚架構雄霸社會的今天，「主體」無法支撐下去，必然會在全球化的社會經濟網路中消失；一種是從後結構主義的極端立場出發指出「主體」根本不存在，那向來只是一種意識形態的幻象[41]（詹明信表明自己同意前一種的看法）。那麼，究竟在村上春樹作品中對「自我」的追尋具有何種意義呢？是說明村上春樹雖然處在後現代語境之下卻依然執著於「穩定的真理的老觀念」[42]？或者村上作品是承繼了日本現代文學中夏目漱石式的在自我與歷史中尋求自我的表達形式[43]？抑或說明現代文學和後現代文學本來就不存在純粹的斷裂性關係，追尋「自我」這一現代性話題在後現代語境下仍有討論的意義和魅力？雖然，村上本人很多次提及自己並非事先預定要撰寫後現代的作品。那麼，讓文本自己發出聲音也許是我們回答以上問題的最好途徑。所以，本論就選擇《斯普特尼克戀人》這一文本，從戀愛、語言與自我的角度，討論村上春樹作品中對「自我」的追尋究竟具有怎樣的具體內涵。

　　《斯普特尼克戀人》1999年在村上春樹50歲的時侯由講談社出版，是他的第九部長篇小說。在此之前，他有四年時間沒有進行小說創作，而是投入採訪東京地鐵沙林毒氣事件的紀實文學作品《地下》、《在約定的場所》及紀行文學《邊境‧近境》等非虛構作品的創造中。在此前最近的一部小說為1995年的三卷本的長篇小說《奇鳥形狀錄》，在其後最近的小

---

[41] 前引《晚期資本主義的文化邏輯》一書，第47-448頁。
[42] 前引《晚期資本主義的文化邏輯》一書，第290頁。
[43] 楊柄菁：《後現代語境中的村上春樹》，中央編譯出版社，2009年，第73頁。

說是2002年的長篇作品《海邊的卡夫卡》。從目前村上春樹完成的作品來說，這應該屬於中後期作品，如果按照黑古一夫的觀點，也是屬於上世紀90年代「轉向」後的作品[44]。無論村上的「轉向」成功與否，就《斯普特尼克戀人》這部作品來說，它具有村上作品的一系列特徵性元素：比如戀愛、三角關係、性、語言與書寫、此側與彼側。而且由於在採訪毒氣受害者的過程中經歷了巨大的精神震動，村上出於身處「中間地點」[45]的一種對書寫虛構作品的自然渴求，開始寫《斯普特尼克戀人》。村上自己陳述這部作品寫得很順手，如同找準了鎖眼，只是將鑰匙插了進去，便開始發動了「叫做物語的這台交通工具的引擎」[46]而已。也就是說這篇小說並沒有經過作者事先的過多構思，文本自身的生命力很強。基於以上原因，筆者擬選擇此小說作為文本分析的依據。

一、人物的「自他未分化狀態」表現及形成原因

這部作品的情節並不複雜，講述人雖然依然是村上常用的第一人稱「ぼく」，但沒有寫為漢字的「僕」，顯示了與以往作品敘述者上的區別。作品的視角是作者所做的新的嘗試，即「這回就像把電視攝影機向後拉一樣將『ぼく』的視點拉往後側」，使得敘述者可以自由地描述所有作品人物的心理。主要情節為：菫有生以來第一次陷入戀情，但對象卻是名為「敏」的年長十七歲的女性，雖然身為男性的「我」愛戀菫，和其無所不談，但卻無法和她身心合一。菫在和敏去希臘的旅行中，

---

[44] 黑古一夫：《村上春樹 轉換中的迷失》，秦剛、王海藍譯，中國廣播電視出版社，2008年，第5頁。
[45] 村上春樹：『村上春樹全作品1990-2000②』，講談社，2003年，第493頁。
[46] 前引『村上春樹全作品1990-2000②』一書，第496頁。

傾聽了敏的一段丟失了真正自我的經歷後，寫下了兩段文字，也不知所終，我對此有了董是去了另一側的想法。小說結尾是我在深夜恍惚中接到了董的電話，稱自己已從另一側的世界回來了，然而電話卻在董還沒有告知具體地點的時候戛然掛斷，再也沒有響起。

首先引起我們關注的是作品中三個主要人物在人格構成上的相互依賴。例如「我」與董的關係：文本的第五章這樣寫道：「但無論董帶來怎樣的痛苦，同董在一起的一小段時間對我也比什麼都寶貴。面對董，我得以──儘管是一時的──忘卻孤獨這一基調，是她擴展了一圈我所屬世界的外沿，讓我大口大口地呼吸。而做到這一點的唯董一人」[47]；「同董見面交談的時間裡，我能夠感覺出──最為真切地感覺出──自己這個人的存在」[48]；而董作為一個對世事漠不關心的傑克·凱魯亞克式青年，同樣「**從內心深處**」（黑體為原文所加）[49]需要「我」的一系列「凡庸的意見」[50]，「尋求我對其提問的見解」[51]。而「我」通過一絲不苟地回答她的問題，「向她（同時也向我本身）袒露更多的自己」[52]。最直接地反映兩者關係的是文本結尾，在董給「我」打電話的時候，她這樣說道：「我也非常想見你」，「見不到你以後我算徹底明白過來了，就像行星們乖覺地排成一列那樣明明白白──我的的確確需要你，你是我自己，我是你本身！」[53]有論者曾提及結尾的曖昧

---

[47] 村上春樹：《斯普特尼克戀人》，林少華譯，上海譯文出版社，2008年，第61頁。
[48] 前引《斯普特尼克戀人》一書，第60頁。
[49] 前引《斯普特尼克戀人》一書，第61頁。
[50] 前引《斯普特尼克戀人》一書，第14頁。
[51] 前引《斯普特尼克戀人》一書，第61頁。
[52] 前引《斯普特尼克戀人》一書，第61頁。
[53] 前引《斯普特尼克戀人》一書，第219頁。

性，指出董真的是否打過這個電話是個問號[54]。如果將這個電話解釋為只是「我」的臆想的話，這也同樣說明在「我」的意識中「我」和董是一體的，互為分身。而對於董和敏的關係，在第三章文本這樣說道：「董可以看見自己映在敏黑漆漆的瞳仁裡的那鮮亮亮的姿影，彷彿被吸入鏡子另一側的自己的靈魂。董愛那姿影，同時深感恐懼」[55]。第十二章中的董的自述：「我愛敏，不用說，是愛這一側的敏。但也同樣愛位於那一側的敏。這種感覺很強烈。每當想起這點，我身上就感到有一種自己本身被分割開來的『吱吱』聲。敏的被分割就好像是作為我的被分割而投影、而降臨下來的。我實在是無可選擇。」[56]這些也暗示了敏也在某種程度上是董的分身，是董意識中與「另一側世界」相連的部分。在情節設計上董也的確因為敏的「丟失另一半」的講述而失蹤，而在「我」的判斷中董正是去了另一側世界。關於「我」、董、敏的三角關係的內涵會在下一部分加以重點說明，簡單地說，「我」、董、敏這三者是互為分身，三者加在一起才構成一個比較穩定的人格結構，失去任何一者另外的人便失去了存在的意義。這樣的人物結構關係模式在村上作品中不止一次地出現。比如對於《挪威的森林》中人物，石原千秋曾經說到：「渡邊徹可以說是木月的鏡子，只不過照出的是木月的反面」[57]。有論者以「自我的他者化」[58]來概括這樣的現象，筆者認為這種說法在哲學邏輯上不夠嚴密，相比之下，小森陽一在《精讀海邊的卡夫卡》一

---

[54] 『村上春樹作品研究事典』，村上春樹研究會編，鼎書房，2001年，第97頁。
[55] 前引《斯普特尼克戀人》一書，第39頁。
[56] 前引《斯普特尼克戀人》一書，第169頁。
[57] 石原千秋：『謎解き　村上春樹』，光文社，2007年，第284頁。
[58] 前引楊柄菁《後現代語境中的村上春樹》一書，第96頁。

書中用過的一個心理學上的詞彙——「自他未分化狀態」更為合理和確切。筆者認為，這種互為分身的人物結構設計反映了村上作品中的人物處於「自我」形成之前的嬰幼兒式的「自他未分化」狀態，而導致這種現象出現的原因則是在後現代語境下人們對於形成獨立「自我」的一個必要條件——主體能夠對自我行為作出理性判斷和思考的**反思性能力**——的嚴重懷疑。

在《斯普特尼克戀人》的文本中，文章一開頭便以前面提到的接近全知全能的視角描寫了堇對敏陷入愛戀的來由及我對堇的暗戀，直到第五章才開始正面描述作為第一人稱的敘述者「我」的「故事」。而在此有這樣一段十分意味深長的表述：

> 問題是，在準備談自己的時候，我每每陷入輕度的困惑之中，每每被「自己是什麼」這一命題所附帶的古典式悖論拖住後腿。亦即，就純粹的信息量而言，能比我更多地談我的人這個世界任何地方都是不存在的。但是，我在談自己自身的時候，被談的自己勢必被作為談者的我——被我的價值觀、感覺的尺度、作為觀察者的能力以及各種各樣的現實利害關係——所取捨所篩選所限定所分割。果真如此，被談的「我」的形象又能有多少客觀真實性呢？對此我非常放心不下，向來放心不下。[59]

這一段話十分集中地體現了主體對自身反思性能力的強烈懷疑，是理解全文相當重要的「文眼」。作為主格的「I」是無法看清作為賓格的「me」的，那麼「I」也不可能成為「I」。

---

[59] 前引《斯普特尼克戀人》一書，第56頁。

這的確是個莫大的悖論。佛洛伊德認為，「自我意識是基於『快感原則』行動的無意識、非理性的『原發過程』，向遵循『現實原則』行動的意識性、邏輯性的『繼發過程』過渡的媒介；是在時間的連續性中把握自己，將自己過去的體驗與現在之間作出關聯並進而統攝自我的行為；是將自我作為獨自的同一性存在加以把握的意識形態」[60]。正如小森陽一所著重強調的：「自我意識，是對自己進行語言化思考、將自我行為統合起來的**本質性內省意識。**」[61]（黑體為筆者所加）而在作品中的「我」看來，這種「本質性內省意識」能不能成立是個巨大的問號。如果聯想到安東尼·吉登斯關於現代性語境下「反思性」對自我建構的巨大作用的論述，我們就會發現這種懷疑是典型的後現代語境下才會產生的。按照吉登斯的理解，「自我」這個概念本身並不是現代以後才產生的，但是只有在「現代」以後對於自我的反思才開始參與對「自我」的建構。他這樣說道：「自我可看成是個體負責實施的反思性投射。我們不是我們現在的樣子，而是對自身加以塑造的結果。」[62]而從「我」的表述來看，對自我能不能具有這種反思性能力的回答是否定的。如果按照吉登斯的觀點，這應該屬於對「反思性自身的反思」[63]，但按照筆者來看，這應該叫做對反思性自身的「顛覆」或「解構」更為妥當，而「顛覆」和「解構」也正是後現代語境下出現的關鍵字[64]。

---

60 轉引自小森陽一：《村上春樹論 精讀〈海邊的卡夫卡〉》，秦剛譯，新星出版社，2007年，第26—27頁。

61 前引小森陽一：《村上春樹論 精讀〈海邊的卡夫卡〉》一書，第26頁。

62 安東尼·吉登斯（Anthony Giddens）：《現代性與自我認同》（*Modernity and Self-identity*），趙旭東、方文譯，生活·讀書·新知三聯書店，1998年，第86頁。

63 安東尼·吉登斯（Anthony Giddens）：《現代性的後果》（*The Consequences of Modernity*），田禾譯，譯林出版社，2000年，第34頁。

64 從這個意義上說，安東尼·吉登斯只願意承認有「高級現代性」或「晚期現代

在文本中，「我」一方面強烈懷疑構成「自我」意識必要條件的「本質性內省意識」，另一方面，卻又保留著「一個根本性疑問」，即「我是什麼？我在追求什麼？我要往哪裡去？」[65]，那麼，「我」是採用什麼樣的方式解決這個矛盾的呢？文本中這樣寫道：

> 凡此種種，我越想就越不願意談及自己本身（即使有談的必要）。相比之下，我更想就我這一存在之外的存在了解盡可能多的客觀事實。我想通過知曉那種個別的事和人在自己心目中占怎樣的位置這樣的分佈，或者是通過保持包含這些的自己的平衡，來儘量客觀地把握自己這一人之為人的存在。[66]

也就是說，在「我」這裡是通過「個別的人和事」即「他者」（儘管並不是真正獨立意義上的「他者」）來驗證「自身」的存在。這一點本來無可非議，從社會學的意義上講「自我」這一概念是通過「他者」才得以實現意義界定的。問題在於這裡的「自我」和「他者」是不是具有獨立意義上的「個人」呢？如果按照上頁所引的話來看，「我」根本就對「自我」的「本質性內省意識」不信任，那麼，「我」和「那種個別的人」都不可能是真正意義上的「自我」，也就無所謂「自我」和「他者」。所以，兩者之間的關係不是具有自我意識的兩個「主體」的關係，而只可能處於一種「自我」形成之前的

性」或「激進現代性」，而不願意使用「後現代性」的觀點似乎有些保守了。
[65] 前引《斯普特尼克戀人》一書，第60頁。
[66] 前引《斯普特尼克戀人》一書，第57頁。對林少華的譯本筆者略加改動。

「自他未分化」狀態。按照佛洛伊德的理論，具有本質性自省能力的自我意識在嬰幼期並不存在，而是在第二性徵出現的時期內才開始確立的。處於發育初期階段的嬰兒和母親之間就處於彼此未分化狀態中，只有到嬰兒開始接受使用語言表達意志的訓練之後，才開始踏上確立自我意識的道路。而我們從文本中可以發現多處痕跡說明作品人物其實是（有意）處於向自我意識還沒確立的幼年期退化的狀態。在第五章中「我」陳述了對反思性自省意識的懷疑之後明確說道：「這是十歲至二十歲期間我在自己心中培育起來的視點，說得誇張些，即世界觀」[67]，而這個時期正是佛洛伊德所說的第二性徵出現的時期。也就是說，「我」在這個時期就已經放棄了樹立自我意識的努力，將自己的意識發展有意停頓在這個時間點上。再比如，「我」從事的職業是小學教師，就筆者看來，這種職業的設置充分反映了「我」在意識上對嬰幼兒期的嚮往與認同。就如文中所說的：「我站在講臺上，面向學生講述和教授關於世界、生命和語言的基本事實，但同時也是通過孩子們的眼睛和思維來向自己本身重新講述和教授關於世界、生命和語言的基本事實」[68]。而最能說明作品人物自我意識向幼年期倒退的則是文中的戀愛關係設置，下面擬就此點加以具體說明。

二、三角戀愛模式與同性戀的意義

《斯普特尼克戀人》中的人物關係是村上作品中反覆出現的三角戀愛模式：我愛戀堇，對堇抱有身心兩方面的渴望，但堇對我沒有戀人的感覺，反倒是對年長的韓裔日本女性敏一

---

[67] 前引《斯普特尼克戀人》一書，第57頁。
[68] 前引《斯普特尼克戀人》一書，第60頁。

見鍾情，陷入戀愛的漩渦中；但是敏卻是由於某種機緣失去真正自我的人，已經成為空殼，按照她自己的話說是「無法同這世上的任何人溝通身體了」[69]。柄谷行人、蓮實重彥、石原千秋曾對夏目漱石作品中三角戀愛關係做過這樣的闡釋：柄谷行人認為，制度本身總是在形成著三角關係。我們只有在這種制度中，才能成為人。而這直接關係到「我來自於哪方」這種關乎根本意義的問題；蓮實重彥認為，這反映了夏目漱石深深感受到了爭奪「組合軸」和「聚合軸」交點的唯一位置的西方文明中的「power」和「will」之殘酷；石原千秋認為這是將女性作為證明男性友情禮物的男性社會（ホモソーシャル）的特質[70]。那麼，村上春樹文本中的三角戀愛模式包含著什麼樣的意義呢？從上一節的分析中，我們知道，村上作品中的人物經常是互為「分身」，主體處於一種自我意識樹立以前的「自他未分化」狀態，是從「他者」（非真正意義上）中尋找「自我」（亦非真正意義上）。那麼，如果人物的戀愛關係是靠戀愛雙方兩個人（無論異性戀還是同性戀）就能獲得身心滿足的話，這會構成一個完滿的「異體同心」的人物關係模式；然而，在村上文本中是極少這樣設置的，就好像《斯普特尼克戀人》中一樣：「我」對董有身和心的需求，董卻只在精神層面與「我」溝通；董愛戀的是敏，而敏卻無法對董的身心需求加以回應，因為自我的另一半丟失在另一側。也就是，每個人在尋找「分身」的過程中，都無法得到全部的回應，完整的「自我」在不斷「延遲」「出場」，永遠不「在場」，已經成為一

---

[69] 前引《斯普特尼克戀人》一書，第122頁。

[70] 前引石原千秋『謎解き　村上春樹』一書，第73-74頁。論者在論及村上春樹的《且聽風吟》中的「男性社會」構造中提及此點。

個漂浮的無所靠的能指符號，因為最終進入的是超出意識之外的「另一側」世界。在《挪威的森林》中「我」（渡邊）、木月、直子及「我」、直子、綠子、乃至「我」、綠子、玲子，均為這種模式。只不過《挪威的森林》中人物結構更加複雜，是由好幾個三角關係組合在一起而成的。川村湊曾經就《挪威的森林》中這些三角關係評論說：就像是「森」這個漢字讓人聯想到的，一棵馬上就要倒下的樹木被兩旁的樹木支撐起來，從這其中露出的東西也只有通過將這三角網的破綻縫合起來的途徑才能癒合[71]。不過，筆者認為，這種三角網也由於有「另一側」世界的因素參與，而成為永遠無法癒合的一種機構。也就是說，村上文本中這種敞開的三角戀愛模式標誌著「自我」永遠處於尋找另一半的過程中，並在這個過程中脫離了能指鏈條，成為遊蕩的符號。這樣的內涵意義是具有深深的後現代色彩的。而這種三角模式的起因根本上來源於前文提到的主體對認識「自我」的必要條件——內省式反思能力——的懷疑，所以，與其說村上的文本中「戀愛」是成人間的交往溝通的一種途徑，不如說是主人公是在通過「戀愛」找尋幼年期的「自他未分化」狀態下的溫馨感與安全感。這從《斯普特尼克戀人》的文本中可以找到很多表現。例如堇的同性戀傾向。

堇在不到三歲時便失去了母親，對其的印象十分淡薄，所以對母親的記憶的追尋成了她心中的一個情結，而其父親卻不肯為她提供相關的感性的情報，只是簡單的一句：「記憶力非常好，字寫得漂亮」[72]。其繼母和母親一樣相貌平平是「印象淡薄」的人。而其身為牙醫的父親卻是非常英俊，有著格里

---

[71] 前引『村上春樹作品研究事典』一書，第161頁。
[72] 前引《斯普特尼克戀人》一書，第9頁。

高利·派克般的挺拔的鼻子，在女性中有著極高的人氣。按照佛洛伊德的說法，同性戀是性心理發展中某個階段的抑制或停頓，即幼兒期敏感區的固定。而雙親的健在與否是很重要的，童年缺少一個強有力的父親或母親，會導致性倒錯的發展[73]。幼年期的男孩的戀母情結和女孩的戀父情節如果沒有在青春期得到正確的疏導，將很有可能使其發展為同性戀。由此看來，董的同性戀傾向完全可以說是童年經歷的影響而致，她的性心理停滯在幼年期，雖然文中沒有明確提到董的戀父情節，但從文中對其父親英俊相貌的突出描寫，讓讀者做出這樣的判斷也不是不可能的。而且，就像有論者指出的，敏在那次不尋常的經歷中的性愛對象菲爾迪納德的相貌和董的父親是相似的，尤其是兩者都有著特徵性的挺拔而漂亮的鼻子，這樣的描寫很難不讓讀者將這兩位男性的形象疊加在一起[74]。前文提到文中的三個主要角色是互為分身的，董和敏亦是如此，所以可以說，敏和菲爾迪納德的性愛場面未必不可以解釋為董在無意識領域的戀父情結的表現。而文本中也提到了敏自己的父親，他的家鄉——韓國北部的一個小鎮——因為其的無私捐助，甚而在鎮廣場建造了一座敏的父親的銅像，這讓當時才五六歲的敏感到不可思議。有意思的是當「我」在董失蹤後在東京街頭再次看到敏的時候，感覺到的是「空殼」，是「不在」，而「這時驀然浮上心頭的，是韓國北部一座山間小鎮上矗立的敏父親的銅像。（中略）不知何故，那銅像在我心中同手握『美洲虎』方向盤的敏的身姿合二為一」[75]。內田樹等論者曾提到過村上春

---

[73] 李銀河：《同性戀亞文化》，今日中國出版社，1998年，第32-33頁。

[74] 松本常彥：孤獨——村上春樹『スプートニクの戀人』，國文學 解釈と教材の研究，平成13年2月臨時增刊號，第64頁。

[75] 前引《斯普特尼克戀人》一書，第217頁。對林少華譯本筆者略有改動。

樹作品中「父親」的角色缺失[76]，不過，筆者倒比較贊成都甲幸治的觀點，村上文本其實讓我們感到的卻是「父親」的普遍存在，只不過採用了「父親」不在的形式而已[77]。至少在《斯普特尼克戀人》中我們可以清楚地看到由於「父親」角色的「在」與「不在」而給人物心理成長造成的巨大影響。可以說，敏對於菫的「分身」意義在於她在某種程度上是菫無意識之中幼年期戀父情結的顯化。在敏和菫發生類似同性戀性行為的那天晚上，引起這種行為的契機其實是菫的短時間的意識喪失。文中如此描寫菫的身體形態：「這是一個人的身體，頭髮垂在身前，兩條細腿彎成銳角。是誰坐在地板上，頭夾在兩腿之間縮成一團，樣子就像要避開從天而降的物體」[78]。這種姿態很容易讓人聯想起在子宮中幼兒的形態。在緊接其後的菫對於敏感覺中身體的描寫中也反覆出現「還是個孩子」、「這孩子說不定是處女」這樣的描寫。這也進一步證明了菫對敏的同性戀情感其實也是一種向幼年期「自我未分化狀態」的倒退。

從「我」的角度來說，我們可以發現一種在村上文本中也是經常出現的模式：即男性對年長女性的迷戀。「我」大一暑假的旅行中就如同三四郎一樣和一位火車上遇見的年長八歲的女性共度一宿，不過和三四郎不同的是「我」在這位女性的教導下增加了性體驗，實踐了一次完美的「豔遇」。文中「我」對菫的未實現的身體需求也都在「比我年紀大，或有丈夫或有

---

[76] 內田樹：《當心　村上春樹》，楊偉、蔣葳譯，重慶出版集團，重慶出版社出版，2009年，第29-34頁。在內田樹的論述中，「父親」不僅是生理意義上的「父親」，更是形而上意義上的「權威」。

[77] 都甲幸治：村上春樹の知られざる顔，《文學界》2007年7月號，第136頁。

[78] 前引《斯普特尼克戀人》一書，第116頁。

未婚夫或有確立關係的戀人」這樣的年長女性身上得以實現。
還有值得關注的是「我」與菫的關係。如果從加入同性戀和年
長女性因素考慮的話，《斯普特尼克戀人》中的人物關係和
《挪威的森林》中「我」、綠子、玲子的關係最為接近。而且
在第14章也明確寫到「我」與敏之間的好感：敏對「我」說：
「我喜歡你，非常」[79]；「敏以不可思議的力度吸走了我的
心」[80]；「在我從渡輪甲板上遠望她離去的身影時，我才意識
到這一點。雖然不能稱之為愛戀之情，但也相當接近了」[81]。
如果按照這樣的情節發展，「我」和敏之間如渡邊和玲子一樣
發生性關係的可能性是很大的。川村湊曾經論及渡邊和玲子的
身體的結合就象徵著通過死者直子這個媒介建構起一種確實的
人際關係的可能性[82]，不過比起《挪威的森林》中這樣讓人感
到一絲安慰的安排，也許《斯普特尼克戀人》中這樣的未確定
的開放性結尾更加符合文本自身的發展，雖然在情節設置上會
存留一些破綻。村上文本中反映出的男性對年長女性的依戀在
《斯普特尼克戀人》其後的作品《海邊的卡夫卡》中得到了更
為明確的表現：即少年卡夫卡與「母親」及「姐姐」的觸犯禁
忌的亂倫關係[83]。筆者認為在《斯普特尼克戀人》中這種傾向
已經有所萌芽，「我」的這種情感或是性愛取向隱含著戀母情
結的意味，也說明「我」的人格發展也（有意）停滯在獨立自
我形成之前的「自我未分化」狀態。

---

[79] 前引《斯普特尼克戀人》一書，第184頁。
[80] 前引《斯普特尼克戀人》一書，第185頁。
[81] 前引《斯普特尼克戀人》一書，第185頁。
[82] 川村湊：〈ノルウェイの森〉で目覚めて，栗坪良樹、柘植光彥編：『村上春樹スタディーズ03』，若草書房，1999年，第19頁。
[83] 關於這一點小森陽一已經有極為透徹的分析，可以參考前引小森陽一：《村上春樹論　精讀〈海邊的卡夫卡〉》一書，第32頁。

總之，從全文描寫的戀愛關係來看，可以說沒有一種是真正意義上的成人間的戀愛，因為成人間戀愛的前提是雙方具有或準備具有獨立的「自我意識」，是長大了的「人」，而這一點正是作品人物所缺乏的。《三四郎》中三四郎通過與美彌子未果的戀愛逐步樹立自己的主體意識，戀愛是形成獨立自我的「成人式」，而通過前文引用過的在第五章「我」的表述，我們知道在《斯普特尼克戀人》的文本中，人物對這種能夠通過「戀愛」等手段實現「自我認知」從而樹立「自我」的根本途徑是懷疑的，他們不想長大也不可能長大。

三、未實現的語言的功能

　　在《斯普特尼克戀人》的文本中，還有一個村上作品的常見因素：對語言功能的探究[84]。前文中提到小森陽一曾論及，自我意識是對自己進行語言化思考、將自我行為統合起來的本質性內省意識，也就是說語言化的思維能力是我們成長為獨立人格的重要的亦是必要的途徑。當嬰兒接受使用語言表達意志的訓練後，也就意味著和母親的「自他未分化」狀態開始被切斷，母親開始成為「他者」而與嬰兒分離。只有經過這種嚴酷的被拋棄般的背叛感，孩子才可能慢慢具有完善的語言思維能力，具有理性的自我反省能力，從而成長為獨立的自我。那麼，作為有意向「自我未分化狀態」退化的作品人物，他們對待語言的態度又是如何呢？他們相信語言的這種塑造獨立「自我」的功能嗎？

---

[84] 這裡的語言包括口頭言語與書寫，在《斯普特尼克戀人》的文本中重點指後者。雖然德里達的解構主義再次提醒我們重視兩者的區別，不過由於在村上文本中未見對兩者的明顯區分，所以在本文的論述中也將語言作為一個籠統的概念加以使用。

通過對原始文本的閱讀中，我們至少能總結出這麼幾點：首先，用文字堆積出的虛構性作品如小說是我們確認自我存在的重要方式。「我」和董都是對讀書有著超出常人的熱情，董更是對寫作癡迷有加，並且從大學退學以便集中精力寫小說。而當董認識敏之後，開始到敏的事務所上班，像正常的OL一樣開始有規律的生活時，董發現寫不出東西了，對寫作這一行為也不再充滿自信。文中的敏在反省自己為什麼會有那樣離奇的丟失另一半的經歷時認為，這個事件從某種意義上是自己製造出來的，因為身為外國人為了成為社會的強者而只顧著拼命努力，缺乏廣博的溫情與愛心，自己心中其實有著缺少什麼的空白。而這樣的敏對於小說是毫無興趣，認為是「無中生有」。在董知道敏的故事之後，在希臘的小島上又開始了寫作，原因是：「為了思考什麼，首先必須把那個什麼訴諸文字。」[85]並且寫下這樣的命題：「我日常性地以文字形式確認自己／是吧？／是的！」[86]從這些材料中我們不難發現，當人被社會體系所吞沒的時候，虛構性作品就失去了存在的意義；而當人和社會體系存在距離、開始意識到需要確認自我的時候，虛構性作品的價值就開始顯現。詹明信曾經提到在晚期資本主義社會，文化實踐已經無法與社會體制保持有效的「批評距離」[87]，而村上文本提示我們虛構性作品能夠讓人和現實生活保持這種距離，如此看來，村上似乎對文學的功能懷有期待。但是，問題並沒有這麼簡單。

　　我們能從文本中讀出的另一點關於語言的認識是：我們將語言作為確認自身的思維途徑，然而，不幸的是，在語言的體

---

[85]　前引《斯普特尼克戀人》一書，第137頁。
[86]　前引《斯普特尼克戀人》一書，第138頁。
[87]　前引詹明信（Fredric Jameson）：《晚期資本主義的文化邏輯》一書，第505頁。

系中我們最終無法認清自我。董雖然熱愛寫作，但從來沒有完成過一部有頭有尾的作品。從「我」看來，她是無法準確地找出所寫的文章哪部分對整體有用哪部分沒用，因為董總是想寫成十九世紀式的長卷「全景小說」。但是這些寫作的模型無法完全裝載下她文中具有的質樸的力量。而董自述雖然滿腦袋都是各種各樣的圖像、場景、話語、身影，但是一落實到文字，便失去了光芒，成了硬梆梆的石塊。尤其重要的證據來自董在希臘小島上寫的兩段文字。前一段提到，董是為了「思考」、為了「確認自己」而重新開始寫作，可是，我們讀到的結果卻是董在文字中的迷失和最終對語言的放棄。董首先反省了自己認識敏之後就不再寫文章的原因：因為停止了思考。而事實上我們以為瞭若指掌的不需思考的事，只是一種假象，所以我們需要通過語言的方式來思考。可是，在陳述的過程中董卻不斷地對這種用語言陳述並思考問題的方式進行了質疑。比如：

> 換個說法。噢——換個什麼說法呢？有了有了！與其寫這亂七八糟的文章，還不如鑽回溫暖的被窩想著敏手淫來的地道，不是嗎？正是。[88]

再比如：

> 那麼，為了真正做到不思考（躺在原野上悠悠然眼望空中白雲，耳聽青草拔節的聲響）並避免衝撞（「通」！），人到底怎麼做才好呢？難？不不，純粹從理論角度說簡

---

[88] 前引《斯普特尼克戀人》一書，第143頁。

單得很。C'est simple，做夢！持續做夢！進入夢境，再不
出來，永遠活在裡面。[89]

　　因為在夢裡不必辨析事物，而現實卻是「人遭槍擊必流
血」這樣的嚴酷。當回答記者為什麼必須在影片中加入大量流
血的場景時，這句「人遭槍擊必流血」的回答是十分存在主義
式的。也就是說，它迴避了理由的探尋，將存在的當做合理的
全盤接受，摒棄了理性的思考，放了選擇的權利。董說自己
的小說無法收尾原因就在此，也就是說她不具有「我」所說的
選擇什麼放棄什麼的理性思維能力。而她即使知道無法用語言
整合不合理的夢，還是要不顧「文學性」地將夢陳述出來，陳
述在夢中遇見看不清面容的母親，卻沒有和其進行語言的交
流，並在夢醒後決定必須和敏坦白自己的愛慕之情。也就說
這個文件1以試圖用語言確立自己存在開始，卻以放棄「文學
性」投入夢境而結束。文件2是以第三人稱講述的敏的往事，
這段往事其實是董說服敏，懇求與敏分享所有的一切，並和她
一起手把手尋找記憶的軌跡來分解重構的。前面提過，敏也是
董的一部分分身，那麼這種記憶的追尋和文字的記述其實無疑
是對自身潛意識層的探究，是在認識自己。然而經過追尋和記
述之後，董產生的是對自身存在的巨大懷疑：「假如敏現在所
在的這一側不是本來的實像世界的話（即這一側便是那一側的
話），那麼，如此同時被緊密地包含於此、存在於此的這個我
又到底是什麼呢？」[90]。我們可以跟著這個疑問繼續下去：如
果我都不存在的話，那麼我所記述的這些文字又價值何在呢？

---

[89]　前引《斯普特尼克戀人》一書，第141頁。
[90]　前引《斯普特尼克戀人》一書，第169頁。

就像「我」所總結的，這兩段文字的共同點落實在另一側的世界上，事實上，董在寫完這些文字之後，也的確不知所終，去了另一側的世界，也就是放棄了在這一側的通過語言的對自我的理性追尋。

村上在《斯普特尼克戀人》的解題中明確提到，自己在非虛構小說中感受到無法用安易的語言表述矛盾的混沌的感受，為了避免這種「言語化的邏輯過程」，而轉換至「物語」這一不同的體系[91]。也就是說，村上要用虛構「物語」表達「混沌」，體驗一種非「邏輯過程」。這是他作為一名作家「治癒」（癒す）自己的方式。從這個意義上我們不難理解文本中對於虛構性作品在確認自我的積極方面的肯定，否則村上就會在根本上解構自己作為作家的存在。但是就像文中的董一樣：「『我們要做無論如何也不能付諸語言的事』──董想必會這樣對我說（但這樣一來，她最終還是向我『訴諸語言』了）」[92]。這種悖論也是村上需要面對的：如何用語言表達用語言表達不出的內容？也就是說，從根本上董、還有作家村上本人對語言是抱有懷疑態度的，這種懷疑無疑是屬於後現代語境的。後現代主義哲學家已經給我們指出過：語言是先於主體的存在，主體進入語言符號秩序就意味著進入「他人的話語」和「語言的結構」，在語言這一自主性的結構中主體會脫離能指鏈，成為漂浮的能指[93]。在村上文本中這種用語言表達不出的東西是屬於「另一側」的，而這又偏偏是構成我們自我成立的不可或缺的另一半。

---

[91] 前引村上春樹：『村上春樹全作品1990-2000②』一書，第493頁。
[92] 前引《斯普特尼克戀人》一書，第188頁。
[93] 趙一凡、張中載、李德恩主編：《西方文論關鍵字》，外語教學與研究出版社，2006年，第876頁。

那麼如何解決這種語言的悖論呢？董在向「我」徵詢如何寫作的意見的時候，「我」提到：「在某種意義上，故事這東西並非世上的東西。真正的故事需要經受聯結此側與彼側的法術的洗禮」[94]，就像古代中國人建造城門時必須找活狗的鮮血潑在門上一樣。這句話在全文被反覆提起過數次，具有很深的象徵含義。我們從文本中無從得知如果董真的從另一側世界回來的話她會如何再次寫作，但是我們能夠通過文本看到：寫出經受過鮮血澆鑄過的連接這一側與那一側的法術的故事恐怕正是村上自己的夢想和目標吧。將語言堆砌的虛構性作品澆鑄上鮮血施以法術，就是文本中反映出的村上的解決語言的悖論的途徑。儘管我們在文本中無法找到這種法術的具體實施途徑，（也許永遠也不可能找到），但筆者認為文中反覆出現的「鮮血」的暗喻顯示了一種在語言體系中尋找主體的有切膚之痛的努力：我們知道語言體系歸根到底都是具有強大的意識形態背景的，能夠在這種體系中尋找到遺失的主體需要的將是血淋淋的抗爭與搏鬥。

結論

　　本文以《斯普特尼克戀人》為文本依託，圍繞「自我」、「戀愛」、「語言」這三個關鍵字，對作品人物的「自他未分化狀態」進行了具體分析。文本的主要人物都具有在人格上互為分身的特性，這來源於人物對於自我的本質性內省意識的嚴重懷疑；而文中的三角戀愛模式由於有「另一側」因素的加入，成為一個開放的結構，它反映了主體對於「自我」的沒有結果的追尋，使完整的「自我」永遠延遲出場，成為漂浮的符

---

[94] 前引《斯普特尼克戀人》一書，第15頁。

號。文中的同性戀現象反映了作品人物心理有意停留在自我確立以前的青春期階段；作品人物一方面對於通過語言認識自我這一途徑抱有期待，卻最終由於對語言體系的懷疑，而放棄了通過語言的理性邏輯尋找自我的努力。經過以上的分析之後，讓我們重新回到一開頭的問題：究竟在何種意義上理解村上春樹在作品中對於「自我」問題的探究呢？如果將夏目漱石對於「自我」問題的思考和村上加以對照的話，我們會發現，後者對於「自我」問題的看法是具有明顯的後現代色彩的。夏目漱石著眼於探討「自我」與他者之間無法溝通的隔閡，可是從來沒有對自我能否成立這個問題給予懷疑。而無論村上本人承不承認，我們從其作品中確實讀到了他對主體能否具有實現自我的本質性內省意識的質疑，對語言塑造自我功能的質疑，這些都是從根本上對於「自我」概念的解構，是屬於後現代文學精神的。村上的小說也就似乎自然而然具有了後現代文學理論家所闡述的「元小說」特徵。不過，與詹明信所提及的後結構主義對「自我」的極端看法不同的是，村上並沒有因為這些懷疑就全面抹殺「自我」這個古老的理論概念。在《斯普特尼克戀人》文本中反覆提到的用鮮血澆鑄的法術就是村上試圖通過「虛構性作品」找到語言體系中漂浮的「主體」的一種積極的努力，儘管他還沒有恐怕也無法說明這種法術的具體內容，不過這至少表明他在面對語言的悖論的時候還是給「物語」留下了生存的空間。從這個意義上，筆者贊成都甲幸治的觀點，為了避免文學解體的死胡同，村上導入了物語性，這種嘗試可以說是「後‧後現代主義」[95]文學式的。

---

[95] 都甲幸治：「村上春樹の知られざる顔」，《文學界》2007年7月號，第121頁。

小結

　　本章通過夏目漱石《三四郎》和村上春樹《斯普特尼克戀人》兩個文本，具體分析了在日本現代和後現代語境下「自我」和「戀愛」的關係。在夏目漱石的時代，「自我」、「主體」和「戀愛」這樣的概念還都是新鮮詞彙，還處在僅僅確立了詞彙的形式、其內涵還在傳統的「私」、「色」、「戀」與剛進入日本的「self」、「subject」、「love」這些西方概念的磨擦與交融的階段。夏目漱石在《三四郎》中通過美彌子等女性人物，生動地描述了三四郎這個急欲在現代都市中確立「自我」的年輕人，在此過程中的彷徨、動搖與最終的抉擇。美彌子似乎是作為「人格性他者」，承擔著使三四郎成為現代意義上「自我」的使命，但實際上，美彌子在當時社會，作為有長兄的一名女性，是完全不具備獨立生活的經濟條件的[96]，她只能憑藉婚姻獲得生存手段和社會地位。所以這樣的「戀愛」在根本上就是不公平的。三四郎要想在這樣的「戀愛」關係中樹立「自我」，也是不可能的。於是，順利成章，《三四郎》這部「成長小說」其實最終描述的是：一個從落後的「前近代」的地方城市到達現代都市的青年，投奔男性主流社會階層的成長故事。這種「自我」只能說是在男性社會中的成長，如果從「戀愛」的角度來看，戀愛的雙方根本沒有構成互為「人格性他者」的關係。從這一點來說，夏目漱石的確比同時代的人們具有更加深入的思考力：他從「戀愛」的角度對近代「自我」的概念發出了根本的質疑。也許也是從這一點考慮，漱石的後

---

[96]　這方面可以參考小森陽一：「漱石の女たち──妹たちの系譜」，（『文學』，1991年冬）等論文。

期作品，例如《行人》、《明暗》都對愛與私欲相糾結的夫妻之愛有著深刻的描繪。

　　而村上春樹對於「自我」的看法，比夏目漱石具有更加濃厚的解構色彩。漱石對「自我」概念的質疑是出於對其合理性的質疑，也就說，在人和人的關係中，尤其是戀人之間，可不可能有完全獨立立場的「自我」的存在；但是，在村上春樹這裡，對「自我」的質疑是指向其概念自身的，他的作品中描述的都是「自他未分化狀態」的人物，戀愛關係不是互為他者的關係，「戀愛」是尋找自我另一半的過程。如果以是否存在互為「人格性他者」作為判斷標準來衡量的話，村上的《斯普特尼克戀人》中的人物關係根本稱不上「戀人」，只是「自我」的不同分身而已。這一點稱得上是村上作品的特徵，《海邊的卡夫卡》中佐伯和少年戀人、新作《1Q84》中的青豆和天吾等等皆是如此。也許這正是現代人的悲哀，在近代發展過程中，人們拼命尋找和樹立真正的「自我」，而經過了反反覆覆的抗爭之後，卻無奈地發現：原來自身永遠只是殘缺的存在，所謂真正的「自我」只能依靠是否找到丟失的另一半來決定。

第二章　現代和後現代語境下的 「女性蔑視」

　　本章首先對村上春樹最新作《1Q84》中的「女性蔑視」與宗教回歸傾向做了細緻分析，其次，從女性主義視角對夏目漱石和村上春樹作品中的「女性蔑視」現象做了比較性研究。對於夏目漱石研究來說，女性主義視角的研究是上世紀八十年代以後開始的；而村上春樹作品，如《海邊的卡夫卡》等中的「女性蔑視」傾向也曾被小森陽一等論者提及。從女性主義角度對兩者進行比較，是一個十分有趣而且值得深入探討的課題。

第一節　「女性嫌惡」與宗教回歸
——女性主義角度的《1Q84》解讀

　　如果單純從出版數量來看，村上春樹新作《1Q84》的熱銷在被很多人稱為「文學終結時代」的今天似乎是個大大的例外。BOOK1和BOOK2到2009年末在開始刊行的半年時間內便銷售了225萬部，BOOK3從2010年2月5日在亞馬遜網站預約銷售開始內的12天內便突破1萬部，2010年4月16日初版發行時加

上增印的部數便已經達到了70萬部[1]。在中國、韓國、美國、義大利等國的銷售量也是一路攀升，堪稱出版界的盛事。在這樣的銷售旺景背後不可忽視的是出版商高明的銷售策略和媒體的推波助瀾，《1Q84》已經並不僅僅作為一個文學作品，而是作為一個商品在被運作和被消費。在這樣的背景下，已經很難分辨究竟有多少讀者是出於對文學作品本身的喜愛和憧憬而去閱讀和購買《1Q84》。如同小森陽一在和女作家中村うさぎ的對話中笑談的，「說是360萬人購買了《1Q84》，可真是不知道是不是所有人都讀過了，在BOOK2的時候，據調查『只是買了還沒讀』的人就占壓倒性的多數」[2]。在如此喧鬧的表象之下，不僅是普通讀者，以剖析和解讀文學作品為專職的文藝評論家們似乎也不甘寂寞。《新潮》、《文學界》、《群像》等文學雜誌紛紛發表關於《1Q84》的評論專刊，並且相繼出現了《如何閱讀村上春樹〈1Q84〉》（《村上春樹『1Q84』をどう読むか》，東京：河出書房新社，2009年7月）、《1Q84研究BOOK1》（《1Q84スタディーズBOOK1》傑・魯賓編，東京：若草書房，2009年11月）、《1Q84研究BOOK2》（《1Q84スタディーズBOOK2》小森陽一編，東京：若草書房，2010年1月）、《集中講義『1Q84』》（《集中講義『1Q84』》，風丸良彥著，東京：若草書房，2010年6月）等等一系列關於《1Q84》的評論書籍。其中既有專門的日本文學的研究者，也有法國、美國、俄國文學的研究者，以及精神分析學者、宗教學者、社會學者、音樂評論家、作家、自由文藝評論家等等各

---

[1]　根據風丸良彥：『集中講義「1Q84」』，若草書房，2010年，第246頁。
[2]　小森陽一、中村うさぎ：《村上春樹さん、あなたそれでも「作家」ですか》，週刊《金曜日》，第823號，2010年11月12日。

個文化領域的研究者。學者們從各自的研究領域對《1Q84》做了各色解釋，對作品的評價也是褒貶不一。比如加藤典洋就盛讚《1Q84》和以往的日本小說截然不同，是不可多得的佳作；而以小森陽一為代表的論者則持批判態度，指責作品缺乏對語言功能的重視，作品人物缺乏現實感、作品中的社會性因素只是起到點綴作用等等。其中有相當多的學者，如島田裕巳、都甲幸治等，都提到《1Q84》中的善惡觀缺乏一定的標準，從而質疑作者究竟站在「雞蛋和牆」[3]的哪一邊。而中國國內的評論除了關於《1Q84》的簡單內容介紹之外，也出現了一些學術性論文，如林少華的《之於村上春樹的物語──從〈地下世界〉到〈1Q84〉》（《外國文學》，2010年第4期）、王新新的《〈1Q84〉中的非後現代因素》（《東方叢刊》，2010‧2）等。2012年6月山東文藝出版社還翻譯出版了前文提到的由河出書房新社編輯部彙編的《村上春樹『1Q84』縱橫談》的文集。

本節擬結合《挪威的森林》、《斯普特尼克戀人》等村上春樹以往的作品，從女性主義文學角度對《1Q84》BOOK1、2、3做一綜合評述。在以往的研究中，從女性主義文學視角分析村上作品的力作有上野千鶴子、小倉千加子、富岡多惠子的《男流文學論》（『男流文學論』東京：筑摩書房，1992年）中關於《挪威的森林》的對談、渡邊みえこ的《無法言說的事物：村上春樹的女性表象》（《語り得ぬもの：村上春樹の女性表象》，東京：御茶の水書房，2009年）等。另外，內田樹關於村上作品中父親角色缺失的論述也可作為女性主義角度論述的重要參照。關於《1Q84》的女性主義角度的解讀在《1Q84

---

[3]　村上春樹在獲耶路撒冷文學獎時所作的題為《牆與雞蛋》演講，牆隱喻體制。

研究BOOK2》中作為「性別和暴力」的一個系列，收錄了村上
陽子、岩川大佑的論述。這兩位論者均為參加小森陽一每週一
次文學研討會的東京大學大學院的年輕學子，從其論述格調及
內容中可以清楚地看到小森先生的影子。精神分析學者齋藤環
的一些論文也具有女性主義分析的因素[4]。本文將在以上論文的
基礎上，從村上春樹以往作品中的「女性嫌惡」傾向入手，考
察在《1Q84》中村上企圖擺脫這種傾向的努力及這種努力最終
歸於失敗的過程。

一、村上以往作品中的「女性嫌惡」傾向

　　雖然村上春樹在寫作初期立誓不寫「性」與「死亡」，
不過隨著創作的深入，這兩個主題已經構成村上作品不可或缺
的內容。而他的作品中所體現的女性的性慾內涵也是有一個發
展過程的。首先讓我們看一下從《挪威的森林》（1987年）、
《斯普特尼克戀人》（1999年）、到《海邊的卡夫卡》（2002
年）幾部作品對女性性慾的描寫。

　　渡邊みえこ曾經著重分析過在《挪威的森林》中，使直
子的室友玲子精神崩潰的有同性戀傾向的「那個孩子」的人物
意義[5]。在以往的研究論文中，很少有人注意過這個連特定的
名字也沒有的人物在文中所起的作用。《挪威的森林》發表於
1987年，作品中的時間設定在1969年的秋天。如同井桁碧所提
到的，在日本近代「處女純潔」思想限制了女性對自己性慾的
認識，女性只是作為男性慾望的客體而存在，女性自己的性慾

4　可見『村上春樹「1Q84」をどう読むか』（東京：河出書房新社，2009年）中收
　　錄的齋藤環的論文「ディスレクシアの巫女はギリヤーク人の夢を見るか」、
　　Voice雜誌第390號，2010年6月的「村上春樹『1Q84 BOOK3』の精神分析」一文。
5　渡邊みえこ：『語り得ぬもの：村上春樹の女性表像』，御茶の水書房，2009年。

被認為是一種「污穢」[6]。而女性同性戀更是被視為異端而為人不齒。事實上，日本精神醫學會直到1995年才將同性戀從精神疾病的名錄上刪除掉。並且，即使是同性戀，男性同性戀和女性同性戀的社會認知度也是完全不一樣。在古希臘，尋找俊美的少年作為伴侶被認為是貴族們的正當消遣；中國古代也一直有所謂「斷袖之癖」，在《紅樓夢》等經典著作中都對此有所描寫。但女性同性戀的描寫在整個世界文學作品中都是不多見的。所以，在《挪威的森林》中，關於「那個孩子」的描寫總體是趨於否定的。即使她擁有驚人的美貌，但內面卻是「為了保護自己而坦然地傷害別人，謊話連篇，會利用所有能利用的東西」[7]。她在沒有達到和玲子成為同性戀伴侶的目的的時候，偽造了種種假象，散佈謠言，直接導致玲子的精神再次崩潰。文中「那個孩子」和玲子的同性戀行為的描寫是通過玲子對主人公渡邊的敘述形式表現的，如渡邊みえこ所說，這其中存在著一個表述和事實的矛盾：玲子在受到「那個孩子」的同性戀行為的撫慰的時候，事實上性的愉悅度是很高的，超過了和丈夫在一起的感覺。但是，她所描述的口吻卻是嫌惡的，相應地帶給讀者的感覺也是這種同性戀行為是醜惡的、不潔的。也就是說，玲子自身對於同性戀行為最大的恐懼不是這種同性戀行為本身，而是自己在這種被認為是異端的性行為中感到了性愉悅。為了對抗這種恐懼，或者說為了清除這種「不潔感」，玲子其實所採取的「祛穢」的方式有兩種：一種是通過和丈夫的正常性行為，「讓他擁抱我，就像祛穢一樣」。不過這種方式

---

[6]　參考奧田曉子編著：『女性と宗教の近代史』書中井桁碧「仮構する性の〈主體〉──純潔と污穢」一文，三一書房，1995年，第251頁。

[7]　原文參考村上春樹：『村上春樹全作品1979-1989⑥ノルウェイの森』，講談社，1991。第180頁。以下原文均為筆者試譯，不再一一加注。

並沒有什麼效果；第二種，就是如同基督教教徒對神父的「告白」一樣，對男性主人公渡邊用語言的形式將整個事件敘述了出來。而且，在踏入新生活之前，和渡邊發生了性行為。這種性行為如果從玲子的角度進行解讀的話，完全可以看做是類似「祛穢」的一種儀式。

　而《挪威的森林》中女主人公直子的性慾則體現了典型的女性對「性高潮」的不潔感。直子雖然和青梅竹馬的キズキ一直有青春期的性接觸，但卻只是將其作為成長的正常過程，唯一一次真正的性行為和性高潮是二十歲生日時和渡邊體驗的。而這次性行為也成為了直子進入精神療養院的直接契機。與文中玲子和直子兩位女性的對性的不潔感相反，渡邊、永澤等男性對性有著明確的不加掩飾的欲求。雖然也會對自己的放蕩行為有所反省，但是「不能不這麼做。我的身體十分饑渴，渴求和女人睡覺」，即使「我和她們睡覺的時候一直在想直子」，然而「越是想念我的身體越是感到分外飢餓和渴求」。這樣的描述鮮明地體現出男性將「愛」與「性」分開的心理特徵。

　到了1999年出版的《斯普特尼克戀人》，文中對於女同性戀的描寫顯然比《挪威的森林》中少了很多禁忌的味道。文章開頭便鮮明地描述了菫對年長自己17歲的女性「敏「的同性戀感情，不過與《挪威的森林》中玲子對「那個孩子」相同的是，敏也無法對菫的感情有所回應。但是玲子對「那個孩子」的同性戀行為的反應是身體回應而理性（心）不接受，敏則恰好相反，在受到菫的愛撫的時候，「我的身體和我的心在不同的地方，（中略）我的身體在拒絕她。不想接受菫」[8]。並且拒

8　原文參考村上春樹：『村上春樹全作品1990-2000②』，講談社，2003年，第367頁。

絕的原因不是對同性戀的禁忌，而是敏25歲有一段關於性的難堪往事。她在瑞士旅行時，從遊覽車中看到自己的分身和一位拉丁籍男子的激烈的性愛場景，由此精神受到了強烈刺激，一夜間頭髮全白，「丟失了自己」。值得注意的是，在現實中，敏意識到拉丁籍男子對自己有性方面的興趣而有意避之，但是在潛意識之中卻盡情享受了性的樂趣。可是，問題在於，敏自身對這種潛意識充滿了恐懼和嫌惡：她在用理性看到性愛場景的時候，感覺是「這僅僅是以污濁（よごす―原文）我為目的進行的毫無意義的淫穢的行為」，並且在反省自己會有這樣的經歷的時候，認為自己一直以來習慣於做個強者，不會用心去理解和愛別人，即使和不少的男性睡過，卻從來沒有從心裡愛過他們，所以，「從這個意義來說，14年前發生在我身上的這件事，某種意義上也許是我自己造成的，我有時這麼想」[9]。由此可見，董其實對自己將「愛」與「性」分開的性慾是充滿自責的。女性主體即使在表面上和男性一樣有「性解放」的行為，其實對單純的性慾仍然擺脫不掉「污穢」感。

在2002年出版的《海邊的卡夫卡》中，對女性性慾的嫌惡感集中體現在有關岡持老師和佐伯的情節描寫上，對這一點小森陽一已經做過尖銳的批判，在此僅做一簡單陳述[10]。在文中將岡持老師寫成導致中田記憶喪失的暴力施加者，起因只是岡持老師在帶學生去郊外的前一晚，做了一個和已出征的丈夫發生劇烈性行為的夢，這使得她在第二天進入森林的時候突然來了例假，沾有經血的手巾被還是孩子的中田發現並拿在手上，

---

[9]　前引村上春樹：『村上春樹全作品1990-2000②』一書，第418頁。
[10]　具體論述可見小森陽一：《村上春樹論　精讀海邊的卡夫卡》中《中田與戰爭的記憶》一章，秦剛譯，新星出版社，2007年。

於是岡持老師便失去理智，毆打了他，同班同學目睹了這一幕，集體陷入了昏睡狀態，並且中田在甦醒之後，完全失去了所有記憶，也失去了識字能力。小森認為這其實是將對戰爭的記憶的「遺失」轉嫁到擁有性慾的岡持這一普通女性的身上。「中田的故事，起到了為『大戰爭』的直接責任者、並附有支配日本戰後社會責任的『父』式存在開脫責任的作用」[11]。而佐伯也是自己認定在戀人死後人生就已經終止，她在此之後的「麻木不仁的穿行於世間，也曾和不少男人睡過，有時甚至結了婚」的行為都是罪過。小森認為「這種不問理由地為女性存在之本身定罪，尤其是對保有性慾望、並試圖積極地生存於那份慾望之中的女性予以治罪」[12]的行為是貫穿小說的女性厭惡的核心部分。筆者想進一步強調的有兩點：其一，從本文以上的敘述可見，這種對女性性慾的不潔感在村上作品中是始終存在的。而且，在《海邊的卡夫卡》中，又加上了對「經血」的不潔感。在東方文化中，「經血」向來被認為是女性獨有的「穢物」，是女性嫌惡的特有表現。其二，和《挪威的森林》及《斯普特尼克戀人》中一樣，這種對女性性慾的否定都是由女性自己進行定義的，也就是說，這種由社會意識形態建構的女性嫌惡已經深入到女性的意識深處。而作為作者的村上春樹到此為止恐怕也沒有自覺意識到自己的作品中有如此嚴重的女性嫌惡傾向。

二、《1Q84》中扭曲的性慾與暴力

雖然村上本人對文學評論界敬而遠之，但他絕不是對相關的評論不聞不問。在小森陽一和傑・魯賓關於《1Q84》的對

11　前引小森陽一：《村上春樹論　精讀海邊的卡夫卡》一書，第146頁。
12　前引小森陽一：《村上春樹論　精讀海邊的卡夫卡》一書，第156頁。

談中，小森就提到若干文學編輯曾說，在《1Q84》中，村上將「青豆」這位女性設置為處刑人的角色，其實是對本論上文提到的小森批判《海邊的卡夫卡》中女性被處刑的女性嫌惡的回應[13]。這種可能性是完全存在的。村上本人曾在2010年夏季的長篇訪談中提到自己隨著年齡的增長，對女性的瞭解也更加深入，比如漸漸深刻意識到女性性慾的強度及表現。認為自己在《1Q84》中塑造的青豆是「有清晰的意識、獨立活動的女性」[14]。那麼，《1Q84》中以青豆為代表的女性登場人物是不是如村上自己所設想的，已經從以往的女性嫌惡的陰影中擺脫出來了呢？還是如小森所說，並不認為《1Q84》對自己所批判的女性被處刑的論點形成回應了呢？以下就結合文本對此問題一探究竟。

為了寫一部像《卡拉馬佐夫兄弟》一樣的綜合小說，在《1Q84》中村上幾乎囊括了以往所有作品中的主要元素：平行世界、性、暴力、宗教等等。其中，對女性性慾的描寫的確比以往作品顯得更有女性解放的味道。比如青豆和あゆみ的「夜遊」行為，這種單純以滿足性慾為目的的活動在《挪威的森林》裡恰好是永澤等男性所擅長的。在這種場景的描寫中青豆完全佔據了主動地位，按照自己的喜好選擇男人，反倒是被搭訕的男性（比如在飯店酒吧中偶遇的從大阪來東京出差的男子）顯得膽小謹慎，格外注意是不是迎合了青豆的需要。其次，對同性戀行為的描寫也更加開放，完全沒有了在《挪威的森林》中女性認為自己的同性戀行為觸犯「禁忌」的影子，

---

[13] 小森陽一　ジェイ・ルービン：「『1Q84』と漱石をつなぐもの」，『群像』，2010年7月。

[14] 「村上春樹ロングインタビュー」，『考える人』，2010年夏號，第43頁。

而且，在《1Q84》中女性之間的類似「同性戀」行為成為加強「姐妹友情」（sisterhood）的重要紐帶。比如，在《1Q84 BOOK1》中青豆最初出場的情景，當她從高速公路的應急梯子爬下來的時候，腦海裡的回憶是關於和中學時代的密友「環」的同性戀遊戲的場景，在這場遊戲當中雙方都感到了身心的愉悅。而在青豆得知員警好友あゆみ被殺之後，對あゆみ留宿自己家中的時候，自己沒有對她的同性戀行為進一步迎合的行為感到十分後悔：「我喜歡あゆみ，青豆想，比我自己想的要更喜歡這個孩子。如果想觸摸我的身體的話，就讓她盡情地觸摸就好了」[15]。佛洛伊德曾經說過，同性之間的接觸是異性接觸的前奏，如同《心》中先生對「我」說的，在遇到異性之前會先靠近同性的先生。村上本人對此的解釋是，女性和男性在無意識之中都有男性性或者女性性[16]，所以給讀者的感覺是青豆的性慾具有中性色彩。

酒井英行認為，村上在《1Q84》中有兩點突破了傳統的「女性規範」：其一，青豆不是作為「被看的客體」，而是作為「給別人看（みせる—原文）的主體」而存在，比如在青豆「獵男」的時候，她會主動穿上很女性化的服裝，去接近自己選擇的主體，而不是被選擇；其二，青豆等不再是男性幻想中的無法享受沒有愛的性行為，女性完全可以將「愛」和「性」分開。筆者認為，在《1Q84》中最能體現村上力圖擺脫以往作品中被認為的女性嫌惡的一點在於：以青豆為代表的女性不僅釋放了自己的性慾，而且對男性的性慾公然提出了挑戰。這也

---

[15] 原文引自村上春樹：『1Q84 BOOK2 』，新潮社，2010年，第103頁。以下引用《1Q84》原文均為新潮社版本，不再一一加注。

[16] 同前引「村上春樹ロングインタビュー」，『考える人』，第43頁。

就是前文提到的若干文學編輯所說的女性是「行刑人」。青豆第一次對男性實施暴力懲罰的對象就是強迫密友「環」發生性行為的環的大學前輩，其後是「環」的丈夫、及「柳屋敷」的老婦人所調查的對妻子實施家庭暴力的男人，最後則是宗教團體「前驅」的教主。而打動青豆毅然對這些男性實施「處刑」的最大理由就是他們對女性的性侵犯。青豆看到受到性虐待的女性身體的照片，以及聽到教主對幼女實施性侵犯而導致她們幼小的子宮受到嚴重損害時的表情都充分說明了這一點。可是，問題在於，在《1Q84》中具有扭曲的性慾的僅僅是男性嗎？

青豆在十歲時對天吾的純情萌芽促使她迎來了青春期，可是這種少女戀情並沒有得到順利的發展，很快青豆和天吾就分離了。青豆在經過了和「環」的親密的同性友誼之後，一直到25歲一直是處女，解決自己性慾的方式是「自慰」。她對此表面的解釋是「很忙，每天過日子就夠忙活了，沒有和男朋友玩的空」，事實上「和誰保持親密的個人關係，對於青豆來說是種痛苦。與其這樣還不如孤獨更好」[17]。可是，在「環」受到家庭暴力自殺之後，青豆為了給她復仇，經過詳細的籌畫殺死了環的丈夫，於是，「青豆週期性地、激烈地需求男性的身體，便是從這之後的事」[18]。由此可見，青豆的「獵男」行為具有強烈的向男性「復仇」的內涵，她的性慾和她所「處刑」的男性一樣，和「暴力」是分不開的。而青豆的「獵男」時的搭檔「あゆみ」也經常意識到不可忍耐的性慾，但是，這種性慾的背後是幼年時代受到叔叔和哥哥的性侵犯的陰影，而且這種陰影一種沒有正常的管道加以疏導和解決。作為性侵犯的主

---

[17] 前引『1Q84 BOOK2』一書，第299頁。
[18] 前引『1Q84 BOOK2』一書，第302頁。

體的叔叔和哥哥自身就是執法者，而且更冷酷的是，他們甚至都已經忘卻了曾經對あゆみ所做的一切。於是，あゆみ和青豆一樣，害怕和異性保持正常的親密關係，解決性慾的方式就是「一夜情」。也就是說，在《1Q84》中，的確對女性的性慾給予了高度重視，可是，這種性慾絕不是正常的，在根底裡，它和女性實施「處刑」的對象——具有扭曲性慾的男性一樣，和「暴力」具有不可分割的聯繫。

其次，更為嚴重的問題在於，在《1Q84》中，受到性侵犯的女性們或者如有論者所言，隱居在「柳屋敷」中自己形成一個小世界，沒有和外者（即使是作為保護者的老婦人和青豆）的語言的交流，在作品中就沒有被賦予用語言陳述的權利；或者就被設定為具有自虐傾向的似乎「應該」遭受暴力的角色，比如「環」和「あゆみ」。文中提到環雖然頭腦很好，應該能成為優秀的法律人才，但是「一遇到男性，她的判斷力就瓦解得粉碎。環喜歡英俊的男人，也就是很挑長相。在青豆看來，簡直達到了不正常的程度。（中略）不知道為什麼，她感興趣的，都是臉蛋漂亮內心空洞的男人。（中略）從男女關係來說，環真是與生俱來的受害者」[19]。而在遭遇暴力之後，環的認識也是將責任攬到自己身上，比如「我自己也有不加小心的地方。（中略）收到他的邀請就一個人到他的屋子裡我也有責任」；在留給青豆的遺書中，環這樣說道「這個婚姻是錯誤的。你說的是對的。不過，最深層的問題不在丈夫，不在婚姻生活，而在我自身。我所感受的所有痛苦，都是我應該承受的。不能責備任何人」[20]。而あゆみ則是「喜歡冒險的激烈的

---

[19]　前引『1Q84 BOOK1』一書，第296頁。
[20]　前引『1Q84 BOOK1』一書，第300頁。

性愛，恐怕是在無意識之中期盼著被傷害，（中略）對方要求什麼，無論是什麼樣的事，都會去迎合。與此相應的，她也期待著，對方究竟也會給自己點什麼」[21]。由此，被不相識的男人在變態的性遊戲中殺害也似乎成了具有必然性的結果了。可見，在《1Q84》中，受到性暴力的女性或者被設置為沒有話語權為自己辯護、或者被設置為本身就具有「被」傷害的必然性；而具有強烈自我保護意識的青豆，首先，其自身的性慾和「被行刑」的男性一樣，和暴力是分不開的；其次，也正因為此，她在對抗男性性暴力的時候，使用的手段也是「非法的暴力」。這樣的情節設置對於村上試圖在作品中擺脫「女性嫌惡」的意圖是莫大的解構。

三、男性的話語權與女性「行刑人」角色的崩潰

上文從性慾與暴力的角度對《1Q84》中表面上的對女性性慾的重視做了解構性的分析，以下從男性的話語權角度重新考察一下青豆的「行刑人」角色的真正內涵。

如小森陽一及其弟子們所提出的，在青豆和老婦人以「行刑人」角色代表那些家庭暴力的受害者女性們處置作為施暴主體的男性們的時候，其實她們並沒有和這些受害者實現語言的交流，事實上是剝奪了這些女性們的話語權。筆者想進一步指出的是：在「行刑」這一行為中，不僅是被害方的女性，而且加害方的男性也被剝奪了話語權。青豆和老婦人不僅沒有聽到受害女性的語言的控訴，也沒有聽到男性加害者的語言的申辯或者懺悔。因為她們所實施的報復行為是「私刑」，和公開的

---

[21] 前引『1Q84 BOOK2』一書，第102頁。

法庭審判最大的不同就是沒有語言的交流。究竟在家庭暴力後面隱藏的是什麼樣的真相或者緣由，青豆和老婦人沒有辦法進行語言的面對面的追究。她們只是以自己經歷過的感情創傷為出發點，主觀地擔當了「行刑人」的角色。比如，BOOK1中青豆在處置石油公司的職員時，儘管青豆所獲知的情報是他是個自私自利、用高爾夫球棒打斷了妻子好幾根肋骨的施暴者，但是她所看到的場景只是顯示這個男人是個兢兢業業工作的上班族，她無法用直觀的語言或者感知確認「這個男子是個施暴者」的資訊。僅僅憑藉間接的情報就去殺死無法通過直觀感知確認其罪行的活生生的人，對於青豆來說也絕不是件輕鬆的事。「即便是被殺死也說不出什麼的人渣，也還是人。她的手中還殘存著生命消失時的感覺」。還有一個說明青豆對自己的「行刑」行為沒有百分之百把握的細節：在完成任務之後，老婦人和青豆的對話中不斷出現一個詞彙——「正確」（ただしい）。比如「我們做了正確的事」、「不用擔心任何事，（中略）因為我們做了正確的事」[22]。而且這是每次談話的固定結語。這種對自己行為正確與否的反覆自我確認恰恰反映了青豆和老婦人對於自己「行刑」行為的某種動搖和懷疑。而事實上，的確出現了顛覆這種私自「行刑」的正確性的事實：那便是青豆最後一次的「行刑」，和宗教團體「先驅」的教主深田保的交鋒。

在青豆所有的「行刑」行為中，被行刑的男性對象唯一做了語言陳述的便是深田保，而正是這唯一一次「話語權」的實現證明青豆的「行刑」行為是有致命缺陷的。深田保的陳述說明，老婦人的調查只是表面現象，「柳屋敷」所保護的女孩

---

[22]　前引『1Q84 BOOK1』一書，第156頁。

「つばさ」不過是個分身，老婦人沒有從「つばさ」口中聽到任何的直接陳述，導致對事實真相沒有真正瞭解。從深田保的口中陳述的事情原委和老婦人的調查有根本的不同：深田保雖然創立了宗教組織，卻受到了既不是善也不是惡的超驗般的存在──「小人們」的控制，成為了單純的「接受者」。那些幼女們其實承擔了巫女般的角色，是在深田身體麻痹的時候主動和他發生性關係，以求懷上他的孩子以繼續承擔「接受者」的角色。深田的身體早有不可挽回的痼疾，希望青豆能夠早點結束自己的生命。並且深田保憑藉超能力對其和天吾的柏拉圖戀情瞭若指掌，可謂直擊青豆的軟肋，以此和青豆達成了交易。單從深田保的這種陳述行為來看，可以說，這是青豆「行刑」對象──被剝奪了話語權的男性們通過「話語」的一次致命反擊。要是被「行刑」的男性都象深田保一樣發出「話語」的話，他們口中的事實原委又會呈現什麼樣的表象呢？能夠保證青豆所有的「行刑」都具有老婦人反覆強調的「正確」性嗎？深田保的這次話語陳述從根本上動搖了「行刑」的正當性。也正因為此，在這次「行刑」之後，青豆對「柳屋敷」的老婦人和「タマル」開始有所隱瞞，並決定遵循和深田保的約定，尤其在BOOK3中作者設定青豆在殺死深田保的當天神祕地受孕，承擔起「母親」的角色。也就是說，事實上青豆已經背叛了老婦人，將自己從「行刑人」變為深田保陳述故事中的女主角。女性的「行刑人」角色由於男性話語權的實現而徹底崩潰，這不能不說是村上春樹試圖擺脫「女性嫌惡」意圖的失敗。

問題還不僅僅在於此，我們稍加注意就會發現，在《1Q84》中最根本的話語權掌握在男主角天吾的手中。深田保的女兒、「小人們」最初的發現者繪里子雖然是《空氣蛹》的

原創者，但她患有「識字障礙症」，無法象正常人一樣讀書和寫作，所以，繪里子只是承擔了將《空氣蛹》的故事輪廓說出來的功能，將《空氣蛹》進行充實公開出版發行，實際承擔發出「話語」功能的其實是天吾。也正是這部作品形成了「小人們」進行對抗的強大力量，從而決定了整個故事情節的發展。而青豆也不止一次地意識到「也就是說，我在天吾編織的物語之中」[23]，青豆看到的有兩個月亮的1Q84的世界正是天吾小說中描寫的世界。在作品之中，深田保解釋說是由於天吾和青豆之間強烈的相互思念，青豆才被動地捲入了1Q84的世界；雖然有論者認為的甚至青豆這個人物都可以看作天吾作品中的虛構人物的觀點[24]似乎有些「詮釋過度」，但至少我們可以看出青豆最終是完全放棄了自己的「行刑人」身分，投入了天吾所創作的物語之中。從以上的分析可以看出，作品中將繪里子設計成《空氣蛹》的表面作者、而天吾才是真正的「話語」發出者的情節具有很大的象徵意義：《1Q84》中真正話語權掌握在男性手中，女性貌似「行刑人」的身分由此而被徹底瓦解。

四、純情物語與回歸宗教的陷阱

　　《1Q84 BOOK3》最讓評論家詬病的地方就是情節設計的幼稚性：青奇豆跡般地死而復生，並且神祕地懷上了（其一廂情願認為的）天吾的孩子，兩人經過一番周折終於團圓，並且找到了1Q84的世界的出口。全文最後的結尾場景是兩人並肩佇立，仰望天空中的月亮。完全是讀者熟悉的愛情電影中典型

---

[23]　前引《1Q84 BOOK2》，第422頁。
[24]　小松原孝文：「Ｂ・Ｂはもういらない──『一九八四』と『1Q84』」，前引『1Q84研究BOOK2』一書。

的大團圓式結尾。村上春樹似乎下決心實踐在《地下》後記中暗示的：要創造像奧姆真理教教主麻原彰晃製造的「稚拙的物語」[25]，只有這樣的物語才容易打動讀者，實現引導的功能。同時也符合村上春樹所認為的，現在的時代是後現代以後的時代，在「後‧後現代時代」中我們不再是要將所有東西都解構掉，而需要某種切實的希望[26]。那麼，究竟村上給讀者提供的是什麼樣的「物語」和什麼樣的希望呢？讓我們從女性主義角度做一具體分析。

很多評論家都指出《1Q84 BOOK3》中出現了與村上以往作品很不同的一個情節：女性的懷孕。村上以往作品中的關鍵字向來是「孤獨」、「斷裂」、「父親的不在」等等，很少描述一個正常的家庭。即使《奇鳥形狀錄》、《國境以南，太陽以西》等個別作品中有夫妻身分的登場人物，像《1Q84 BOOK3》這樣具有父親、母親、孩子式的完備家庭因素的作品是第一次出現。對此的評價也是褒貶不一。比如，齋藤環認為這說明了一種「身體性的複權」，「懷孕」是母親具有而「體系」所不具有的一種功能，1Q84的世界是「體系」紊亂的世界，而青豆和天吾通過「懷孕」找到出口，企圖修復這種「體系」[27]。小森陽一和中村うさぎ則認為，在《1Q84 BOOK3》中青豆與BOOK1和BOOK2中的形象判若兩人，而這種變化的起源就是「懷孕」，這完全符合性別論中所提到的「生育的性，不生育的性」的劃分。某些被批判為具有「女性歧視」傾向的人為了說明自己並非如此，常常會辯解「自己尊重作為母性

---

[25] 相關內容可參考『村上春樹全作品1990-2000⑥アンダーグラウンド』後記「目じるしのない惡夢」一文。講談社，2003年。
[26] 相關內容可參考前文提到的「村上春樹ロングインタビュー」一文。
[27] 齋藤環：「村上春樹『1Q84 BOOK3』の精神分析」，《Voice》，2010年6月。

的、生育性別的女性」，其實在根底上這就是「女性歧視」的體現[28]。的確，如果說BOOK1和BOOK2中村上有意識地設計了很多試圖擺脫「女性嫌惡」的情節：比如對女性性慾的重視、女性「行刑人」角色等等，那麼在BOOK3中這些因素全都消失得一乾二淨。青豆自從隱藏在公寓以來，就「一次也沒有感覺到性慾」，「既不想和什麼人做愛，也一次沒有自慰過。這也許是因為懷孕的緣故吧。由此也許荷爾蒙發生了變化。不管怎樣，這對於青豆來說都是求之不得的。因為在這樣的環境下即使想和誰做愛的話，也不會找到發洩途徑。每個月不來例假，對她來說也是高興的事。雖然例假本來也不嚴重，但總有如釋重負的感覺。至少是少了一件得考慮的事情，這也是求之不得的」[29]。而青豆的懷孕也標誌著她其實已經主動放棄了對實施家庭暴力的男性們的「行刑人」角色。而且其受孕的時間正是和深田保達成協議的夜晚，雖然青豆自己強烈否定タルマ所提出的胎兒是深田保的孩子的說法，但也不得不承認這個胎兒和深田保的死亡有密切的關聯：「也許頭領是以自己的生命作為交換，將自己的後繼者依託給了我。這樣的想法浮現在青豆的腦海。頭領在那個雷雨之夜，暫時打開了讓不同世界交錯的通道，讓我和天吾成為一體」[30]。所以，青豆腹中的孩子成為了「小人們」需要的繼深田保之後新的傾聽他們聲音的「接受者」。就像青豆自己所想到的：青豆的子宮成為了「空氣蛹」，她是「母親」，孩子是「女兒」。雖然青豆反覆自我確認，來到這個1Q84的世界是自己的意志，自己也要憑藉自己和

---

[28] 前文所提小森陽一、中村うさぎ：「村上春樹さん、あなたそれでも「作家」ですか」一文。

[29] 前引『1Q84 BOOK3』一書，第400頁。

[30] 前引『1Q84 BOOK3』一書，第525頁。

天吾兩人的力量擺脫「小人們」的控制，但是事實上，青豆懷孕的事實本身就不是憑藉自己的意志實現的，她自己已經成為了深田保及「小人們」世界中的一個組成部分。

而在BOOK3中青豆這種性格的突變具有強烈的宗教回歸的意味。青豆出生在「證人會」的家庭，父母都是虔誠的信徒，年幼的青豆必須跟著母親去布教，在吃飯之前大聲朗讀禱文。這些和其他孩子格格不入的行為讓青豆備受壓抑，所以在十一歲拋棄了信仰，離開了家庭。但是這種無可選擇的從出生就背負的宗教信念無疑已經深入青豆的血液。儘管她自己在意識層面痛恨這種信念，但在最關鍵的時刻，比如要「行刑」的時候，青豆會習慣性地脫口而出早已熟爛於心的禱文。青豆的懷孕也如她自己所意識到的，頗有些基督教中「處女懷孕」的意味。雖然早已不是處女，但本質上是相同的。青豆如同聖母瑪利亞懷上耶穌一樣，由於某種神祕的力量懷上了天吾的孩子，而且這個胎兒和耶穌一樣與生俱來就承擔著神聖的使命。青豆自從懷孕以後也變得沒有性慾，很有些聖潔的味道。而且她對自己以往痛恨「證人會」的信仰做了這樣的反省：「冒著寒風監視著公園的某個時刻，青豆突然意識到自己是相信神的。她突然發現了這個事實。（中略）記事以來，她一直痛恨著所謂的神。更加正確的表達是，她在拒絕神和自己之間的仲介的人或體系。漫長的歲月以來，這些人和神對於她來說和神是同義的，痛恨他們也就是痛恨神」[31]。對「體系」進行批判是村上春樹一貫的做法，這段話也充分說明了這一點。也就是說，文本表達了這樣的思想：神是我們需要的，只是（像實際存在的

---

[31] 前引『1Q84 BOOK3』一書，第270頁。

奧姆真理教及文本中的「證人會」、「先驅」這樣的）宗教組織及體系是我們不需要的。就像深田保向青豆表述的，一旦形成了「體系」，出現像「小人們」這樣維護體系微妙平衡的事物，誰都無法掌握「體系」的發展，本來的一切都會變味。深田保本人也是以死亡的形式才脫離了這種「體系」，儘管他通過神祕的力量使得青豆懷有了這種「體系」的繼承者。而青豆通過「懷孕」實現了對信仰的回歸，文中反覆出現的為了保護腹中的嬰兒，「有必要相信神。或者有必要承認自己相信神這個事實」[32]這樣的語句就是充分的證明。

其實，不僅是青豆，連「柳屋敷」的老婦人──實施向男性「行刑」行動的幕後策劃者在BOOK3中也失去了BOOK1和BOOK2中的性格特徵。在那個標誌性的雷雨之夜，老婦人凝視著閃電，覺得看到了很多真實的東西，意識到不僅失去了青豆，而且也失去了自身的很多東西，這是以憤怒和仇恨為中心的「至此為止我的存在的中心，強有力地支撐我這個人的某種東西」[33]。取而代之的是「淡淡的悲哀」。而這也正是青豆懷孕以後的感受。結果，一直以來像「不知疲倦的無情的使者」一樣懲罰男性、並反覆自我確認這樣的行為是正確的兩人，現在都似乎大徹大悟，將以前的憤怒和仇恨徹底遺忘了。由此，可以說，在BOOK3中女性實現了角色的突變。如果說，在前兩本書中，作者似乎還有努力擺脫以往作品中「女性嫌惡」的主觀意圖的話，在BOOK3中這種意圖也徹底不存在了。

概括來說，在BOOK3中村上所想要提供給讀者的「物語」和希望就是類似宗教般的事物。深田保在臨死前和青豆的對話

32　前引『1Q84 BOOK3』一書，第272頁。
33　前引『1Q84 BOOK3』一書，第280頁。

中，就尖銳地指出過，青豆對天吾的愛就是「宗教」。從整個
1Q84的故事來看，青豆和天吾從十歲時開始的戀情無疑是貫
穿整個作品的最重要的推動因素。在故事內部，支撐青豆和天
吾這兩個人物生活的內在動力也是這種「愛」。所以，深田保
的話語也就是作者村上春樹要傳達給讀者的話語：「愛」是宗
教，是人們活著的希望。而且，這種「愛」是完全個人性的，
是完全排斥「體系」的，如果有「體系」加入，這種宗教就會
變質。這樣的結論完全符合村上春樹要靠「稚拙的物語」實現
「介入」功能的初衷。問題在於：就像小森陽一批判《海邊的
卡夫卡》實現迎合大眾的「療癒」功能一樣，這樣的結論是一
種「思考的終止」。村上春樹自己也如同一個救世者一樣，通
過1Q84這部小說呼喚人們要靠自己的力量相信「愛」。這其實
是在隱性地要求人們放棄對人生問題的思考和搏鬥。而人生歷
程就是這種活生生的思考和搏鬥的過程，煩惱和抗爭是人生的
實態。這也是在讀完《1Q84》系列之後很多讀者會覺得「不真
實」的感覺根源：沒有人會像青豆和天吾一樣，就靠著虛幻的
柏拉圖式的少男少女的「愛」度過一生，人的成長是不斷地超
越和實踐，永遠地停留在青澀時代只能是心智不成熟的表現。

結語

　　以上從女性主義的角度對《1Q84》這部作品做了細緻的
解讀。我們可以發現，「女性嫌惡」的傾向在《1Q84》中不但
沒有消失，反而通過一種奇特的形式：即文本與作者意圖的徹
底背離——而表現得更加突出。而且，村上春樹在這部作品中
表現出的要創造簡單的、能夠引導讀者的、介入現實世界的指
導思想讓人不免有所擔心：如此發展下去，村上春樹作為一個

作家的生命力還能夠保持多久？《1Q84》在世界範圍內的暢銷是有目共睹的，在這樣的潮流面前，作為讀者能夠保持清醒的思考能力和判斷能力不是一件容易的事情。即使是專職的文學評論家，面對這樣一個文本，往往也會以自己的知識結構，主觀地賦予作品一些貌似高深的哲學意味，以拔高作品的文學價值。其實，文學批評雖然和文學鑒賞有很大的區別，但是相信自己的第一感覺，不要為潮流所迷惑，真實地面對自己的文學感覺是相當重要的。從這個意義上說，前文提到的女作家中村うさぎ和小森陽一的對談，雖然由於不是學術論文而具有很多感性的評價，但其袒露的真實性是值得我們重視的。比起那些主觀地從《1Q84》作品中讀出些高深道理的論文，這樣的言論更具有價值。

第二節　「女性蔑視」傾向的體現與破綻
——性差（gender）視角的夏目漱石與村上春樹比較研究

　　夏目漱石（1867-1916）和村上春樹（1949-）作為相隔大半個世紀的作家，其面臨的社會背景和文化背景自然具有很大的差異，然而，我們會驚異地發現，在兩者的作品中常常有一些意想不到的共通點：比如對兩性關係問題的解讀。在夏目漱石的先行研究中，駒尺喜美、中山和子、水田美苗、小森陽一、石原千秋、佐伯順子、飯田裕子、小谷野敦等很多研究者都曾從「性差」（gender）的角度對夏目漱石作品中反映出的「女性蔑視」的問題做過卓越的分析；而對於村上春樹的作品，深刻揭露出《海邊的卡夫卡》等作品中「女性嫌惡」傾向的評論家當屬小森陽一。在村上最新著作《1Q84》中我們也能讀出更

加隱蔽的通過宗教回歸解構女性性慾及話語權的意圖。日本從1868年明治維新開始解除身分制度，對男女實行同樣的義務教育制度。在1874年開始的自由民權運動中男女平等思想開始萌芽，岸田俊子等女性民權運動家開始登場，聲張女性權力；到1945年戰後的改革指令中賦予女性同樣的參政權，並在憲法中明確出現男女平等的條目；也就是說，從日本近代開始的100多年時間內，女性的生活形態和社會定位以及相應的對女性的認識無疑發生了巨大改變。尤其是上世紀70年代在歐美開始的女性解放批評的潮流，在80年代尤其是1986年以後在日本得到了飛速的發展，在社會、文化、文學領域湧現了上野千鶴子、水田宗子、三枝和子等一大批女性批評的旗手以及相應的著作及論文，人們在意識的層面已經對「女性解放」的問題有了比較清醒和深刻認識。但是，為什麼在和夏目漱石的時代相隔大半個世紀的村上春樹筆下，仍然具有對女性根深蒂固的忽視甚至蔑視？儘管作為作者來說，村上春樹當然比夏目漱石具有明確的「尊重女性」的「意圖」。而這一點，使我們更加迫切地探尋真正的女性解放如此困難的原因。本節就擬從「性差」（gender）的角度對夏目漱石和村上春樹作品，尤其是戀愛小說做一比較，從具體文本出發，探究兩位作家對性別問題認識的相同與相異，以這樣的角度管窺近百年來日本社會文化對「女性解放」問題的認識實態。

一、性與愛的分離

如前文所提到的，在明治以前的日語中，是沒有「戀愛」這樣的詞彙的。一直到十九世紀後半期，在Rev. W. Lobscheid編著的《英華字典》（1866-1869）中才首次將「戀愛」確定為

「Love」的對應詞。最早使用「戀愛」這個詞彙的是中村正直的《西國立志編》。其後在《明六雜誌》中也可以發現這個詞，但均沒有涉及其內涵意義。而且，人們普遍認為現代意義上的「戀愛」和基督教的輸入是分不開的。柄谷行人在《現代日本文學的起源》中提到：「在古代日本人那裡存在『戀情』而沒有戀愛。同樣，古希臘人古羅馬人亦不曾知道有什麼『戀愛』。因為『戀愛』乃是發生於西歐的觀念，（中略）不過，西歐的『熱戀』即使是反基督教的亦只有在基督教下才會發生的『病態』，這一說法則是正確無誤的」[34]。這種說法由於《現代日本文學的起源》這本書的經典意義而廣為人知，其實登載在1987年《現代思想》雜誌上柄谷行人在和水村美苗的對談中，對此說法進行了糾正，認為「因為有《源氏物語》和近松，不能說戀愛是起源於基督教」[35]。而之所以人們對戀愛和基督教的關係有此關注的背景是日本近世文化中濃烈的情色味道，同時如小谷野敦等人所提到的，近代由中村正直等傳播進來的西洋式的戀愛模式，主要是18世紀以後英國的友愛式的結婚或者維多利亞時代的騎士戀愛，是精神性的「戀愛結婚」[36]。當這樣的戀愛模式傳播進來以後，自然與近世文化中的情色味道產生了鮮明的對比。從這樣的社會背景出發，我們就能夠理解北村透谷為什麼會在《論風流並及〈伽羅枕〉》中指出，尾崎紅葉的小說乃至德川時代的文學裡有著「風流」，但缺乏「戀愛」；同時在明治40年的田山花袋的《棉被》之所以廣受關注，正是由於其描寫了與近世文學不同的與「戀愛」

---

[34] 柄谷行人：《日本現代文學的起源》，趙京華譯，三聯書店，第76頁。
[35] 柄谷行人　水村美苗：「戀愛・宗教・哲學の起源」，『現代思想』，1987年1月。
[36] 小谷野敦：『男であることの困難』，新曜社，1999年，第145頁。

相結合的被壓抑的「性」。所以，無論日本近代意義的「戀愛」的起源是基督教還是王朝物語，我們都可以說：日本在近代以後，在西方的精神性戀愛模式傳入之後，對「性」與「愛」的關係及差別才開始加以關注。儘管在不同作家的場合其表現的形式是不一樣的。那麼，在夏目漱石作品中，「性」和「戀愛」究竟呈現怎樣的形態呢？

　　和村上春樹不同的是，「戀愛」雖然也是夏目漱石作品的主題之一，但其作品中絕對沒有村上式的直白的、細膩的性愛場景描寫。從時代背景來說我們很容易理解這種差異。不僅如此，在漱石作品的戀愛關係毋寧說是具有避免與「性」的關聯的傾向。這種傾向的一個表現就是：女主人公往往不具有健康的身體。比如《從此以後》的三千代的心臟有無法根治的疾病；《門》中的阿米多次流產；《道草》中的妻子有歇斯底里症。而女主人公的這種不健康的身體某種程度上暗示的是女性的身體不具有性的誘惑力。最典型的一個象徵場景就是《道草》中的健三在妻子生產時的表現，「他覺得手足無措。可是想到把燈移過去的話就不得不看到男子不應該看到的地方就覺得難為情」[37]。並且健三對剛出生的嬰兒具有生理上的反感，只將其稱為「某個東西」、「肉塊」。這樣的描寫除了表現了女性批評理論常提到的對「生育」的不潔感，同時也表現了男性對女性的性器官的不潔感。特別需要指出的是，這種不潔感的對象是和男性具有合法的性關係（婚姻）的女性，而不是遊廊的女性（事實上，在日本近世流行的浮世繪中，經常可見對男女性器官的誇大而細微的描繪）。我們可以發現，在漱石的

---

[37] 原文引自『夏目漱石全集⑦』，筑摩書房，昭和56年，第257頁。筆者試譯。以下原文版本均同，不再一一加注。

作品中，凡是和男性建立了近代式「戀愛」關係的女性往往都是被排除了身體性的「性」的味道的女性。比如《心》第18章中有這樣的描述：「作為男性的我，從對於異性的本能出發，常常幻想著作為憧憬對象的女性。可是，這只是一種眺望著春天的雲彩般的心情，只是漠然地幻想而已。所以，出現在現實的女性面前的時候，我的感情往往就會發生變化。我並不為自己面前所出現的女性所吸引，反而在現場的時候會感到奇怪的排斥力。對於夫人我卻沒有這樣的感覺。完全沒有在普通男女之間存在的思想的不平均的感覺。我忘記了夫人是個女人。我只是作為誠實的先生的批評者和同情者凝視著夫人」[38]。「我」作為男性會從本能出發對女性具有幻想，可是落實到合法化的和男性具有「戀愛」關係的女性身上，反而會漠視女性的性別。這樣的觀點是具有象徵意義的。《從此以後》中的代助對自己的身體有著近乎自戀的細緻觀察，這樣性格的男性對希望成為自己配偶的女性卻沒有身體方面的要求標準，三千代甚至不擁有最起碼的健康。也就是說，代助在三千代這裡尋求的只是排除「性慾」的精神性的「戀愛」，這種事實的另一個佐證就是在《從此以後》的文本中明確提到代助是招妓的，而且他對於父親有妾室和招妓的行為也絲毫不覺得是不道德的。小森陽一由此出發，認為《從此以後》這個貌似純情物語的文本產生了「龜裂」[39]。不過，從另一個角度來看，對於漱石來說，也許只有這樣的情節設置才能保證代助和三千代的「戀愛」是純情物語。因為在漱石看來，排除「性」的「戀愛」似乎才能稱之為真正的愛，「性」的問題與「愛」是分離的，男

---

[38] 前引『夏目漱石全集⑦』一書，第25頁。

[39] 小森陽一：『世紀末の預言者　夏目漱石』，講談社，1999年，第180頁。

性可以在「遊廊」這樣的風月場所解決自己的性慾問題。事實上，雖然1872年日本發佈了娼妓解放令，但娼妓條例的第一條規定，如果娼妓本人有意願的話，除了15歲以下的女性外，是可以繼續從事此行業的。而且，1873年12月東京府承認吉原等五處地方的「貸座敷」（妓院）的合法性，即公娼制度的存在得到認可。一直到1946年GHO雖然指令廢除公娼制度，但仍然允許指定地域的營業，直到1958年日本的公娼制度才被全面廢除。而且明治時期隨著農村的解體，1880年左右人口大量湧向都市，很多不具有生活技能的女性成為娼妓[40]。的確如有論者所指出的，「明治政府擁有支持將情色和戀愛分離的官方制度」[41]。所以，對於代助來說，甚至是在排除性慾、是在將「遊女」和三千代加以區分的基礎上和三千代的近代式戀愛才得以成立。可見，在夏目漱石的作品中，「性」和「愛」的關係深深地反映了那個處於各種觀點劇烈變革的時代特徵：人們還處於摸索如何將「性」和「愛」統一起來的過程中。就像佐伯順子分析《行人》時所說，這篇作品描寫了一種「女性不作為遊女而是妻子、男性不作為遊廊的客人而是丈夫」[42]的那個時代所特有的苦惱。

夏目漱石作品中的戀愛基本上都是從男性的視角、以男性為中心來描寫的，所以，「性」和「愛」的分離這個課題基本上也局限在男性的「性」與「愛」的問題上。不過，也有論者如小谷野敦從女性的「遊戲」角度對《行人》中的直子、

---

[40] 相關內容參考藤目ゆき：『性の歴史學——公娼制度・堕胎罪體制から売春防止法・優性保護法體制へ』，不二出版，1997年。

[41] 半田淳子：『村上春樹、夏目漱石と出會う』，若草書房，2007年，第122頁。

[42] 佐伯順子：「人妻の戀——夏目漱石〈行人〉」，『文明開化と女性』，新典社，1991年。

《心》中的阿靜等位於三角戀愛中心的女主人公行為作出了這樣的分析：她們的對男性的「媚態」並不能完全歸屬於現代戀愛的「技巧」，而只是一種單純的「遊戲」，作者和評論者要將其歸入現代戀愛的「技巧」的做法來源於一種「男性中心的、抹殺女性「性慾」存在的觀點」[43]，因為現代戀愛的「技巧」仍然是圍繞男性的「父權制的場所」展開的，而單純的「遊戲」是無目的的，這樣的行為只會造成父權制的危機。這樣的分析很有道理。那麼，在大半個世紀以後的當代作家村上春樹筆下，男性和女性的「性」和「愛」會呈現什麼樣的場景呢？我們很遺憾地發現，在村上作品中，男性的性慾仍然占著絕對的優越地位，而且，男性的「性」和「愛」仍然處於完全可以分離的狀態之中。在《挪威的森林》中，渡邊的室友永澤便是以和上百個女人睡過覺而得意洋洋，而作為似乎愛著直子（或綠子）的渡邊也是完全作為性的娛樂而和永澤一起尋找過性玩伴。作為1979年發表處女作《且聽風吟》的村上春樹多將其作品的發生背景設定在二十世紀下半段，像《挪威的森林》便是回憶1969年到1970年間的往事，而最新近作《1Q84》中故事的發生年份也是1984年。而這個時期，尤其是上世紀60年代正是日本經濟高度發展、人們生活結構發生大規模變化的階段，西方的「性解放」潮流也是在這個時候湧入日本。關於村上春樹對這個時代特別關注的原因有很多論者都已經分析過，比如認為村上是將發生了越南戰爭、全共鬥等運動的上世紀60年代作為「高度資本主義的前史」來把握，是為了療癒生活在新體系中的空虛感和虛無感[44]。在這個時代，「性」成為唾手

---

[43] 前引小谷野敦『男であることの困難』一書，第73頁。

[44] 相關內容可參考笠井潔　加藤典洋　竹田青嗣：『村上春樹をめぐる冒険』，

可得的「商品」，而「愛」作為無法用金錢購買的事物而變得珍貴。

村上作品中男性將「性」與「愛」分離的佐證之一是：在和夏目漱石生活的時代完全不同的社會背景下，仍然存在「賣春」這種在法律上已經被明文禁止的行為。《舞！舞！舞》中主人公的中學同學五反田、作家牧村拓可以憑藉社會地位和金錢讓高級妓女上門服務，甚至在夏威夷也可以打一個電話就可以享受這種服務，雖然，如五反田所說「和這麼多女人睡過覺，已經夠了，甚至到了厭煩女人的程度，已經不需要了」；「如果我想，幾乎所有的東西都可以弄到手，但是真正想要卻怎麼也得不到」；並且明確地說道：「我想要的是愛」。日本戰後經過很多波折，「賣春防止法」才於1956年5月在眾議院和參議院獲准通過，1957年4月1日開始實行對招妓行為的處罰條例。但是「妓院」、「妓女」這樣的事物在人類文明史上根深蒂固，更不要說是「遊廓」傳統深厚的日本。在《奇鳥形狀錄》中，文中設定的時間是1984年，其中仍然出現了クレタ這樣從事妓女職業的人物。不過，與夏目漱石作品中在遊廓中尋找性需求的男性不同的是，這個時代的男性至少已經認識到自己招妓的行為是不道德的。而且作為作者來說也不可能堂而皇之地將招妓這種行為合法化，所以，村上作品中妓女不像漱石作品中只是作為一個文化符號、而是作為一個登場人物出現：她們幾乎都擁有姓名，而且，會在文中起到一定的作用。比如通過クレタ這個人物，主人公以及讀者才了解到綿谷升的可怕面目。

河出書房新社，1991年，第120頁。

在村上作品中，雖然絕大部分仍然是以男性為中心展開，但是難得的是，女性的性慾問題已經被明確地提了出來。不過，作者對於女性性慾的態度沒有脫離近代「處女純潔」思想的影響，也即：女性只是作為男性慾望的客體而存在，女性自己的性慾被認為是一種「污穢」[45]。這種傾向在《挪威的森林》中通過玲子、同性戀傾向的「那個孩子」、直子；以及在《斯普特尼克戀人》中的菫等人物得到了充分體現。在這些女性人物中，「性慾」問題已經被作為和「愛」分離的一個獨立因素加以描述，可是，與文中描述的將「性」和「愛」分開的男性相比，女性會為這種與「愛」分離的「性」付出慘重的代價：玲子僅僅因為被動地接受「那個孩子」的同性戀愛撫後感受到性的愉悅便精神再次崩潰；直子雖然和キズキ兩小無猜，但卻無法和其擁有完滿的性關係，在生日的當晚和主人公渡邊度過一次達到性高潮的性體驗之後，也是精神出現異常，住進了阿美寮；菫則是看到自己潛意識之中充分享受了和男性的性遊戲之後，一夜白頭，失去「自己的另一半」。村上春樹本人在受到小森陽一等評論家針對《海邊的卡夫卡》等文中「女性嫌惡」傾向的尖銳批判後，有意識地在最新作品《1Q84》中對女性性慾做了高調宣揚：即青豆作為「男性行刑人」的對自己性慾的放縱和對男性性慾的懲罰，不過很遺憾的是，作品最終以「回歸宗教」的形式將女性的性慾完全抹殺，《BOOK3》中青豆儼然一副聖女的面貌，實現了和天吾的宗教意味的「愛」[46]。

---

[45] 參考奧田曉子編著：『女性と宗教の近代史』書中井桁碧「仮構する性の〈主體〉——純潔と污穢」一文，三一書房，1995年，第251頁。

[46] 本論在上節《「女性嫌惡」與宗教回歸——女性主義角度的1Q84解讀》中對此有詳細論述，在此不再贅言。

總的來說，夏目漱石和村上春樹作品中的主人公在「性」和「愛」的問題上，都具有將兩者分開的傾向。但夏目漱石是在當時「近代戀愛」概念還沒有完全確立的背景下，受到當時傳入的西方「精神戀愛」以及日本近世情色文化的影響，而將「遊廊」、「妓院」這些當時還很正常的事物在文中作為文化符號加以使用。從《行人》、《明暗》等後期小說來看，可以說，漱石還處於不斷探索將「性」和「愛」結合起來的「近代戀愛」的過程中；而村上春樹是在「近代戀愛」模式已經確立、「妓院」等事物已經被法律禁止的社會背景下，通過對「性解放」、「招妓」等行為的描述，反映在高度資本主義發達時期，人們無法將「性」和「愛」完滿結合的虛幻感。不過，兩者的共通點是無法將女性的性慾和男性的性慾同等看待，從這點來看，人們從意識深層達到真正意義上的「女性解放」的確是相當困難的。

二、戀愛關係中女性「他者」的不在

　　夏目漱石和村上春樹的作品絕大部分都是描寫與「戀愛」有關的故事，這一點並不奇怪，作為明治時代和當代的著名作家，其實這兩者都具有強烈的讀者意識，選擇讀者喜歡的題材和寫法是兩者的共同點。不過，奇怪的是，通過仔細閱讀文本，我們發現在這兩位作家筆下，描寫的都是沒有形成真正戀愛關係的戀愛故事。當然，如果按照「近代戀愛」的定義，從「性」和「愛」分離的角度我們就可以說，他們所描寫的「戀愛」是不成立的。可是，不僅如此，從戀愛關係最基本的因素——關係性，具體來說即「他者」的存在這一點考慮的話，我們也可以發現：夏目漱石和村上春樹作品中描寫的戀愛關係中

「他者」基本上是符號化的虛幻概念，當然，這裡的「他者」主要是指女性。

　　在夏目漱石的作品中，戀愛基本上都是以三角的形式出現的，比如《虞美人草》中的藤尾與小野及宗近一、《心》中的先生與阿靜及K、《從此以後》中的代助與三千代及平岡、《門》中的宗助與阿米及安井、《行人》中一郎與阿直及二郎、《明暗》中津田與阿延及清子。對於這種三角模式已有很多論者加以關注並進行過論述，其中有很多人提到這樣的關鍵字：「男性友情」（ホモソーシャル）。比如石原千秋和小森陽一對《心》的分析、中山和子對《從此以後》的解讀、飯田裕子對《行人》、《心》以及大正時期讀者共同體的分析等很多先行研究中都曾涉及。這個概念首先是由イブ・コソフスキー・セジウィック提出的，它不同於「男性同性戀」（ホモセクシュアル）的概念，「男性友情」成立的前提是「同性戀恐怖」和「女性嫌惡」，它和異性戀互為組合，構成社會關係，是不陷入同性戀的維護男性關係親密感的體制，被認為是「父權制社會的中心性的維護體制」。這種形態體現的典型模式是兩男一女的三角關係，兩名男性進入追求一名女性的競爭關係中，但是會有一名男性退出。不過，這並不是說捨棄以競爭這種形式出現的疑似同性戀的關係，去尊重異性愛，而是通過交換和流通女性加強男性間的關係，這是通過男性獲得各自伴侶的形式，避免男性兩敗俱傷的結果[47]。這樣的模式十分適合用來解釋漱石作品中的三角戀愛模式：也就是說，在這樣的戀愛關係中，女性不是作為戀愛的「他者」，而只是作為「男性友

---

[47] 參考イブ・コソフスキー・セジウィック：『男同士の絆——イギリス文學とホモソーシャルな欲望』，上原早苗、龜澤美由紀譯，名古屋大學出版社，2001年。

情」的仲介物而存在。這就是為什麼這些作品中本應位於戀愛中心地位的女性形象如此單薄的原因。比如《心》中的小姐阿靜，比如《門》中的阿米；或者作者就有意識地將女主人公塑造為「謎一般的女人」，如飯田裕子所論述的，其實這種謎一般的存在只是作者的主觀設計，比如《虞美人草》中的藤尾、《三四郎》中的美彌子、《行人》中的阿直[48]。筆者想補充一點的是，在漱石作品中往往採取以下的形式表現「男性友情」：三角關係中一位男性背叛了這種「男性友情」，由此從「父權制」社會中逸脫，從而產生強烈的與世隔絕感，並且和女性之間也無法實現圓滿的戀愛關係。最集中表現這種模式的就是《心》和《門》以及《從此以後》三部作品。在《心》中先生和阿靜、《門》中的宗助和阿米、《從此以後》的代助和三千代之間總是存在著無法徹底溝通的深刻的裂痕，即使是被認為是「理想夫妻之愛的物語」（江藤純語）的《門》和被認為是純情物語的《從此以後》，戀愛雙方之間其實都沒有心靈的交流。

《門》中有這樣的描述：「他們在這六年間沒有和世間有像樣的交往，過了同樣的六年，相互袒露內心。他們的生命，不知在何時已經滲透到了相互的底層」。但是在當代的我們看來，宗助和阿米之間根本稱不上「袒露內心」。這一點尤其體現在宗助無意得知阿米以前的事實上的丈夫、亦是以前密友的安井從滿洲回來一事之後的表現上。和K對先生和阿靜的意義一樣，安井是宗助和阿米生活的潛在的巨大陰影，那麼，究竟這種陰影的意義內涵是什麼呢？這並不僅僅是良心上的譴責，

---

[48] 可參考飯田裕子：『彼らの物語――日本近代文学とジェンダー』中第二部分與第三部分內容，名古屋大學出版社，1998年。

從另一名男性手中「搶」來女性，其實意味著對「男性友情」社會的反撥和背叛，如此一來，就必然得從正常的「父權制」社會體系中脫離。這一點對於先生、代助、宗助這些男性主人公來說絕不是件輕鬆的事。在《從此以後》中的第十六章，代助在受到父親不再照顧他的最後通牒之後，其實在思想上是產生了巨大的動搖，所以，當他和三千代再次見面的時候，聽到對方堅定的決心表白之後，文本中出現了好幾次「覺得毛骨悚然」（栗然する、ぞっとする）這樣的表述，可以說，代助最後能下定決心和三千代在一起，很大成分是被三千代這種沒有退路的堅定態度促成的。雖然《門》中沒有宗助和阿米當時決定在一起的細節回顧，但作為《從此以後》的續篇式的文本，我們難免會猜測當初兩人的結合阿米的態度也許會像三千代一樣對事態的發展起了決定性的作用。而且，在《門》的文本中，我們能看到宗助對以往正常社會體系內的生活的懷念：在看到近鄰阪井富足而開朗的生活形態之後，宗助會產生「要是自己順順當當發展的話，也許也會成為這樣的人物吧」的想法。如果進一步追究的話，宗助自然會想到，自己落到今天的處境，起因都是阿米。所以，在得知安井即將會到阪井家做客的消息後，宗助根本沒有將這個消息告訴阿米，就躲到寺院參禪去了。也就是說，在宗助心中，自己和阿米的往事是「罪」、「過失」，他無法再次面對自己被逐出「父權制」社會的誘因。而這種痛苦是「父權制」社會的男性所獨有的，他無法和阿米共同承擔。相對《心》中的阿靜，阿米算是漱石著墨比較多的女性形象了，即使這樣，在文本中敘事者直接描述阿米心理痛苦的地方幾乎沒有，就像有論者所說的，在《門》的文本中阿米典型的面容表情就是「微笑」，而這種「微笑」

恰恰說明了從「男性共有的家長制的文化和言語圈」被排除的阿米，「只能以非語言的語言『微笑』與之對抗。阿米的『微笑』是無溝通和壓抑的身體表現」[49]。

小森陽一曾經論述漱石作品中的男性主人公是在明治維新以後的歷史性變動中、「性差」等社會秩序還沒有形成的混亂狀態中，無法成為作為文化性差概念的「男性」，而和這種沒有成為「男性」的男性建立戀愛關係的女性，自然也不能稱之為近代意義上的「女性」[50]。也許，還可以這樣說，這種沒有成為近代意義上性差概念的「男性」之所以沒能進入變革中的正常社會秩序的原因之一，是因為他們通過對女性的爭奪，事實上選擇了背叛「父系制」社會的道路。《心》、《門》等作品描寫的就是男性這種背叛之後的迷茫、悔恨、又無法解脫的困境，如同魯迅《傷逝》中描寫了「娜拉出走以後怎麼辦」一樣。只不過漱石聚焦的只是男性主人公的內心而已，對於女性主人公的痛苦，漱石採取的是忽視態度。從上文對其作品中三角戀愛關係的分析，我們可以清楚地看到這一點。從這個角度來說，筆者很贊同中山和子、飯田裕子等人的觀點：在漱石筆下，「戀愛」只是一種觀念性的存在，甚至可以說，只是文本中一個道具，漱石視線中的「戀愛」只是男性單方面的獲取與選擇。

和夏目漱石相比，村上春樹作品中的女主人公形象雖然著墨相對較多，但二者的共同點是戀愛關係中女性作為「他者」角色的喪失。這一點集中體現在村上春樹作品中戀愛關係中

---

49 中山和子：『漱石・女性・ジェンダー』，翰林書房，2003年，第95-96頁。

50 小森陽一：「男になれない男たち」一文，初出於『漱石研究』三號，1994年11月。後收入『漱石論 21世紀を生き抜くために』一書，岩波書店，2010年，第134頁。

「自他未分化」的現象上。小森陽一在《精讀海邊的卡夫卡》一書中使用過這個詞彙，意為人們不具有「對自己進行語言化思考，將自我行為統合起來的本質性內省意識」[51]，也就不具有將「自我」和「他者」分開的能力。本來「戀愛」作為人際關係的一種，其首要前提就是戀愛主體具有獨立的人格，但柄谷行人在《日本現代文學的起源》中曾提到，明治以後的日本由於通過戀愛才發現了「自我」，所以日本文學中「自我」的概念具有根本性的顛倒；不過在後現代或者後・後現代社會背景的村上春樹的筆下，主人公之所以仍然不具備獨立的自我意識，自然不能歸結於這種顛倒，而是反映了作者從根本上對於「自我」概念的解構，對主體能否具有實現自我的本質性內省意識的質疑，對語言塑造自我功能的質疑，這些都是屬於後現代文學精神的。這種「自他未分化」的典型表現就是：戀愛關係的雙方由於不具有獨立的自我人格，相互的相似點和依賴度比一般的戀愛形態要高得多。

比如在《挪威的森林》中，直子和キズキ的關係和《海邊的卡夫卡》裡佐伯和少年戀人的關係一樣，不僅是青梅竹馬，而且更像是陷入不倫關係的擁有血緣關係的兄妹，這恐怕也是直子和キズキ（無法有真正的性接觸、キズキ早逝）、以及佐伯和少年戀人（戀人早逝）無法真實地構成戀愛關係的原因：這種如同血緣的過分親密的異性關係很有違反倫理的嫌疑。在《國境以南　太陽以西》中，主人公少年時期的戀人島本，和獨生子的「我」一樣，在班級中「沒有一個可以稱為朋友的人」，「雖然她為保護自己而築的高牆比我要強大很多，

---

[51]　小森陽一：《村上春樹論　精讀〈海邊的卡夫卡〉》，秦剛譯，新星出版社，2007年，第26頁。

但是在高強之中，卻和我驚人的相似」[52]；在《斯普特尼克戀人》中，則更加明顯，比如：「同菫見面交談的時間裡，我能夠感覺到──最為真切地感覺出──自己這個人的存在」、而菫作為一個對世事漠不關心的傑克・凱魯亞克式青年，同樣「**從內心深處**」（粗體為原文所加）需要「我」的一系列「凡庸的意見」，「尋求我對其提問的見解」。而「我」通過一絲不苟地回答她的問題，「向她（同時也向我本身）袒露更多的自己」。最直接地反映兩者關係的是文本結尾，菫這樣說道：「我也非常想見你」，「見不到你以後我算徹底明白過來了，就像行星們乖覺地排成一列那樣明明白白──我的的確確需要你，你就是我自己，我是你本身！」[53]。

最新作《1Q84》中，青豆和天吾的關係在村上作品中算是比較接近正常的戀愛關係，這一點也與村上春樹逐漸通俗化的創作軌跡的趨向有關。但即使如此，我們應該看到這種關係具有相當強烈的宗教象徵意味。少年時的青豆和天吾與以往村上作品中男女主人公一樣，具有很強的相似性：都受到父母對某種信仰的狂熱迷戀的傷害（青豆的父母是證人會的信徒、天吾的父親是NHK的忠實員工）。而兩個10歲孩子的青澀感情，成了支配他們成人後的各自生活並改變了各自生活軌跡的貫穿全文的主要推動力。深田保在臨死前和青豆的對話中，就尖銳地指出過，青豆對天吾的愛就是「宗教」。的確，10歲後就沒有謀面的兩人，僅靠這種觀念上的戀情就改變了周圍的世界（從1984的世界到1Q84的世界），除了認為是種宗教神話以外，沒有更好的解釋。而且在文中青豆曾不止一次地意識到「也就是

---

[52] 村上春樹：『村上春樹全作品1990-2000②』，講談社，2003年，第10-12頁。
[53] 前引『村上春樹全作品1990-2000②』一書，第474頁。

說，我在天吾編織的物語之中」[54]，深田保也解釋說是由於天吾和青豆之間強烈的相互思念，青豆才被動地捲入了1Q84的世界。所以這些都讓我們聯想到基督教中亞當和夏娃的原型，夏娃是亞當的一根肋骨，兩者本來是一體的。青豆和天吾也像是散落在人間的亞當和夏娃，經過一番周折，終於重新成為一體並找到世界的出口。這種戀愛也同樣具有「脫日常性」，男女主人公之間的關係也仍然具有「自他未分化」的特徵。

而且，在村上的作品中，也同樣不斷出現了漱石作品中三角戀愛的模式，不過，村上作品中三角戀愛的特點並不在於「男性友情」，它往往不是由兩男一女，而是由兩女一男構成的，並且三者之間並不是相互競爭、而是相互補充的關係，兩位女性之間經常具有親密的「姐妹情誼」（sisterhood）。在村上春樹的初期作品《1973年的彈子球》就提到主人公「我」和一對雙胞胎姐妹一起生活的場景，後來的作品中也不斷出現「雙胞胎姐妹」這樣的元素，村上作品中的主人公（由於敘述主體基本上是男性，所以也就自然是男性主人公）似乎對「一對一」的男女人際關係存在某種恐懼，所以一定需要另一名異性（女性）的參與，才能構成一個穩定的三角形式人際關係。在《挪威的森林》中，主人公渡邊和直子及年長女性綠子就是這樣的關係，直子和玲子無話不談，包括渡邊和直子的細節接觸玲子都十分瞭解，甚至兩人有類似同性戀的行為，而且在直子死後，玲子作為其替身和渡邊發生了親密的肉體關係；在《斯普特尼克戀人》中，「我」愛戀菫，菫卻喜歡同性的比自己年長17歲的敏，在菫失蹤後，敏和「我」取得了聯繫，在和

---

[54] 前引《1Q84 BOOK2》一書，第422頁。

敏的接觸中，「我」不失對其的好感。董在文中結尾闡述和「我」的關係時說，「你就是我自己，我就是你本身」，並且也認為敏是「如同另一側的自己的靈魂」。也就說，在村上的作品中，男性不僅和戀愛的對象之間處於「自他未分化」的狀態，而且往往會將戀愛的對象分身為兩人，並且兩位女性之間具有如「姐妹情誼」（sisterhood）般的親密關係。芭芭拉・沃克（Barbara G. Walker）曾經論述，女性的同性戀關係對於父系制社會來說，絕對是不被允許的行為，在羅馬教皇統治下的中世紀，女性同性戀行為可以不經判決，直接除以火刑。因為在男性占絕對統治地位的社會，對男性不產生性趣的女性自然是有害的存在[55]。但是在村上的作品中，雖然隱秘地反映出了男性社會對女性的（類似）同性戀行為的排斥[56]，但作為男主人公這一個體來說，反而會被這樣的女性們所吸引。小森陽一論述漱石作品中的男性是沒有成為（近代性差制度下的）「男性」的男性、「女性」是沒有成為（近代性差制度下）「女性」的女性；而我們可以說，村上作品中的男性是自願逸脫於近代性差制度下的男性，正因為如此，他們才會對本應該被排斥的有「姐妹情誼」的女性們產生戀情。而這一現象也更加說明，村上作品中的戀情，與一般意義上的「戀愛」有所不同，它不是尋找另一個獨立的「主體」以建立「戀愛」關係，而是在尋找自己丟失的「另一半」主體。所以，戀愛雙方往往都具有被社會排斥或受到某種精神傷害等相似點，相互間的依賴度也比一般戀愛高出很多。

---

[55] 參考Barbara G. Walker，*The Woman's Encyclopedia of Myths and Secrets*的日譯本『神話伝承事典　失われた女神たちの復権』，山下主一郎他共訳，大修館書店，1988年。

[56] 關於此點可參考前節《「女性嫌惡」與宗教回歸——女性主義角度的1Q84解讀》相關內容。

夏目漱石作品雖然多是第三人稱敘述，但相對於作品中的女性人物來說，男性主人公的心理描述要多得多；村上春樹的作品除了《1Q84》等少數作品，絕大多數都是男性主人公的第一人稱敘述。這樣的敘述模式使得文本自然而然遮蔽了相當多的女性心理等細節描寫，女性被作為符號抽象地描寫出來。概括來說，夏目漱石所描寫的戀愛中女性成為了男性脫離「男性友情」及父系制社會的罪魁禍首，女性不是作為戀愛關係的「他者」，而是作為證明「男性友情」存在的符號而成立；村上所描寫的女性則是作為男性主人公尋找和自我相似的「另一半」主體而存在。兩者筆下的女性都是戀愛關係中不存在的「他者」。如同日本著名女性批評的旗手上野千鶴子在評論北村透谷的戀愛說時指出的：「日本近代的『戀愛』，在成立的同時，就走上了自我毀滅的道路。這是沒有『他者』的『作為觀念的戀愛』所必然會走的道路」[57]。

三、結語：「女性蔑視」的破綻

從以上的分析中，我們能夠看出夏目漱石和村上春樹的作品中明顯的輕視女性的表現，不過，文本作為本身就具有生命力的存在，常常會背離作者的本意。在漱石和村上的文本中，我們也能不時發現「女性蔑視」的破綻之處，這些往往並不十分起眼的的細節之處，富有生命力，並且甚至會成為顛覆文本主題的關鍵所在。

對於漱石塑造的女性人物形象，評論界向來有「謎一般的女人」這樣的說法。比如《三四郎》中的美彌子、《草枕》中

---

[57]　上野千鶴子：『発情裝置』，筑摩書房，1998年，第112頁。

的那美、《虞美人草》中的藤尾等都被認為有這樣的屬性。所謂「迷」當然是針對男性而言，含有讓男性無法捉摸、無法掌控的意思。漱石自己對女性的態度當然含有那個時代的烙印，在《文學論》這部文學理論專著中，漱石曾多次對濟慈等西方詩人的崇拜女性的戀愛觀表示出了極大的異議。在漱石的認識中，女性理所當然是處於被掌控的地位，但作為活生生的女性，肯定要遠遠超過漱石的主觀認識。漱石對此自然也會有所察覺，在文本中也就出現了很多與漱石本意有差距的地方。比如，在《三四郎》中開頭部分出現的三四郎在火車上遇見的連名字也沒有出現的女人，當女人在和三四郎共同住在一間屋子裡的時候，文本中三四郎惴惴不安的描寫與第二天早上分別時女人落落大方的態度以及一句「你還真是個沒有心胸的人啊」的調侃形成了鮮明的對比。這種女人對處於「父系制」社會的統治地位的男性的諷刺具有某種顛覆色彩。雖然像眾多論者指出過的，主人公美彌子作為次女，即使貌似新時代的女性，但其實在經濟地位上是處於除了婚姻之外沒有其他可依靠方式的、沒有自由的狀態之中。但這樣的女性即使知道自己這樣的命運，依然能夠對三四郎、野野宮這些本鄉文化圈的獨身男性進行某種程度的戲弄，三四郎面對美彌子的時候，感覺到她和火車上遇見的女人有相似之處，這種感覺正是由這種被戲弄感而來。在《行人》中，當二郎被一郎要求單獨和嫂子阿直去旅行，以試探阿直的忠貞，結果遇上暴風雨，不得不在外留宿一晚。在這一晚的對話中，充分反映了二郎內心隱隱希望阿直能對自己有所曖昧的表示，同時又時時受到倫理的制約的一種矛盾心理；而阿直的一句「大部分男人都是沒有什麼骨氣的，一

且出現什麼事情的時候」[58]則一針見血的指出了二郎這種有點卑劣的內心。這些在文本中不時出現的女性的嘲諷和《我是貓》中，聽到苦沙彌、寒月、迷亭等一幫自恃是社會棟梁的男性們誇誇其談的時候，隔段後的苦沙彌的夫人往往會發出的冷笑一樣，體現了對文本中「女性嫌惡」意圖的解構。

而在村上的文本中，這種解構有時會以比較明顯的方式體現出來。《挪威的森林》中的綠子在村上作品的女性形象群體中，可以算得上最具有現實感的一個人物。在文本中，綠子就直截了當評論嘲笑自己讀不懂《資本論》的男性「充滿虛偽」，這些男性們一邊貌似肩負著社會發展的重任，一邊又指使女同學準備晚上政治集會用的飯團，並嘲笑綠子所做的飯團太過平凡，對此綠子感到了極大的屈辱和憤怒。綠子對男性們的這種公開抨擊和漱石文本中阿直等人發出的譏諷是一脈相承的。

漱石和村上的生活年代雖然相差大半個世紀，前者還處於日本剛剛踏上近代化發展道路的時期，後者則已經是後資本主義高度發達時期，從「性差」角度來看，日本從明治時期開始到大正、昭和，是逐步建立起近代的「男性友情」社會的過程。1970年代以後西方文論開始將性差概念作為文化分析的概念之一加以使用，日本是在八〇年代後半期，在近代文學領域女性主義批評登場是1986年以後的事情。「性差」這樣的概念其實也是從「女性」這樣的邊緣角度，對歷史文本做重新解讀的一個突破口。從這樣的角度出發，我們可以發現很多以前沒有發現的問題。在夏目漱石研究中，女性主義視角也是方興未艾的一個研究角度，並且，自從這樣的角度出現，夏目漱石研

---

[58] 『夏目漱石全集⑥』，第88頁。

究可以說又出現了以前沒有發現的很多研究課題。村上春樹和夏目漱石不同的是，在當今這個年代，女性解放已經是顯學，作為作家本身，在意識上，已經有了作品中不應出現「女性蔑視」傾向的這樣的主觀認識。不過，即使是有這樣的主觀意識，我們仍然能從村上的文本中讀出「女性蔑視」來，這樣的現象值得探討。無論是「現代」還是「後現代」，男性作家的筆下，「女性蔑視」是否是根深蒂固的傾向呢？如何才能從根本上解構這種傾向？或者，只要人類社會存在，「女性蔑視」就必然存在？「性差」視角的出現不是為了消滅這些傾向而存在，只是，作為一個社會，必須有「性差」這樣的邊緣視角的存在，才能為人們不斷提供警醒的可能。

第三章　現代和後現代語境下的
　　　　中國觀比較研究

　　本章擬通過夏目漱石《滿韓處處》及村上春樹《諾門罕的鐵的墓場》兩個文本的分析，細緻解析兩位作家中國觀的具體內涵及相同點。如果除去前往英國途中經過中國的一次，漱石在中國稱得上正式旅行的就是前往當時「滿洲」國的《滿韓處處》的遊記；而村上春樹至今為止也只進行過一次中國之旅，是因為寫作《奇鳥形狀錄》時曾涉及到發生在現在中蒙邊境的諾門罕戰役。兩者的旅行地點都在中國東北部，也有共同到達過的城市。更為重要的是，兩者的旅行雖然相隔近一個世紀，但其中國認識卻有著深刻的共同之處，這一點足以引起我們的高度重視。

第一節　夏目漱石的中國觀解析
——以《滿韓處處》為例

　　夏目漱石作為明治時期具有代表性的知識分子，對中國的感情是十分複雜的，他既在精神上對作為文化母國的「中華文明」有很深的依賴，同時，作為自詡為優等生的亞洲最早踏上富強民族國家道路的「大日本帝國」的國民，對作為實體的屢

弱的近代中國有近乎本能的蔑視。而這兩種複雜感情的產生都離不開「西方」這個「他者」的出現。因為有「西方」，日本知識分子既需要從「中華文明」尋找出與西方文明抗衡的思想資源，又需要通過對中國等落後亞洲國家的蔑視，維護自己作為亞洲領導者的地位。從夏目漱石的《倫敦消息》、《滿韓處處》等文本中我們能鮮明地讀出這種錯綜複雜的感情傾向。

一

漱石一生有兩次曾經踏上中國的土地。第一次是在1900年9月在前往英國留學的途中。13日，他到達上海，「滿目都是支那人的車夫，房屋宏偉，橫濱等處無法與之相比」[1]。當天去了南京路的繁華地段，「十分稀罕」。十四日「看了愚園張園，愚園頗愚、支那人的轎子、西洋人的車子，雜亂無章。午後三點搭小蒸氣回船，就寢，支那人的說話聲、挑東西的動靜，喧鬧異常」[2]。17日漱石到達福州，再次提到：「有很多支那人帶著雜貨來賣，十分喧鬧」[3]，並記述有身著古代中國服裝的小販來推銷。這幾句雖然少，但肯定是近代中國給漱石的第一印象中最強烈的東西：第一是「喧鬧」，這寥寥數語中居然用了兩次；第二是與這種「喧鬧」的國民相對照的「宏大」的建築、公園還有古代服飾。這兩樣東西代表了充滿矛盾「古」與「今」的中國，是具有象徵意義的。

---

[1] 夏目漱石：『夏目漱石全集19卷』，明治33年日記部分，岩波書店，1996年，第15頁。此節全集除特別注釋以外均引自此版本，不再一一加注。「支那」一詞在江戶末期開始出現，明治初年開始比較廣泛使用，剛開始並沒有歧視的含義，在地理教科書中都將中國成為「支那」，這一稱呼隨之普及，但甲午戰爭之後，此詞彙開始帶有歧視語義。這裡漱石是作為地理名詞使用，沒有輕蔑之意。

[2] 前引『夏目漱石全集19卷』一書，第16頁

[3] 前引『夏目漱石全集19卷』一書，第16頁。

而1900至1903年在英國留學期間，由於「西洋」這個第三者的存在，漱石體味到了和中國人同為「東洋人」的感受。事實上，漱石也有好幾次被誤認為是中國人。在1901年發表在《杜鵑》雜誌上的連載文章《倫敦消息》中，就有這樣的記載：「有一次，我正在看一所商店，後面來了兩個女子，說道：least poor Chinese，這個least poor是懶惰的形容詞。還有一次，在公園裡，我聽到一對男女在爭論我究竟是支那人還是日本人」[4]。這種情況並不是漱石一個人獨有的，即使是現在，西方人恐怕也有很多時候會將中國人、日本人、韓國人弄錯。但是在20世紀初，對於努力要加入西方強國行列的日本國民來說，被認為是飽受欺凌的弱國「支那」人決不是一件令人高興的事。同時期的內村鑒三就心懷不滿、不辭厭煩地在作品中述說在美國被當作中國人的事情[5]。而漱石對此表現了十分清醒的態度，他在明治34年3月15日的日記中這樣寫道：「（好多人）很討厭自己本來是日本人卻被誤認為支那人，這是為什麼呢？支那人是遠比日本人更有名譽的國民。只是很不幸現在淪落到衰敗的境地。有識之士都會覺得比起被認為是日本人來，倒是被認為是支那人更為光彩。即便不如此，也應該想一想日本到此為止受過支那人多少照顧吧。西洋人動不動就拿討厭支那人、喜歡日本這樣的話作為誇獎來說。如果聽到這樣的話覺得很高興的話，那就好比是聽到別人說曾經照顧過自己的鄰人的壞話覺得有意思，而聽別人說自己很發達就沾沾自喜一樣，是十分淺薄的根性在作怪」[6]。這樣的觀念在當時的日本的確十分

4　『夏目漱石全集12卷』，第15頁

5　平川佑弘：『西歐の衝擊と日本』，講談社學術文庫，1985年，193-203頁。

6　『夏目漱石全集19卷』，第65頁。

可貴，而從中也可以看出，漱石還是相當看重與中國文化的精神聯繫的。

漱石在英國的兩年經歷可以稱得上是很不愉快，他覺得「我在英國紳士之間就像與狼群為伍的一匹獅子狗一樣，過著悲慘的生活。據說倫敦人口有五百萬，毫不諱言地說，當時我的狀態就是在這五百萬滴油裡的一滴水，勉強維持著一絲薄命」[7]。這很大程度上來源於敏感的漱石在「日不落帝國」感受到作為整個亞洲黃種人的屈辱，而且這種屈辱主要是來自漱石的內心，並不是真的就受了什麼具體的羞辱。在明治34年1月5日的日記中，他這樣寫道：「在這煤煙之中住的人為什麼這麼漂亮呢，真是讓人費解，可能都是因為氣候吧，因為這樣太陽光就沒有這麼強烈了吧。對面來了一個矮個、奇怪的髒兮兮的傢伙，一看，原來是鏡子裡照出的自己，我們黃種人到這裡以後就是這個模樣，不由點頭稱是」[8]。武田悠一認為「這裡漱石將自己分裂為蔑視自己的人和被自己蔑視的人，從而自己被雙重化了。而這種雙重化，使漱石變得有人情味了」[9]。這種說法很中肯也比較隱諱，更直接一些地說，從這裡我們看到了漱石身為黃種人的深深自卑。而「黃種人」中自然也是包括「支那人」，所以，可以說，正是西洋這個他者，使得深受漢文學影響的漱石獲得了和近代中國的同一立場，由此對近代中國飽受欺辱的現狀也表示出了深切的同情。1900年是八國聯軍侵略中國的一年，漱石自述報紙一到，便首先閱讀「支那事件」，並做出了這樣的評價：「俄國和日本紛爭不斷，支那不斷受到天

---

[7]　『夏目漱石全集14卷』，《文學論》序，第12頁。

[8]　前引『夏目漱石全集19卷』一書，第44頁。

[9]　武田悠一：「まなざしの帝國主義」，佐々木英昭編『異文化への視線』，名古屋大學出版社，2001年。

子蒙塵之辱」[10]。

漱石從英國回國後在第一高等學校和東京帝國大學任教直到1907年，在教授的學生當中也有中國留學生，1903年在給菅虎雄的信中他寫道：「我教的學生中有支那人，是個我很喜歡的男生。也有朝鮮人，我也很喜歡」[11]。但在1906年2月14日的信中又說：「高等學校的支那人，完全不行，最好以後不要招收了。岩元總是牢騷滿腹攻擊支那學生」[12]。這一態度的轉變是時代風潮的一個縮影。自甲午戰爭之後，由於中國大敗這一出人意料的結局，使得中國一直的「文化母國」形象被徹底顛覆，輿論界充斥著對其落後一面的描述，民族主義甚囂塵上，國民對中國的感情也以蔑視為主流。漱石在1906年發表的《哥兒》中有這麼一段送別會的描述：「我好歹把他勸起身，剛出門，二流子（文中一反面人物──筆者注）揮舞掃帚，一路殺來，把掃帚一橫，擋住去路：『主人怎麼能先走！現在是日清談判，不能回去！』我本來就忍無可忍，朝他劈頭就是一拳：『要是日清談判，你就是中國豬！』」，這裡漱石使用了一個十分具有侮蔑性的詞語：チャンチャン（中國豬），這是甲午戰爭後日本民間流行的對中國的污辱性稱呼。當然這是文中人物的對話，不能完全代表作者的意圖，不過至少說明漱石受到了當時醜化中國形象風潮的影響，和英國留學期間的思想簡直判若兩人，這一傾向也延伸到了《滿韓處處》一文中。

10　『夏目漱石全集12卷』，《倫敦消息》，第31頁。
11　『夏目漱石全集22卷』，第278頁。
12　『夏目漱石全集22卷』，第467頁。

二

　　明治42年（1909）9月到10月，漱石受到舊友、時任滿洲鐵路總裁中村是公的邀請到當時的「滿洲」旅行，這是他第二次踏上中國的土地，在此以前，漱石和其他日本人一樣對「滿洲」抱有強烈的好奇心，這在他一系列作品中有充分的體現。眾所周知，早在19世紀末，日本和俄國就因為爭奪各自在中國的利益而衝突不斷，1895年4月俄國、德國、法國的「三國干涉」行動更是讓日本耿耿於懷，最終爆發了1904年的日俄戰爭，1905年雙方簽訂了《朴茨茅斯條約》，其中俄國承認將遼東半島，即旅大「租借地」的租讓權，享受的一切特權以及在該地域的一切公共財產轉讓給日本；承認將長春至旅順間的鐵路和一切支線及其所屬的一切特權和財產，包括煤礦在內都轉讓給日本[13]。日本接管中國東北南部以後，立即將遼東半島的租借地改為關東州，1906年8月成立了關東都督府，以現役陸軍將官擔當都督，全面實行殖民統治。所以，關東洲實際上成了日本在中國的國中之國，是日本進一步侵華的戰略基地。對於日本民眾來說，「滿洲」則是個充滿冒險精神、可以重新開始夢想的「新大陸」。

　　《三四郎》中開頭部分出現的和主人公在火車上相遇的女子，她的丈夫就是在日俄戰爭中去了旅順，戰爭結束後回來了一次，沒住多久，說是滿洲能賺錢，又離家去大連幹活，起初還有匯款和信件，後來便音信全無，女子沒有辦法只好準備回家鄉去。有意思的是，這位作者連姓名也沒有交待的女子在

---

[13]　《日本史》，吳廷璆主編，南開大學出版社，1994年，第524頁。

作品中起著十分特別的作用。她覺得孤身一人很害怕，便央求三四郎在名古屋下車後領她到客棧歇息，結果兩人相安無事地共處一夜，在翌日分手時，女子對三四郎說：「你是個很沒有膽量的人啊。」說完，嫣然一笑便離去了。這句話讓三四郎心神不寧，從而對自己的優柔寡斷大加反省。三四郎是個從偏遠的九州來到東京學習的青年，全文描寫的是他與朋友、老師的相處、和美彌子的未果的戀愛，像個「迷途的羔羊」一樣在這個與家鄉迥然不同的大都市裡的生活。小說開頭描寫的便是從九州到東京的火車旅程，如果說這象徵著主人公從一個相對落後的世界到繁華世界的移動的話，這位女子就如同一個預言的先知，指出了主人公的弱點，提前告誡他即將進入的那個世界其實並不單純。事實上，三四郎也的確沒有在東京找到自己適合的位置，反而更加迷惘。而作者就將這樣一個女子的丈夫設置成了去滿洲淘金的人，滿洲成了作品中顯現的兩個世界（落後的鄉下九州和繁華的東京）之外的隱形的第三個世界，女子認為三四郎「沒有膽量」，其心中的對比項也許是自己的丈夫吧，而正是這樣「很有膽量」的丈夫卻使得自己窮困潦倒而不得不回娘家生活，「滿洲」就是這樣一個讓留在日本本土生活的人們既愛又恨卻不得不牽掛的世界。

像這樣作為「隱形第三世界」的「滿洲」在漱石的其他作品中也屢屢登場。比如第三章曾提到的《草枕》，那麼一個詩情畫意、遠離俗世的世界也擺脫不了時代的陰影。文章結尾主人公那美送弟弟去滿洲參加日俄戰爭，當火車開動的一瞬間，她通過車窗在士兵中看見了落魄的丈夫，「那美茫然地目送著遠去的火車，在這茫然之間，不可思議地，浮現了我從沒

見過的『哀憐』之情」[14]。於是，身為畫師的「我」捕捉到這一瞬，覺得一直在構思的那美的畫像終於可以完成了。這樣的結尾提示讀者《草枕》決不是止於要描寫一個「桃花源」，這充滿俳味趣味的世界也許只是一個幻象，真正要達到完滿必須加入現實世界的因素。而在和《三四郎》《從此以後》並稱為「中期三步曲」的《門》中，主人公宗助的妻子阿米曾經是他好友安井的情人，兩人違背社會倫理結合後眾叛親離，過著基本與世隔絕的生活。夫妻倆雖然感情很好，但安井的存在成了兩人心裡永遠揮之不去的陰影：「當初，在他們思想裡留下痛切之感的，無非是『他們的罪過殃及了安井的前途』。」安井先是中途退學，接著「他們聽說安井回家鄉去了，又聽說安井患病臥床在家中。這些消息每次都使兩人的心中感到無限的沉痛。最後又聞悉安井到滿洲去了。宗助心想，看來安井的病已經痊癒了。繼而又覺得去滿洲一事恐怕靠不住，因為就安井這個人的體質和氣質說，都不像是會去滿洲、臺灣這些地方的人。宗助想盡辦法了解事實的真相，終於從某有關方面瞭解到安井確實在奉天，同時得悉他很健康、活躍、工作、很忙。至此，夫妻倆才四目相對，舒了口長氣」[15]。從安井的立場來看，他應該算是個生活的失敗者，「滿洲」便成了逃避過去的避難所。而從上文中「就安井這個人的體質和氣質說，都不像是會去滿洲、臺灣這些地方的人」一句中可見，滿洲在一般日本人心裡又是個充滿一定危險性的地方。在1909年漱石踏上「滿洲」土地以前，這兩方面構成了他對「滿洲」的主要想像。

---

[14] 前引『日本近代文學大系　夏目漱石卷Ⅱ』，角川書店，昭和44年，第299頁。
[15] 夏目漱石：『門』，岩波書店，1984年，第178-179頁。筆者譯。

三

　　1906年日本接管中國東北南部以後，同年6月便下令成立
「南滿州鐵道株式會社」，即「滿鐵」，8月以保護滿鐵線路
為名成立關東都督府，11月「滿鐵」正式成立。這條鐵路是維
繫「滿洲」和日本本土的重要交通樞紐，是日本搜刮中國資源
並進一步侵略中國的要道，甚而被譽為「大日本帝國的生命
線」[16]。而且1906年3月設立的滿鐵調查部也是日本侵華的情報
機關。1907年3月滿鐵首任總裁後藤新平曾聘請京都帝國大學
教授岡松參太郎主持滿鐵調查部的工作，這個部的使命就是把
殖民統治擴展到整個東北、內蒙、甚至全中國。具體任務是調
查、搜集滿蒙地區的各種情報，為日本的侵華政策提供「科學
的基礎」[17]。所以，「滿鐵」決不是一個簡單的鐵路公司。邀
請漱石前往「滿洲」訪問的中村是公是繼後藤新平的第二任滿
鐵總裁，他和漱石是自第一高等學校時的舊友。《滿韓處處》
開頭部分提道：「我問：『南滿鐵道公司究竟幹什麼？』聽到
這樣的問話，滿鐵總裁也目瞪口呆了一會，說道：你也真夠傻
的了。因為被是公說成是傻瓜也沒什麼可怕的，所以我也沒
說話。於是是公一邊笑一邊說，怎麼樣，下次我帶你一起去
吧」[18]。當時滿鐵正著力於向國內外進行自我宣傳，而且其宣
傳活動從創立之初就很活躍，遠遠超過其他日本國內企業。中
村是公招待漱石去滿洲，固然是出於舊日友情，除此之外恐怕
也有希望身為著名作家的老友為自己宣傳一下的目的。同時，

16　參考原田勝正：『滿鉄』，岩波書店，1981年。
17　前引《日本史》一書，第537頁。
18　『夏目漱石全集12卷』，第227頁。

就像中村自己說的：「你最好來看看在海外的日本人都在幹什麼。」

由於胃病發作，漱石沒有和中村是公一起啟程，而是9月2日出發，6日到達大連，先後去了旅順、熊岳城、營口、湯崗子、奉天、撫順、哈爾濱、長春、丹東，後經過平壤、漢城、釜山，於10月14日坐船回到馬關。《滿韓處處》就是根據這一個多月的旅程而寫的遊記。10月21日開始在《朝日新聞》連載，到12月30日為止，共51節。讀者反響一般，漱石自己也對寫作失去了興趣，在明治42年11月6日給池邊吉太郎的信中說道：「伊藤公死了，有國葬，有大演習——不知道什麼時候才能空出三頁來。讀者也忘了滿韓處處，我也泄了氣」[19]。這裡所說的是指1909年10月26日樞密院議長伊藤博文赴俄國途中在哈爾濱車站被朝鮮人安重根暗殺身亡事件，由於有這樣的重大新聞，《滿韓處處》這樣的文章自然被冷落了，所以最後便以過年為藉口中斷了連載。但即便是排除這樣的客觀因素，從文本本身來看，《滿韓處處》的確比較乏味，其中一個重要原因可能如友田躍生所說的：「比起對『滿韓』的描述來，倒是和老友相逢的懷舊部分更加具有文才。」「行文大部分是在和招待照顧漱石的滿鐵職員等日本人的交往中展開的，視角也完全立足於日本人的世界。雖然是奇妙的比喻，但如果說漱石是在被滿鐵構築的特殊的空間裡做了一次封閉的旅行也不為過吧」[20]。在文中除了中村是公以外，還出現了舊友東北大學教授橋本左五郎、任大連海關總長的正樹公、任旅順警視總長的佐藤友熊、

19　『夏目漱石全集23卷』，第298頁。
20　友田悅生：「夏目漱石と中國、朝鮮」，『作家のアジア體驗』，蘆谷信和　上田博　木村一信編，世界思想社，1992年，第55-56頁。

還有曾經的學生股野義郎等人，卻沒有和中國人的實際接觸，這一點是和後來芥川龍之介的《支那遊記》很不同的地方。那麼，在《滿韓處處》中的中國人都是以什麼形象出現的呢？

文章的第1節到第3節記述的是旅行的來由及船上的經歷，正式在中國的遊記是從第4節開始，中國人給漱石的第一印象是這樣的：「河岸上立著很多人。可是大部分都是支那的苦力（這個詞原文為クーリー，其實就是「苦力」這個漢字的發音——筆者註）、看了一個覺得挺髒，兩個在一起更加寒磣，這樣很多人堆在一起更加不成樣子。我站在甲板上俯視著這一群，心裡想，哎，我真是來到了一個奇妙的地方」。「輪船堂皇地在這一群骯髒的苦力堆面前停了下來。一停下，苦力堆就像發怒的蜂群一樣，突然開始鳴動起來」[21]。「污らしい」（骯髒）這是《滿韓處處》全文形容中國人時使用頻率非常高的一個詞，幾乎是每當描寫中國人、特別是勞動者時必定會使用此詞。如果我們瞭解一下當時日本思想界中描述的中國表象的話，就會知道這種現象決不為漱石所獨有。據研究，在甲午戰後到日俄戰爭的近十年是日本的各種文本中大規模出現中國表象的第二次高潮[22]，這一時期也正是日本與日本人論盛行的時期。「為了確立所謂日本和日本人的民族認同，亞洲諸國，尤其是中國和朝鮮，始終作為突顯日本這一『文明之邦』的參照對象，被在近代國民國家的各種價值尺度下加以徹底地否定」[23]。在關於日本和日本人特徵的建構中，有三個要素是

---

[21] 『夏目漱石全集12卷』，第235頁。

[22] 第一次分別是江戶末期和大正中期。據劉建輝《產生自日本的中國「自畫像」》一文，中國社會科學研究會編《中國與日本的他者認識》，社會科學文獻出版社，2004年，第85頁。

[23] 前引劉建輝《產生自日本的中國「自畫像」》一文，《中國與日本的他者認識》一書第87頁。

被反覆強調的：國家觀念、勤勞觀念、衛生觀念，幾乎所有的作者都宣揚日本人自古以來就具備這些觀念，而相應的，自然就必須異化作為參照對象的中國和韓國的形象。如《太陽》雜誌二卷7、8號中有這樣的言論：「如上所述，就余在美國之所見所聞，可知日本人較美國人遠為清潔。然余心中尚存疑慮：較之支那人或朝鮮人等其他東洋人如何？二者與我日本人何者清潔耶？幸而借此番戰爭，余有機會漫遊遼東朝鮮等地。余至其他，仔細研究其清潔程度到底如何。出余意料之外，遼東半島，其骯髒程度實難用語言形容，不潔之至，甚至不知清潔與不潔為何物」[24]。《太陽》四卷5號中：「支那人秉性之惡端已為世人所知曉：過於自尊，過於保守，國家意識淡泊，自私自利，狡猾散漫，野卑吝嗇，因循姑息，愚昧而不知趣，兼加注重虛禮，嫻於辭令，且一般不厭髒亂」[25]。由上可見，認為中國人「骯髒」是有很大輿論導向因素在其中的。自然，對於當時的中國來說，「骯髒」是國力孱弱帶來的必然的副產品，漱石的描述不能說是憑空臆造的，只不過在當時的日本人眼中，這個問題被無限誇大了。在全文中，唯一一次對「苦力」流露出讚賞態度的是第17節裡，作者描述煉油廠裡「苦力」們勞動場面的時候。可是這種讚賞倒不如說更體現了漱石對日本殖民統治的遲鈍態度：「苦力們老實、結實、有力氣、幹活賣力，因為我只是在一旁觀賞，也就心情大好。」「古銅色的皮膚上全是汗水，在煙霧中閃爍著光芒，顯得十分勇敢。凝視著這些赤裸的苦力的身體，我不禁想到了楚漢之爭的傳說，以前讓

---

[24] 岸本能武太：「日本人の五特質」，『太陽』2（7），1896年，第1656頁。
[25] 藤田劍峰：「支那人の質性を論じて對支那策に及ぶ」，『太陽』4（5），1898年，第11頁。

韓信受到胯下之辱的豪傑們肯定就是這樣的傢伙們吧。」「出門時我感歎說，苦力們真的幹得很賣力，而且十分肅靜。導遊也很吃驚地說，這些日本人根本做不了，他們一天就吃五六錢銀子的東西，真不知道怎麼能這麼有力氣」[26]。恐怕所有的中國人看到這樣的描寫，都會感到一絲悲憤：「苦力」們並不是自己願意吃那麼少卻承受那麼重的勞動量的，這明明體現了日本殖民統治的嚴酷，漱石卻「心情大好」地作為景色來「觀賞」，的確讓人很是痛心。

在前文所引中，有一個詞「俯視」（見下ろす），這個詞代表了《滿韓處處》裡漱石看待中國人的基本姿態。事實上，通覽全文，我們可以發現，漱石沒有和中國人有過一次真正的視線接觸。第39節中有這樣一個情節：漱石在一處中國人的住所中看到一間屋子裡有三個年輕女子，中間一位十分美麗。「皮膚很白，眉毛清晰，眼睛明朗。從臉頰到下顎的弧線像春天一樣柔和。我一邊暗自吃驚，一邊看得呆住了，於是女子調轉了視線，望向天空」。而在另一間屋子裡，有一個中國男子正在聽一個瞎子拉二胡，一個十二三歲的少女在和著二胡唱著「淒涼」的小調，男子的傍邊站著三個女子，其中一個「看著我，這是一種可憎的斜睨。在缺乏陽光昏暗的屋子裡，這麼一個怪異的團體奏著這種怪異的音樂，沉迷其中。我扯著導遊的袖子趕緊走了出來」[27]。這兩個情景的描寫具有典型的象徵意義，無論是美麗的少女，還是怪異的女子，一個「調轉了視線」，一個是「可憎的斜睨」，這暗示著漱石和活生生的中國人之間根本沒有形成心靈的交流。而事實上，在殖民地性質的

---

[26] 『夏目漱石全集12卷』，第267頁。
[27] 『夏目漱石全集12卷』，第323頁。

「滿州」，日本人和中國人之間也是不可能有真正意義上的平等交流的。在25節和35節中都有這樣的描寫：「對面有兩個支那人的身影，一看到我們，就消失在草叢裡」[28]、「在土造的門外站著一個女子，一看見我們就逃了進去」[29]。曾有中國研究者就此指出，為什麼在自己國家的領土上看到日本人卻要逃跑，這裡暗含著多少屈辱和無奈，漱石卻只是看見了、記載下了，對此卻沒有做出任何深刻的反思，實在令人遺憾[30]。

四

不過在《滿韓處處》裡，並不全是歌頌舊友、蔑視中國的內容，否則這個文本也太過膚淺了。在文中我們似乎能不時看見兩個漱石：作為日本人的漱石和作為文學家的漱石。作為前者，他在為大日本帝國在海外的「欣欣向榮」感到自豪，對貧窮落後的中國覺得鄙視和厭惡；可是作為後者，他發現了很多被意識形態遮蔽的東西。首先便是自然風景。在第6節、第7節的結尾，作者都提到了美麗的夜空：「大連的初秋，天空是內地無法見到的深色，在它的深處有屈指可數的星星在閃爍」[31]。「醉醺醺地走出門外，深色的天空更加清澈逼人，從來沒有見過這樣幽深的高空裡，有著星星在閃耀」[32]。第33節中：「我從澡堂裡出來就站在沙裡，遙望著河的上游。河水緩緩地轉了一個彎，能看見對面有五六棵大柳樹，樹蔭裡好像有村莊。有五六頭牛和馬正涉水過來，雖然距離很遠只是小小的

---

[28] 『夏目漱石全集12卷』，第287頁。

[29] 『夏目漱石全集12卷』，第311頁。

[30] 揭俠：《夏目漱石の中國人認識》，選自《日本學論叢 II》，外研社1991年，第186頁。

[31] 『夏目漱石全集12卷』，第240頁。

[32] 『夏目漱石全集12卷』，第241頁。

黑點在移動，但是顏色很清楚。全都是茶褐色，朝著柳樹這邊靠近了。牛童比牛還小，這一切就像人們所說的南畫一樣，生動有趣。其中高高的柳樹枝幹上有著細細的柳葉，那種寂靜也完全是支那模樣，即使是遠眺也能看出和日本的柳樹風趣完全不同」[33]。這樣的描寫是基於一雙敏銳的文學家的眼睛，而且是受過漢文學素養培養過的文學家，才能觀察到如此富有古詩韻味的風景。

　　還有一處研究者們經常提到的地方，就是第45節中，漱石從北陵回來的路上，看見一位斷腿的老人正十分淒涼地在地上爬行，於是連導遊也停下車來關心地詢問，而旁邊的中國人卻十分漠然地冷眼旁觀。而「用手撐在地上、傷口暴露在大家面前的老人的臉上，卻什麼表情也沒有。也沒有刻著疼痛，也沒有表現出痛苦。也並不是淡然。我注意到的，只是他的眼睛。老人是在雲端看著地面」[34]。回到住所，想到「終於擺脫了殘酷的支那人，覺得很高興。」雖然在此，我們主要看到的還是漱石對中國人麻木、自私的國民性的揭露和蔑視，不過其對老人眼睛的觀察還是具有相當文學色彩的。「從雲端看著地面」，這裡流露的是對痛苦的巨大承受力和對世間冷暖的坦然，這些是超越國界和意識形態的。也正因為這些具有文學性的描寫，使《滿韓處處》這個文本增加了張力，提供了讓讀者進行多種闡釋的可能，除了文學家的視角所給予文本的複雜內涵以外，還有一點十分值得我們注意，那就是《滿韓處處》中的西洋人形象。文本雖然是記述在中國的旅行，可是西方人不僅在第2節中比中國人更早出場，而且不斷在行文中露面，這讓

---

[33] 『夏目漱石全集12卷』，第307頁。
[34] 『夏目漱石全集12卷』，第336頁。

我們不由感歎：在近代亞洲各國，西方永遠是一個繞不過去的他者。在《倫敦消息》裡，漱石將中國和日本視為同樣的「黃種人」，對中國現狀表現了深切同情；而在《滿韓處處》裡，漱石的態度完全不同，一方面對西方人的禮貌、有教養大加褒獎；另一方面，再也沒有了《倫敦消息》裡的自卑，對自己身為日本人十分驕傲。比如，第2節中對英國副領事的描寫：「對於我來說，我只覺得他是個美麗的二十一二歲的青年」，在餐廳吃飯時，這位青年的狗無意中闖了進來，「主人看上去是覺得在人多的場所，和狗大聲理論很不紳士，便一下子把它連頭帶身子夾在腋下走出了餐廳。那副後退的樣子十分優美。他把沉重的狗像小包袱似地夾在腋下，穿過排著很多人的餐桌，連腳步聲也沒發出，便大步走到門外消失了。」不僅青年，連那隻狗在漱石看來也是「沒叫一聲」，「十分優雅」[35]。第6節中，作者和一個西洋人同桌吃飯，在聊了很多之後，最後此人突然問道：「你是日本人嗎？」「我雖然照直回答是，但想到在此之前他都認為我是哪裡人呢，不由覺得十分沮喪」[36]。這樣類似的表現還有很多，看來日本在滿洲的殖民者地位的確讓漱石自信心大增。池田好士曾經認為福澤諭吉的「脫亞論」和漱石的文學業績是有共通之處的：「脫亞論」是要擺脫和亞洲各國的聯繫學習西洋諸國，而漱石的近代精神雖然和國權者不同，但也是沒把中國、朝鮮這些亞洲國家納入視野，它們只是等待漱石賦予意義的課題[37]。至少從《滿韓處處》這個文本來看，這個論斷是有一定道理的。

---

[35] 『夏目漱石全集12卷』，第231頁。
[36] 『夏目漱石全集12卷』，第240頁。
[37] 池田好士：『文化の顔をした天皇制』，社會評論社，昭和61年。

小結

　　通過以上這些文本分析讓我們看到了夏目漱石作為一個積極擁護近代日本國家政策的日本人的一面。事實上，也是有相當證據表明漱石在這方面的立場的。比如，1904年5月10日漱石所發表的《從軍行》一文，儘管對此文本有很多解釋，但其中如「天子之命，痛擊吾仇，乃臣子之份」等語句中所體現的對日俄戰爭的肯定態度是毫無疑問的；在《批評家的立場》一文中，他曾說：「我認為軍人很了不起。買來西洋利器，目的在於和俄國對抗」；在《戰後文壇之趨勢》的談話中說：「總而言之，日本今連戰連勝，即使在進入和平時期之後，也無可質疑地享有千古空前的大戰勝國的美譽。這不僅是憑實力的戰爭的勝利，也對日本國民精神產生了重大影響」；1907年7月19日他在給小宮隆豐的信中說：「朝鮮國王讓位，對日本來說，實為可喜可賀之事」；對於這些言論，有些日本評論家總是找出種種藉口替其開脫，其實並無此必要。一個偉大的思想家之所以偉大並不是因為他是完人，而是因為他曾經真實地面臨過精神的斷裂並留下可供後人參考的思考痕跡。漱石不是個堅定的國家主義者，也不是個一味沉醉於詩情畫意中的文人，否則他決不至於在人生絕大部分時間中都處於巨大的精神危機之中。不過如果我們對村上春樹的《諾門罕的鐵的墓場》等日本當代作家的文本細加分析的話，就會發現夏目漱石這種將文化符號的「中國」和作為實體的「中國」相區分的思想模式是根深蒂固地存在於日本的知識分子思想之中的，無論是近代還是當代。因此，日本知識分子的中國觀這個課題的確值得我們深入加以研究。

第二節　作為「符號」的中國
——從《諾門罕的鐵的墓場》看村上春樹的中國觀

一九九四年六月，村上春樹在寫作《奇鳥形狀錄》的中途，受到《馬可‧波羅》雜誌的邀請，前往中國和蒙古邊境的諾門罕，做了他目前為止唯一的一次中國之旅。這次旅行的起因是《奇鳥形狀錄》中涉及到1939年春夏之交由日軍在靠近諾門罕的「滿蒙」國境線挑起的關東軍與蘇蒙聯軍的諾門罕戰役，村上其實是為了取材而開始了這場旅行。其路線是大連－長春－哈爾濱－海拉爾－內蒙古新巴爾虎左旗的諾門罕村，之後由於無法直接越過中國邊境考察蒙古國境內的諾門罕遺址，便繞回北京，路線變為北京－烏蘭巴托－喬巴山－哈拉哈河西岸的諾門罕戰役遺址。這次旅行的經歷最初以《諾門罕的鐵的墓場》為題連續發表在一九九四年九月至十一月的《馬可‧波羅》雜誌上，後在一九九八年四月收入由新潮社出版的《邊境‧近境》一書中，這本書中還包括了作者訪問美國的作家聚集地伊斯特漢普頓、墨西哥、瀨戶內海的無人島、香川縣的贊岐一帶、橫穿美國大陸以及在故鄉神戶一帶的遊記。五月新潮社又出版了《邊境‧近境》一書的照片版，收集了由松村映三拍攝的村上在以上各地旅行時的照片。《諾門罕的鐵的墓場》一文作為村上春樹唯一一次中國之旅（甚至是亞洲之旅）的見證，對於我們瞭解其中國觀具有重要意義。此書的中國大陸版2011年由上海譯文出版社發行出版，但譯者林少華在2007年第七期的《讀書》雜誌上就已經發表過《村上春樹的中國之旅》一文，而此文正是中譯本的譯者序言。在此篇文章中，林少華

主要介紹了村上春樹諾門罕之行對於其撰寫《奇鳥形狀錄》第三部的重要意義，比如村上春樹在旅行之後寫的第三部成為其「真正的轉捩點」，「如果說第一部和第二部仍處於尋找和期待階段，第三部則真正開始了戰鬥」，並援引美國的村上春樹譯者傑・魯賓的話，認為「只有第三部可以說受益於他對這個自學生時期就一直揮之不去的戰場的實地勘察」[38]。當然，我們不可否認，《奇鳥形狀錄》中的確有深刻揭露日本近代侵略戰爭等被日本政府隱藏的黑暗歷史的主題，諾門罕之旅也對村上春樹感性地認識那場戰爭有所幫助。不過，筆者想指出的是，在《諾門罕的鐵的墓場》一文中暴露出了村上春樹中國觀中存在的不容忽視的一些問題，如果忽視這些問題的話，我們是無法真正瞭解村上的文本及其作家本身的全貌的。

詳細來說，從《諾門罕的鐵的墓場》這一文本中我們可以發現幾個明顯特徵：一、「骯髒」「混亂」「嘈雜」是文中描寫中國的一系列重要關鍵字。比如文中三次提到「廁所」，兩次用到「照樣漸漸處於毀滅狀態」、「宿命般的臭味」這樣的表達。也就是說，這種「髒」似乎已經是中國的慣有屬性，而不是偶然使之。而這種中國認識是有深厚的歷史背景的，如果我們比較夏目漱石《滿韓處處》等中國遊記的文本，就會發現這些問題居然從近代開始就一直持續存在於日本作家的思想深處，即使經過了一個世紀的歷史變遷，卻並沒有發生本質的變化。本節在第一部分會具體分析這一點；二、文中多次用到「超乎常規」（桁違い、桁外れ）「過激」（ラディカル）這樣的表達，如對大連混亂的交通狀況，作者「實在是被中國交

---

38 林少華：《村上春樹的中國之旅》，《讀書》，2007年第7期。

通的這種超乎常規的過激情勢給壓倒了」、（如果中國的汽車數量再增加的話）「在那裡出現的將是超乎常規的噩夢吧（關於中國的事情基本上好像都有超乎常規的傾向）」、「說起中國的動物園，和中國的很多其他東西一樣，是處於超越我們想像的過激的程度」、（中國的醫院）「我突然感到一絲超現實的恐懼，如果不小心錯打開一扇門的話，也許就會呈現一幅中國式的超乎常規的景像」。超出常規，那就意味著有先驗的「常規」的標準，這種標準是什麼呢？是日本的常態嗎？但如果我們細讀一下同樣收入《邊境‧近境》的《墨西哥大旅行》一文，就會發現，在墨西哥旅行的村上春樹對待同樣和日本相差甚遠的異國，卻是以一個旅行者的立場表現了相當寬容的胸懷。在本論的第二部分將著重對此作出分析；三、作者在敘述所有看到的情形時，都會以「中國」或者「中國人」來做總結性描述，例如，看到大連的交通狀況，會說「中國」的交通超出常規；在長春動物園經歷了與小老虎拍照的驚險一幕以後，會說「中國」的很多東西都是超出常規的激進。而事實上，如前所述，村上春樹只不過到達過中國六個城市，而且還包括海拉爾、諾門罕村這樣的小城鎮。村上以「中國」這個大的概念代替區域的地點，這明確表明「中國」對於村上是個符號性的存在，這一存在掩蓋了區域性的特徵和差異。當我們只是通過書本等文獻資料或是他人的描述等間接途徑感受某種事物的時候，很自然地將這種事物作為「符號」來加以認知，但如果在直接接觸到這種事物時，仍然以這種符號性認知代替感性認識的話，這裡的原因就值得我們深入探討。對於村上春樹而言，如果我們將他的美國認識和中國認識相比較的話，就會發現，他在對待「中國」和「美國」這兩個文化符號的時候，態度是

大不相同的。本節將在第三部分對此作出細緻分析。以下就從《諾門罕的鐵的墓場》這一文本出發，對照漱石的《滿韓處處》等文獻，在歷史的語境中探究村上春樹的中國觀內涵和文化意義。

一、歷史語境中的「髒亂差」的中國形象
—— 《諾門罕的鐵的墓場》與《滿韓處處》

文本的開頭部分，在敘述了從文獻資料中感知的對諾門罕戰役及日本國家機構的感想之後，作者以一句「說實話去中國真的是第一次，從成田直接飛到大連只需要四個小時」[39]開頭，開始敘述在中國的實際旅行感受。他首先提到的便是，儘管時間很短，但是卻有著巨大的「感覺上的差距」。而從下面文本來看，具體來說，這種「差距」便是中國的混亂、擁擠和骯髒。例如「從大連開始被塞進擠得連廁所都無法站立的、堪稱中國式混亂之極的滿員『硬座』車（原本計畫乘飛機去長春，但航班被毫無理由地取消了，便突然改乘火車），搖晃了一夜十二小時，累得全身無力。到達長春站時，覺得腦漿組織也好像隨同周圍洶湧澎湃的情景而大面積重組一遍」。而首先看到的中國，「歎為觀止的便是人多」，並且這種「人多」和日本由於國土狹小而顯得人多不同，中國「不僅國土廣闊得很（儘管廣闊），人口也是多得將國土掩蓋得嚴嚴實實」[40]。更耐人尋味的是，當村上春樹看到這種人多的情景時，聯想起的是當年日本兵來到中國所受到的感覺上的衝擊：「交通設施，

39　原文均引自村上春樹：『辺境・近境』，東京：新潮社，1998年4月發行。以下不再一一加注。中文一般為筆者試譯，如有例外會特別標出。

40　日語原文為：国が馬鹿みたいに広いうえに（広いくせに）、人口もまたそれを埋め盡くすくらい多いのである。

無論坐任何交通工具，都是宿命般的要人命的擁擠，街道上的人不管何地都亂扔煙頭、吐痰、大聲吵嚷、買賣亂七八糟的東西。看久了這種情景，會感到一種自己是不是錯把個位數當成十位數、或者十位數當成了百位數的一種恐懼，我甚至覺得，當初從根本上攪亂了跑到中國的日本兵的感覺的，是不是就是這種壓倒性的物理數量上的差異呢」。那麼，攪亂了日本兵感覺的結果是什麼呢？在這段敘述之前，村上提到了「南京大屠殺」和「萬人坑」，自述雖然在書本上瞭解此事，但和很多日本讀者一樣，對這樣的大屠殺在數量上的規模沒有切實的感受，但到了中國親眼看到如此之多的人，便覺得「的確這樣的事情也許是存在的」。將以上這兩段敘述連接起來的話，這裡的因果關係不免會讓人有所聯想。接著，村上春樹便描述了大連交通狀況的混亂，人和車都不守交通規則，對此情形村上是「無話可說」，並「由於太害怕天黑以後就一步也不邁出賓館了」。

在長春的動植物公園，村上對動物園的古老的、「看上去如同廢墟般」的建築產生了興趣，詢問這是不是戰前就存在的，結果回答是重建的，但是在村上眼中，戰前動物園的廢墟看上去比這七年前建成的建築要新的多、結實得多。由此，村上對中國的建築發了一番感慨：「我轉了不少中國城市，深深覺得中國建築師有一種能使得剛剛建成的大樓看上去渾如廢墟的特異才能。例如每次進入面向外國人的高層賓館──當然不是說全部──我們都會在那裡目睹為數眾多的廢墟。電梯貼的裝飾板張著嘴搖搖欲墜，房間天花板邊角部位開有含義不明的空洞，浴室的閥柄有一半兩相分離。檯燈的脖頸斷裂下垂，洗

面台活塞不知去向，牆壁有彷彿心理測試圖的漏雨污痕」[41]。

在前往哈爾濱的火車上，坐在村上春樹對面的年輕人開著車窗沒有關上，導致村上眼中飛進了異物，不得不去了兩次醫院。對此村上是這樣描述的：「我那時候還是初次來中國旅行，還不知道決不能坐在和列車行駛方向相反的窗邊座位的鐵的準則。因為事實上中國人是毫無顧慮地往窗外扔所有的垃圾，要是打開窗子坐在窗邊的話，會遇上想像不到的災難。啤酒瓶、橘子皮、雞骨頭、痰、擤的鼻涕等等許多東西嗖嗖地飛過窗外，稍有疏忽就會受傷，會落到十分悲慘的境地」。去了一趟醫院以後，村上又對醫院便宜的價格和患者很少的情形大為不解，於是「經歷的這些事情越多，我就越不瞭解中國這個國家了」。

從哈爾濱到海拉爾的旅程村上選擇的是「中國火車中最豪華」的軟座臥鋪，雖然比硬座要好得多，但是「廁所照樣是漸漸處於毀滅的狀態」，不過對此也「照樣只能死心而已」。雖然火車服務員拿來了熱水，可以沖咖啡喝，但是「如大家所知（或者大家可能還不知道）在中國是不存在好喝的咖啡的，所以只能自己帶著沖咖啡的材料和工具」。而當來到新巴爾虎左旗的時候，村上一行住在軍隊招待所，對此處的描寫中，村上再次提到了「廁所」：「廁所雖然是沖水式的，但是因為沒有水，所以到處殘留著糞便，臭味宿命般地彌漫各處。剛剛進到這所建築物的時候，我漠然地覺得這兒有股巨大的公共廁所般的臭味，不過也就如此罷了——話雖如此，也是因為到了這兒以後對這些事也不再特別介意了」。

---

[41] 引自前文所提林少華《村上春樹的中國之旅》一文中的譯文。

如果我們先閱讀過近一個世紀以前夏目漱石的關於中國的文本，就會對村上春樹《諾門罕的鐵的牧場》有似曾相識的感覺，漱石一生有兩次曾經踏上中國的土地。第一次是在1900年9月在前往英國留學的途中。13日，他到達上海，當天去了南京路的繁華地段，「十分稀罕」。十四日「看了愚園張園，愚園頗愚、支那人的轎子、西洋人的車子，雜亂無章。午後三點搭小蒸氣回船，就寢，支那人的說話聲、挑東西的動靜，喧鬧異常」。十七日漱石到達福州，再次提到：「有很多支那人帶著雜貨來賣，十分喧鬧」[42]，並記述有身著古代中國服裝的小販來推銷。寥寥數語中，兩次出現「喧鬧」一詞。

明治四十二年（1909）九月到十月，漱石受到舊友時任滿洲鐵路總裁中村是公的邀請到當時的「滿洲」旅行，這是他第二次踏上中國的土地。以此次見聞為素材描寫的遊記便是《滿韓處處》，先後去了旅順、熊岳城、營口、湯崗子、奉天、撫順、哈爾濱、長春、丹東，後經過平壤、漢城、釜山，於十月十四日坐船回到馬關。漱石和村上春樹一樣，旅程都是在中國的東北地區，他們共同到達過的城市是長春和哈爾濱。文章的第一節到第三節記述的是旅行的來由及船上的經歷，正式在中國的遊記是從第四節開始，中國人給漱石的第一印象是這樣的：「河岸上立著很多人。可是大部分都是支那的苦力、看了一個覺得挺髒，兩個在一起更加寒磣，這樣很多人堆在一起更加不成樣子。我站在甲板上俯視著這一群，心裡想，哎，我真是來到了一個奇妙的地方」。「輪船堂皇地在這一群骯髒的苦力堆面前停了下來。一停下，苦力堆就像發怒的蜂群一樣，突

---

[42] 夏目漱石：『夏目漱石全集19卷』，明治33年日記部分，岩波書店，1996年，第16頁。

然開始鳴動起來」[43]。在第九節漱石看到兩三個「骯髒的」支那人提著漂亮的鳥籠逗鳥，感覺是「雖然是連穿的衣服都沒有的窮人」，卻能如此風雅，是在是不可思議。「污らしい」（骯髒）這是《滿韓處處》全文形容中國人時使用頻率非常高的一個詞，幾乎是每當描寫中國人、特別是勞動者時必定會使用此詞。

從上文可以看出，漱石和村上春樹對中國的印象有很高的相似度：「喧鬧」、「骯髒」是他們的共同感受。在明治到大正時期相繼有一批日本文人來到中國旅遊，比較著名的有：谷崎潤一郎、芥川龍之介等人，在他們的遊記中，「骯髒」是共同的關鍵字。而這一點與當時剛剛踏上現代化道路的日本為建立自己的文化身份而實行的「國民性」建構有很大的關係。據研究，日本近代有三次在各種文本中大規模地出現中國表象，在甲午戰後到日俄戰爭的近十年是日本的各種文本中大規模出現中國表象的第二次高潮（第一次是江戶末期，第二次是大正時期），這一時期也正是日本與日本人論盛行的時期。「為了確立所謂日本和日本人的民族認同，亞洲諸國，尤其是中國和朝鮮，始終作為突顯日本這一『文明之邦』的參照對象，被在近代國民國家的各種價值尺度下加以徹底地否定」[44]。在關於日本和日本人特徵的建構中，有三個要素是被反覆強調的：國家觀念、勤勞觀念、衛生觀念，幾乎所有的作者都宣揚日本人自古以來就具備這些觀念，而相應的，自然就必須異化作為參照對象的中國和韓國的形象。如《太陽》雜誌二卷七號中有這

---

[43]　夏目漱石：『夏目漱石全集12卷』，岩波書店，1996年，第235頁。

[44]　劉建輝：《產生自日本的中國「自畫像」》一文，《中國與日本的他者認識》，中國社會科學研究會編，社會科學文獻出版社，2004年，第87頁。

樣的言論：「如上所述，就余在美國之所見所聞，可知日本人較美國人遠為清潔。然余心中尚存疑慮：較之支那人或朝鮮人等其他東洋人如何？二者與我日本人何者清潔耶？幸而借此番戰爭，余有機會漫遊遼東朝鮮等地。余至其他，仔細研究其清潔程度到底如何。出余意料之外，遼東半島，其骯髒程度實難用語言形容，不潔之至，甚至不知清潔與不潔為何物」[45]。由上可見，認為中國人「骯髒」是有很大輿論導向因素在其中的。《太陽》四卷五號中也有這樣的表述：「支那人秉性之惡端已為世人所知曉：過於自尊，過於保守，國家意識淡泊，自私自利，狡猾散漫，野卑吝嗇，因循姑息，愚昧而不知趣，兼加注重虛禮，嫻於辭令，且一般不厭髒亂」[46]。無獨有偶，當村上春樹看到大連混亂的交通秩序時，便詢問中國人為什麼沒有信號，文中這樣敘述道：「所有人都不關己事地說『啊，要是大家都遵守信號的話，交通堵塞什麼的也會少得多』，但誰也不會從自身做起去遵守信號」；當看到火車外各家各戶樹立的衛星接收器時，會引用中國人自己的解釋說：「一個村子裝一個共用的接收器也行啊，不過中國人嘛是不會做這樣的事的。大家都喜歡各行其是」。這樣的敘述似乎是在給接近一百年前的《太陽》雜誌中對中國人性格的歸納做詳細的注解。

時間已經過了近一個世紀，現在的中國和「滿洲國」時代的中國早已是天壤之別，可是，為什麼在當代作家村上春樹的視線中，所關注的重點和漱石幾乎是相同的呢？在這大半個世紀中，日本的中國認識發生了根本變化嗎？通過對《諾門罕的

---

[45] 岸本能武太：「日本人の五特質」，『太陽』2（7），1896年，第1656頁。
[46] 藤田劍峯：「支那人の質性を論じて對支那策に及ぶ」，『太陽』4（5），1898年，第11頁。

鐵的墓場》和《滿韓處處》這兩個文本的對比，我們對這個問題不能不產生一絲疑問。

二、旅行者的視角與先入觀
—— 《諾門罕的鐵的墓場》與《墨西哥大旅行》的比較

村上春樹一九九二年七月在墨西哥進行了近一個月的旅行，前半截旅程是自己乘公車的單人旅程，後半期是和攝影師松村映三及翻譯一起駕車旅行。和《諾門罕的鐵的墓場》一樣，在遊記的開頭，作者沒有直接敘述旅程，而是介紹了自己為什麼進行這場旅行的原因。但是，細加分析就會發現，這兩次旅行的原因是有很大不同的。

《諾門罕的鐵的墓場》開頭便提到小學生時在歷史課本中看到諾門罕戰爭的照片，接著陳述多年後在美國大學圖書館中讀到大量的這場戰爭的資料，由此對這場戰爭產生了「太日本式了，太日本人式了」的感歎，並將這場戰爭中大量日本士兵被「沒有效率」地屠殺這種非合理性稱之為「亞洲性」，從而認為日本戰後的封閉的國家組織和戰前並沒有根本的區別。對此，作者這樣說道「就這樣，無論是新澤西州普林斯頓大學寂靜無聲的圖書館，還是從長春到哈爾濱的嘈雜混亂的火車中，在這兩個截然不同的場所，我作為一個日本人不斷感到幾乎相同的不舒適，我們從此以後究竟會走向何方？」。從這些描述中可以看到，村上在進行中國旅行之前，其出發點就是「作為一個日本人」而不是「作為一個個體的人」，也就是說，這種立場不是完全個人主義的，而是具有一定民族國家傾向的。但在《墨西哥大旅行》中，旅行的出發點就截然不同。文本開頭提到自己在墨西哥旅行中就不斷被人追問「為什麼會到墨西哥

旅行?」，經過反覆的思考，村上引用保爾・塞羅（ポール・セロー）作品中女孩的話，認為只是想親眼看看、想親手觸摸的這種沒有理由的好奇心、這種對於真實事物的觸感的追求、這種「心情」讓自己來到了墨西哥。並且通過和其他旅行者的比較，強烈認識到自己缺乏他們一樣的明確的旅行目的，但是，自己的人生本來就是由很多不知所然的偶然性而構成的。並非常「村上式」地對這種偶然做了辯解：「要是過了人生的某個點，我們在某種程度上就會為這種多得數不清的的體系的規範所吞沒，我們就會在這種規範的生活方式之中尋找個人的意義所在。於是，我們要想做的話，就可以將其命名為理由（reason），可是，即使如此，我們從根本上仍然是由偶然性所支配的，我們無法超過這個領域的輪廓，這個基本事實是無法改變的」[47]。在諾門罕之旅和墨西哥之旅之前，村上都讀過有關的書籍，但是，對於墨西哥之旅前讀過的《孤獨的迷宮》和《我熱愛的グリンゴ》，村上的認識是：這些書都是在先驗地定義「這是墨西哥、這是墨西哥人」，對此，村上是不以為然的。也就是說，村上在進行墨西哥之旅前，就設定了自己是作為一個獨立的旅客去親身感受和探索一個沒有感性接觸過的地方這樣的出發點，所以，他不僅不會為現成的文獻資料所拘束，而且有某種通過親身經歷反駁這樣的先驗觀的傾向。但是，在《諾門罕的鐵的墓場》一文中這樣的傾向是完全看不出來的。

　　村上的墨西哥之旅也完全談不上無憂無慮，前半段的乘坐大巴的單人旅行中，車中大音量播放的墨西哥歌謠讓其不堪

---

[47] 村上春樹：『辺境・近境』，新潮社，1998年4月發行，第43頁。以下《墨西哥大旅行》的原文均引自此版本，筆者試譯，不再一一加注。

其擾，甚至由衷祈禱車內的音響快點壞掉，但是雖然「在墨西哥有無數的東西不停地出故障」，但車內的音響卻從來運作正常；在車上村上還遇見了抓強盜的員警，被趕到了後面的座位上，「他沒有笑容，也沒說『對不起』或『請讓一下』，只是抬了抬手槍的槍口」；又過了幾天，村上從車窗裡看見了人的屍體──或者說是非常接近屍體形狀的東西；在阿卡布魯高（アカプルコ），海洋遍佈垃圾、骯髒不堪、商店物價又高、店員態度惡劣。但是，非常值得我們注意的是，在這樣的消極描述之後，村上這樣說道「當然這樣的我的印象也許只是一面之詞，也許是錯的。我不打算把自己的印象──阿卡布魯高就是這樣的地方──原封不動地強加給人」，並且對自己做了一番反省：「說實話，我與其說是個堅定的人，不如說是個含糊其辭的人；與其說是一直不變的人，不如說是個一時心血來潮的人。而且這是個徹頭徹尾的『我的旅行』，不是『你的旅行』。我既沒有權利也沒有資格強加給你什麼。而且，隨著看事物的時間和角度不同，所得到的印象也截然不同」。也就說，在《墨西哥大旅行》中，村上對待旅行地的態度是非常強調個人化的，由此，便顯示出了相當寬容的心態；並且他也絕沒有以「墨西哥」來代替「阿卡布魯高」這樣的區域地名，也就說沒有以符號化的概念將所有看到的事物一網打盡。而在《諾門罕的鐵的墓場》中，村上但凡遇到自己不理解的事物，都會以「中國」這樣的開頭做總結性敘述，並且也絕沒有在墨西哥旅行時的寬容心態。

在中國之旅和墨西哥之旅中還有一個構成對比的事項：關於食物。在來到中國以前，村上就有嚴重的「中國菜過敏

症」[48]，在路上聞到中國菜的味道就會覺得難受。對於這種過敏症的原因，村上自己也說不出所以然。「我想也許是幼時體驗之類的吧，但是究竟是什麼怎麼也想不起來了。也許說不定這裡隱藏著希區柯克《白色的恐怖》式的祕密呢」。於是，在中國之旅中村上什麼都沒法吃。「中國的旅行雖然很是激動人心、既新鮮又有意思，但只有吃飯真是個悲劇」。雖然從《諾門罕的鐵的墓場》一文我們根本沒有看出這場旅行如同村上所說的「新鮮又有意思」，但至少從這句話中能夠得知，村上真的是完全無法適應中國食物。這當然是屬於個人口味問題，我們不能由此牽強武斷地說村上對中國不夠友好，但是他在接受美國雜誌《Bomb》採訪時曾經在《奇鳥形狀錄》中為什麼會以中日戰爭作為題材時說過這麼一段話：「我的父親在第二次世界大戰的時候去了中國。父親給我講了很多在中國打仗時的事情，我也對此很感興趣。說不定，這也許成了某種強迫性的觀念。父親的話對於一個孩子來說可能太血腥了，不過，我想父親並不是為了讓我害怕才講的。那時正好是戰爭結束以後，一九五五年或是一九五六年。那種記憶在當時還栩栩如生。說了殺人和被殺這些事。反正，我完全沒法吃下中國菜。具體不清楚是為什麼，但就是不行」[49]。村上在這段話中自己其實已經為自己的「中國菜過敏症」做了類似心理學的解釋：所謂的「幼時體驗」就是指的血腥的間接戰爭體驗，這種體驗深入村上的心靈深處，要有所改變恐怕相當困難。所以，當村上來到中國以後，他也沒有任何改變這個口味的舉動：在大連吃的是

---

[48] 村上春樹：「この夏は中國‧モンゴル旅行と千倉旅行をしました」，『うずまき貓のみつけかた』，株式會社新潮社，1996年，第50頁。以下此篇原文均選自此版本，中文為筆者試譯。

[49] Harding, John Weslcy. 「Haruki Murakami」 *Bomb*, Winter, 1994. 筆者譯。

日本菜，哈爾濱吃的是披薩，在長春吃的是俄羅斯紅菜湯，在海拉爾吃的是稱為西餐的不知是什麼玩藝的東西，在蒙古邊境的小鎮上吃的是煮的蕎麥麵，然後就是粥和梅乾，還有自帶的熱量食物[50]。村上根本連嘗試真正中國食物的意圖都沒有，只是完全按照自己以前的、自己認為根本無法改變的口味習慣度過了中國之旅。但是，在墨西哥情況就完全不一樣。

村上在來到墨西哥之前，就受到了周圍人對於飲水和食物的警告，但是他並沒有十分放在心上，結果遇到了食物中毒，上吐下瀉，持續了十天，痛苦不堪。儘管如此，村上在《邊境・近境》照片版中仍然登載了在ダンピコ一家餐館中的晚餐照片，並在照片的注釋中這樣說道：「墨西哥菜很美味，百吃不厭。只要沒有食物中毒簡直就是天堂了」。不僅如此，村上在墨西哥還丟失了各種各樣的隨身用品：髮刷、微型答錄機、剃鬚膏、藍色牛仔褲、眼鏡、眼鏡盒等等。在無奈地接受了這些事實之後，村上這樣寫道：「不過考慮一下——我偶然想到的——正是這種讓我到達豁達精神的過程，正是這種將讓我這種人疲憊不堪的種種事情，默默地作為自然而然的事態接受下來的這種過程，對於我來說才是旅行的本質」。那麼，為什麼偏偏要到墨西哥承受這種「疲憊不堪」呢？因為「這種疲憊是只有在墨西哥才能體味到的疲憊。是一種不來這裡，不呼吸這裡的空氣、不用自己的腳踏上這裡的土壤，就無法體味到的疲憊。而且，每次這種疲憊加重一次，我就覺得更加接近名為墨西哥的這個國家」[51]。從以上可見，對於在墨西哥遇到的食物

---

[50] 在《諾門罕的鐵的墓場》中，村上根本就沒有涉及中國食物的問題，這些敘述出現在上文提到的「この夏は中国・モンゴル旅行と千倉旅行をしました」一文中。

[51] 村上春樹：『辺境・近境』，第71頁。

中毒這些消極的事情，村上是完全以一個旅行者的視角加以積極的把握。而在中國之旅中，如前文所引用過的，當他眼睛中不慎飛入垃圾，跑到中國醫院醫治的時候，看到醫院便宜的價格和寥寥的病人，便與日本總是人滿為患的醫院做了對比，他所發出的感歎卻是：「經歷的這些事情越多，我就越不瞭解中國這個國家了」[52]。將以上這兩種感想放在一起加以比較的話，我們可以鮮明地看出村上在對待墨西哥和中國這兩次旅行時截然不同的態度。

更有意思的是，當村上在墨西哥領悟到自己通過在此地的疲憊不堪的感受，將在其他旅行地的疲憊感受也相對化了，也能辯證地看待了的時候，他這樣說道：「這就好像是毛澤東語錄，我突然想到，比如『疲憊必須通過疲憊才能克服。要戰勝疲憊這種東西除了疲憊本身是沒有其他方法的』」[53]。村上的墨西哥之旅是一九九二年，諾門罕之旅是一九九四年，兩年前的墨西哥之旅時，中國這一文化符號對於村上的具體內涵還是毛澤東語錄這樣的完全符號化的存在，但是，兩年之後，當他真正踏上中國土地的時候，感性的感受並沒有替換掉這種「符號化」的文化內涵，中國之旅對於村上來說完全不像墨西哥之旅，不是活生生的作為一個「旅行者」的旅行，而是被完全束縛在他自己已有的「中國符號」這樣的先入觀裡。

三、作為符號的中國和作為符號的美國

僅僅十天的諾門罕之旅作為村上唯一一次中國之旅，對於他的中國認識到底有多大的作用？對於這個問題的答案我們似

---

[52] 村上春樹：『辺境・近境』，第150頁。
[53] 村上春樹：『辺境・近境』，第72頁。

乎不能過於樂觀。對於林少華等論者的通過這次旅行對其《奇鳥形狀錄》的第三部的寫作有所幫助的說法，我們不能全面否認。但是，僅僅就這部作品來說，其實整個作品的構思和完成的地點都是在美國，諾門罕之旅也只是在美國滯留期間抽空到中國的旅行，「滿洲」的確是作為《奇鳥形狀錄》中的核心地點出現的，但是究竟是美國之旅（在圖書館中閱讀的大量關於諾門罕的文獻資料）還是中國之旅對村上春樹的《奇鳥形狀錄》的寫作起了更大的作用是很難說清的。

其實，村上春樹的中國認識從他的初期作品開始就存在著「符號化」的局限，不過，筆者認為，村上的中國認識有一個發展過程：在《開往中國的小船》等作品中，他對於中國的認識符合他初期作品中的「個人主義」色彩濃厚的後現代傾向，在此階段，「中國」和「美國」一樣，對於他不過是其和社會疏離的一個標桿，但是通過一九九一年到一九九五年在美國實際生活的四年，他獲得了從外部看待日本乃至亞洲的視角，並且開始由「疏離」社會變化為「介入」社會，但是，對於「中國」，村上的認識雖然不再是「個人主義」式的疏離，卻依然認為是一個符號化的存在，甚至是專制的、「雞蛋和牆」比喻中的牆一樣的「體制」般的存在。筆者認為，這種結果和前文所提到的村上幼時聽到父親關於中日戰爭的描述是分不開的，雖然，村上並不否認日本在戰爭中的暴行和責任，甚至是積極追尋這種暴行的根源，但是，就如同他生理上會有「中國菜過敏症」一樣，村上對「中國」這個文化符號有一種本能的反感。其對於戰爭原因的追尋，出發點是日本式的。村上本人對於放下本能的反感，切實地作為一個人去瞭解中國實體是沒有真正的興趣的。以下就讓我們在分析文本的基礎上，通過村上

對「中國」和「美國」這兩個文化符號認知的比較，看一下他這種中國觀的發展過程。

《開往中國的小船》最初發表於1980年4月的名為《海》的雜誌上，後經過比較明顯的修改之後和《窮伯母的故事》、《紐約碳礦的悲劇》等六篇作品一起，收入一九八三年中央公論社出版的同名短篇集中，這是村上第一部短篇小說集，在研究史上的地位還是很重要的，所以在發表當初就引起了一定的反響。川村湊、今井清人、黑古一夫、田中實、山根由美惠等都做過相關的先行研究。作品以回憶的形式敘述了自己在小學時偶然一次在中國人小學校中遇見的中國人監考老師、大學時打工時遇見的中國女孩、及二十八歲遇見的高中時的中國人朋友的故事。首先，引起我們注意的是文章的開頭和結尾：文章共有五節，關於三位中國人的描述各占了一節，開頭和結尾各占一節。在開頭部分，作者以自問自答的形式這樣說道：「和最初的中國人相遇是什麼時候呢？這篇文章就以這樣的考古式的疑問為出發點。把各種各樣的出土文物貼上標籤、分類加以區別，進行分析」[54]。緊接著便是對自己記憶的反省、對自己反省場所的漠然描述。也就是說，從文章開頭，作者所提示的便是：這首先是對自我記憶的檢視，是現在的自我對過去的回顧，以下遇見的中國人都是「我的記憶」。全文的基調由此奠定：這篇文章的重點不是在於所描述的對象，而是通過這些對象回想「自己」的過去；在文章的結尾，作者更加明確了這

---

[54] 村上春樹：「中國行きのスロウ・ボート」，『海』，1980年4月號，第92頁。筆者試譯。單行本的《開往中國的小船》以及收入全集中的內容均作了比較明顯的改動。山根由美惠曾對修改的內容進行過詳細的比較和研究，可供參考。鑒於『海』雜誌上初次發表的版本反映了村上最初的認識，本論所引用原文均為這個版本，中文為筆者試譯。以下不再一一加注。

一點：他從電車中看著窗外的都市，重複著中國女孩曾經說過的「這兒不是我應該在的場所」，並且這樣寫道：「中國。我讀過很多有關中國的書。從《史記》到《中國的紅星》。即使如此，我的中國也只是為我而成立的中國而已。或者就是我自身。這也是我自己的紐約，我自己的聖彼德堡，我自己的地球、我自己的宇宙」，而對於真實的中國實體，「地球儀上黃色的中國」，「這不是我的中國」，和紐約、列寧格勒一樣，都「不是為了我的場所」，「我的流浪是在地下鐵的電車裡或是計程車的後座上進行的。我的冒險是在牙醫診所或是銀行的視窗進行的。我們哪兒都能去，哪兒都不能去」。文章的最後一句是「朋友呵、朋友、中國實在是太遙遠了」。這些描寫具有非常濃厚的村上春樹初期作品的痕跡，我們從中可以明確地看出來：「中國」對於此時的村上，完全是個符號，其意義和當時他沒有去過的紐約、列寧格勒等等地名所代表的內涵一樣：是為了表現「我」和這個社會的格格不入、和這個社會的疏離。

在《開往中國的小船》的最初稿中，有一個後來被刪節的部分：在第四節描述二十八歲的我偶遇高中時的中國人同學的具體情節之前，為了說明我和這個同學的偶遇沒什麼戲劇性，作者舉了這樣一個例子：「如果一定要舉個歷史性的事件的話（當然這能不能說是歷史性的還是個疑問），也許很接近於很久以前，我在少年雜誌上讀過的一則故事，說的是太平洋戰爭激戰的一個島上的兩個士兵的相遇。一個是日本士兵，一個是美國士兵。脫離大部隊的兩個人在密林中的空地上不期而遇。正當雙方還處於都沒想起舉槍的茫然狀態時，一個士兵（到底是那邊的呢？）突然舉起兩個手指行了個少年團式的敬禮，而

對方也下意識地舉起兩個手指還了個少年團式的答禮。於是，兩人都沒有舉起槍，就默默地回到了各自的部隊」。這樣的描述非常耐人尋味。為什麼要將「我」和中國人的中學同學的相遇比喻成太平洋戰爭中的日本士兵和美國士兵？從表層看，這裡至少反映出兩重含義：一、「我」和「中國人的中學同學」就像日本士兵和美國士兵一樣，分屬兩個不同的意識形態體系，這是個人無法掌控的鴻溝，是宿命式的存在；二、即使分屬兩個體系，作為個人是可以心靈相通的，這種相通近乎本能，是超越體系的自我選擇。這和整個文本的個人主義基調是很符合的。而且，從這個比喻裡我們可以看出對於此時的村上春樹來說，中國人的中學同學和美國士兵的意義是相同的──都是自我的「他者」。

在一九八三年四月號的《群像》雜誌上曾經發表過一組關於「美國」的專刊，川本三郎、松本健一、村上春樹、村上龍等發表了相關評論。其中村上春樹評論的題目是《作為記號的美國》，在文中村上的主要觀點是：雖然美國是現實存在的一個實體，是活生生的一個國家，「但是要說我們這個國家和美國真的是同時性的存在著的話，誰也不能否認，暫時地美國這個國家就失去了實體性，而單純地被情報化了」[55]。並且自我解釋說，之所以這麼想，是因為自己從來沒有去過美國的原因。並且自己對「作為實體的美國完全沒有興趣。換言之我不想同時間地認知作為共同空間的美利堅合眾國。我感興趣的是，我自己的時間性中的認知的美國，或者是想像的美國」。那麼，為什麼在「我的認知」中需要美國這個文化符號呢？

---

[55] 村上春樹：「記號としてのアメリカ」，『群像』，1983年4月，第246-250頁。

「對於我來說，也許可以說，美國也就是為了迴避同心圓的護身符。所謂同心圓，就是以我為中心的，我→家庭→共同體（學校・職場）→國家，這樣的具有精神連續性的同心圓。我一直在努力地試圖在某個地方切斷這種精神連續性，但是卻無法切斷。所以，我將在這個同心圓之外的、與這個同心圓中心不同的『美國』這個圓帶到了自己的生活中」，而因為有這個「美國」這一個他者，「以這點作為目標將自己相對化就成為可能」。從以上的敘述我們發現，這篇文章中的「美國」和《開往中國的小船》文中的「中國」其內涵是何等的相似。「中國」和「美國」都是村上脫離自身周圍環境的精神上的必需品。

　　但是，一九九一年一月村上違背了《作為記號的美國》中所說的不想去美國的宣言，他應新澤西州普林斯頓大學的邀請，以客座研究員的身分來到美國。在此的任期結束後，一九九三年七月又來到馬薩諸塞州的塔夫茨（タフツ）大學，一直待到一九九五年五月。這四年多的切實的美國生活對於村上春樹來說是具有重要意義的。此時的村上是作為在全世界各地擁有廣泛讀者的人氣作家來到美國，生活優越，而且脫離了日本的社會和文壇，精神也很放鬆。這一段美國生活具體來說對村上有兩重含義：一、脫離了日本乃至亞洲這個大的文化圈以後，美國經歷使其獲得審視這個文化圈的外部視角，加深了其社會責任感。如有論者所指出的，這一點和夏目漱石的倫敦經歷很有相似之處[56]。再加上和著名精神分析學家河合隼雄的接觸，使其從「疏離」轉向「介入」，例如完成了《奇鳥形狀

---

[56] 可參考半田淳子：『村上春樹、夏目漱石と出會う』中第五章相關內容，若草書房，2007年。

錄》的撰寫，這部長篇作品的核心和出發點就是中日戰爭期間的諾門罕及滿洲，對這樣的歷史問題的重視是值得我們肯定的；二、在美國的生活，使得村上不再拒絕普通的社會生活，在日本期間既不和鄰居來往也不接電話的村上在美國和鄰人相處甚是融洽。這也是他能夠對在美期間日本發生的阪神大地震、東京地下鐵毒氣事件等社會事件投以關注目光的一個契機。尤其是東京沙林毒氣事件發生後他能夠對受害者和被害者進行個人採訪，從而寫出《地下》和《在約定的場所》兩部採訪錄，這更加說明美國之行對村上是有很大的現實意義的。

美國之行對於村上是個精神上的轉捩點，這一點毫無疑問，在此之後和在此前的作品風格有顯著的變化，對社會問題和歷史問題的關注是村上以前所沒有的，加上在駐美期間開始的與河合隼雄的頻繁交往讓村上對自己作為「作家」的社會責任感大為加強。所以，美國對於村上完全不再是作為與社會疏離的文化符號的意義了。不過，通過對其後的作品文本的閱讀，我們十分可惜地發現，中國對於村上仍然停留在「記號」的層面上。美國之行後的村上，沒有寫過像《開往中國的慢船》這樣集中的以「中國」為素材的散文集或作品，但在《1Q84》等最新作品中仍然出現過「中國」這樣的符號。在《1Q84》中，以奧姆真理教為原型的邪教組織「先驅」，和員警衝突時使用的手槍是從中國流失過來的、其組織頭領深田保也是隨口說出毛澤東語錄、女主人公青豆在健身房裡傳授給女學員的防身術中攻擊侵害者男性睪丸的要點，也是依據毛澤東所說的「集中攻擊對方一點」的戰術而來[57]。從這些細小之

---

[57] 關於這方面可參考許金龍發表在《中華讀書報》上的一些文章，集中分析了《1Q84》中的中國形象問題。

處，我們可以管窺到對於村上，「中國」的內涵還停留在「符號」的層面上，甚至還帶有「雞蛋和牆」中的牆似的專制體制的含義。對於這樣的認識，筆者認為，一方面是幼年時代從父親那所聽到的戰爭體驗給村上帶來的深刻的記憶而致；一方面是無論在美國還是日本，作為分屬不同意識形態的國家，它們所看到的「中國」的形象都在一定程度上被扭曲了。鑒於這兩方面的原因，村上喪失了在諾門罕之旅這樣的能夠切實體驗中國實態的機會，他無法像墨西哥之旅中作為一個普通旅客，以寬容的胸襟接受和理解異國。對於這一點，我們在深深惋惜的同時，更加由衷地認識到：中國和日本，這兩個在歷史上有著深刻糾結的國家，要做到真正的相互瞭解是多麼地困難。即使是村上春樹這樣具有鮮明地和「國家」體系劃清界限、在中國擁有大量讀者的作家，也無法逃脫「先入觀」的陰影。

小結

通過上兩節的分析，我們可以發現，在夏目漱石和村上春樹的中國觀這一問題上，兩者至少有以下這些共通點：

一、兩者的中國觀都離不開「西方」這個他者；對於夏目漱石這些明治時期的知識分子來說，「東方」和「西方」始終是不可迴避，而且相互聯繫、互為表裡的兩個概念。並且，「東方」在很大程度上指的就是以中國為「文化母國」的漢文學文化圈。如何對待中國在一定程度上指的就是如何面對日本的「過去」，如何對待西方指的就是如何面對日本的「將來」。而對於村上春樹這些當代文人來說，如何對待中國不僅意味著如何對待自己的屬於漢文字文化圈的文化傳統，而且意味著如何對待曾經犯下嚴重錯

誤的日本近代歷史。而「西方」，尤其是美國，對於日本來說，既是戰勝國的強者，又是使日本遭受原子彈等襲擊的加害者。漱石和村上相同的一點是：兩者都是脫離了日本這個語境之後，對自己的所屬於的「亞洲」有了整體認識。就如同漱石到了英國以後意識到自己的「黃種人」身分一樣，村上在美國教書期間，發現來上課的學生有很多亞洲人，其中相當多是看到自己的作品慕名而來。

二、兩者的中國觀都有明顯的符號化傾向。對於漱石來說，「中國」所代表的漢文字文化傳統是精神家園般的存在，這是和現實的孱弱的現代中國相分離的符號化的存在。無論漱石在滿洲看到的中國如何骯髒、混亂，就和芥川龍之介、谷崎潤一郎等一樣，他的腦海中始終有一個脫離這些的「文化母國」的意象。而村上春樹的中國觀，其符號化的傾向就更加明顯。對於日本來說，二戰的失敗始終是一個深刻的而且沒有被很好反省的創傷。日本的戰敗國意識的對象是美國，而不是包括中國在內的亞洲諸國，所以，日本從戰爭中得到的更多的是「被害意識」，屢次強調的是：自己是世界上唯一遭受核武器攻擊的國家，而對於自己為什麼「被害」卻沒有反省。村上春樹從生理上的對中國菜的強烈迴避就說明了這一點。父親在他小時候所講述的中日戰爭的實況，讓村上在腦海中產生了「中國＝血腥的令人噁心的戰爭場景＝中國菜」這樣的下意識的聯繫，為了迴避這段歷史記憶，村上迴避了中國菜，並且，將這種意象和中國的實體相聯繫，從而迴避了整個「中國」。這種心理使得村上無法排除「先入觀」，以個人的身分面

對中國的實態，所以，才會在《諾門罕的鐵的墓場》中出現和《墨西哥大旅行》中截然不同的觀察角度。

而以上這兩點都充分說明，夏目漱石、村上春樹的中國觀和國家的歷史記憶以及意識形態是密切不可分的。儘管作為作家和知識分子，漱石和村上都有意識地和意識形態保持了一定距離，並且對某些問題採取了明確的批判態度，不過，在「中國」這個問題上，兩者的表現都不能說是令人稱道的。

第四章　現代和後現代語境下「文學」的功能

　　本章將具體分析夏目漱石和村上春樹對「文學」功能的有意識探討。現代和後現代語境下「文學」的功能究竟如何？在屢屢出現「文學的終結」這樣言論的今天，比較兩位身處不同時代的作家對這個問題的回答，將會對我們有很大的啟迪。

第一節　文學的形而上意義
──夏目漱石對「文學」內涵的追尋

　　作為明治時期代表作家的夏目漱石，與同時代的文學者相比，他的一個顯著特徵就是：對於「文學」這個概念本身，他進行了有意識的理論性的探討，他有意識地試圖從文學外部解答「文學是什麼」這個貌似簡單實則相當困難的問題。這種探索集中體現在其文學理論著作《文學論》和《文學評論》中。而為什麼夏目漱石會試圖從根本上解答「文學是什麼」這個問題，要從那個時代的「文學」概念的確立及漱石本身感受到的衝擊說起。

一、「literature」與明治「文學」概念的確立

　　「literature」被翻譯並固定為「文學」二字，而且成為東亞共同的近代術語，是在明治初年。之所以選擇「文學」這兩個漢字和中國原有的「文學」一詞有密切關係。「文學」一詞在中國古已有之，不過和現在普遍使用的含義是有差別的。最早出現「文學」一詞是在《論語》中，《論語・先進》中提到：文學子游、子夏。在其後的《荀子・王制第九》中有：雖庶人之子孫也，積文學、正身行、能屬於禮義，則歸之卿相士大夫。《墨子・非命中第三十六》第三十九卷中提到：凡出言變，由文學為之道也。這些資料中的「文學」指的是文物典籍和學術。《世說新語》中有《德行第一》《言語第二》《政事第三》《文學第四》，其順序同於《論語・先進》的排列。這裡「文學」所指的學術主要是儒學或者是儒墨之學，但也包括了純文學[1]。日本最早的漢詩集《懷風藻》中也提到「文學」：旋招文學之士，時開置醴之遊。當此之際，宸翰垂文，賢臣獻頌，周章麗筆，非唯百篇[2]。這裡的「文學」就比較接近現在的「文學」概念，偏重純文學之意。

　　文久二年（1862年），德川幕府所設立的從事洋學著作的介紹和研究的機構——洋書調所刊行了第一本英日辭典《英和對譯袖珍辭書》，這本辭典裡首次出現literature一詞，但其譯為「字知り」（識字），但在其他一些詞條中，出現了「文學」二字。如：

---

[1] 根據《辭源》「文學」條目，（《辭源》，商務印書館，2004年）及張哲俊：《東亞比較文學導論》，北京大學出版社，2004年。

[2] 『懷風藻・序』，岩波書店，1964年，第60頁。

Grammar	文學　文典
Humanist	文學者
Humanities	文學詩學及び希臘羅甸ノ語學ヲ摠テ云フ語
Literary	文學ノ　文學法則二隨テ居ル　學ばレタル

　　可見這裡的「文學」概念既包括語言學、修辭學，也包括近代意義的純文學，還包括人文這樣的大的範疇，很接近於中國古代「文」的概念。

　　慶應三年（1867年），英國人James Curtis Hepburn（1815-1911）出版了第一本日英辭典，即《和英語林集成》，此書中有這樣的關於「文學」的條目：

> Bun-do　　ブンドウ 文道Literature; learning
> Bun-gaku　ブンガク 文學Learning to read, Pursuing literary studies; especially the chinese classics

　　在此把Literature翻譯為「文道」，「文道」指「文」的根本、「文」的本質。而在翻譯「文學」時，又迴避了「Literature」。這部辭典的第二版中增加了一些詞彙，但對「文學」的翻譯沒有改變。到1886年第三版的時候，才第一次把「文學」與Literature對應起來：

> Bun-gaku　　ブンガク 文學Literature; literary studies; especially the chinese classics [3]

---

[3]　以上根據前引張哲俊：《東亞比較文學導論》一書，第12頁。

不過這三版中都保留了文學指學習中國古代典籍的意思。可見當時將漢文學作為「文學」主要內容的思想仍然比較牢固，這就是漱石從漢文學中得到「文學」概念的大背景。其實據千葉宣一考證，在此之前的1881年4月刊行的《哲學詞彙》一書是首次將「literature」翻譯為「文學」並公開出版的文獻[4]，但這兩個詞彙在「以語言文字為表現媒介的藝術」意義上的互譯關係，是在明治18、19（1886、1887）年開始形成，在明治21（1889）年左右才固定下來的。

　　事實上，「literature」這個概念在西方也是有一個發展過程的。它來源於拉丁語，原義是語言學中的文法研究，後泛指一切書面言述，包括學術研究。所以，在19世紀以前literature的概念是比較接近於古漢語的中的「文學」二字的含義。但到19世紀，隨著歐洲近代人文學科的發展、浪漫主義運動和「民族國家」運動的興起，literature逐漸成為「以語言文字為表現媒介的藝術」這種狹義的概念。浪漫主義運動強調作者的創造性和想像力，給書面言述中歷來受壓制的詩歌、小說、戲曲等提供了其自身價值的理論根據。曾經包含在「文學」之中的內容作為新的學科被分化出去，比如「歷史」就是其中之一。近代民族國家的出現更是促進了這一演變過程。各種因素結合在一起誕生了現代意義上的「literature」[5]。當這種西方概念進入日本（其實這種情況適合於整個東亞文化圈）時，就需要「削足適履」，將已有的內涵不同的「文學」裝入「literature」之中。比如，現在我們說起「文學」會自然而然地想到小說、詩歌、

---

[4]　千葉宣一：「進化論と文學」，載三好行雄等編『近代文學1：黎明期の近代文學』，有斐閣，1978年，第195頁。

[5]　參考鈴木貞美：『日本の「文學概念」』，作品社，1998年。

散文、戲劇這樣主要的文學類型，雖然近代以前，日本早有物語、說話、人情本這樣的文本，但這些並沒有被認為是「文學」。所以，日本近代文學史首先需要設定一個人為的知識框架。明治18年坪內逍遙的《小說神髓》正是起了這樣的作用。他試圖把日本的物語放在與西洋文學對等的位置上加以把握，比如，在提到西洋浪漫小說的時候，他舉出《源式物語》與之比較，認為：「日爾曼人的浪漫小說以描寫英雄偉業的居多，撒克遜時代的古詩篇大多含有宗教內容」，然而「我國的浪漫小說與這兩者不同，」「專門敘述男女情事」[6]。這樣，他就將物語納入「literature」之中，並通過歷史主義的文學觀將寫實主義視為發展的必然趨勢。這就如同富山太佳夫所指出的：「構成文學史的也許是文學作品，但不是作品構成的文學史，而是文學史將不確定的文本納入文學作品框架之中的」[7]。

「文學」詞義的固定也與當時大學制度的確立緊密相關。明治8年（1875）《文部省報告》第二十一號刊登了《開成學校課程表》，開成學校是從開成所發展而來，這是當時全國唯一的國立高等教育學校。明治10年改名為東京大學。《開成學校課程表》的《預科課程表》設置了英語課程，將「文學」和「literature」對應了起來：

　　　第一年第二期　英語學（修辭・作文・口授答記）
　　　第二年第一期　英語學（文學リテレチュール・書寫及
　　　　　　　　　　說話ノ実試）

---

[6] 坪內逍遙：『日本近代文學大系　坪內逍遙集』，昭和49年，第53頁。
[7] 轉引自《國外文學》2004年第4期，王志松《從「帝國文學」到「地方文學」》一文。

（此處的リテレチュール即為literature的片假名發音──
筆者註）

　　明治19年3月，明治政府頒佈了《帝國大學令》，將東京
大學的文學部改為文科大學，下設哲學科、和文學科、漢文學
科、博言學科。明治20年設立史學科、英國文學科、德國文學
科。明治21年，將和文學科中的日本歷史部分獨立出來，設置
史學科，明治22年，改為國史科。與此同時，和文學科改為國
文學科，漢文學改為漢學科。這樣，本來源自中國的「文」
「史」「哲」不分家的傳統觀念被打破，日本的「歷史」和
「文學」在制度上被正式分開。明治23年法國文學科設立[8]。
正如磯田光一所說，這些「新設立的外國文學科將還有若干不
穩定因素的文學一詞賦予了穩定的性質」[9]。

二、「英文學」與「漢文學」的矛盾

　　夏目漱石的漢文功底是十分深厚的，他自小就愛讀漢籍，
並於1882年至1883年間在以漢學研究著名的二松學社修讀漢文
古籍。不過十分遺憾的是，關於他在這一段時間的具體情況沒
有留下過多的歷史紀錄。從現存的資料我們可知二松學舍是三
島中洲於1877年（明治10年）創立的漢學學塾，與當時福澤諭
吉的慶應義塾、中村敬宇的同人社一起，被譽為「都下三大學
塾」。當時，東京一所中等規模的學校，在校生不過七、八十
人，而二松學舍當年就招生五十名，第二年則達到二百五十餘
名，明治十三、四年增加到三百餘人。據三島中洲當年向東京

8　江藤淳：『漱石とその時代』第一部，新潮選書，昭和45年，第15頁。
9　磯田光一：『近代日本文芸史雜誌』，講談社，1991年，第26頁。

知事提交的《私立漢學設立申請》記載，其教學內容主要包括四書五經、《左傳》、《史記》、《資治通鑒》、十八史略、元明史略、《唐宋八家文》、文章軌範等漢學典籍，也有日本史、《日本政紀》、《日本外史》、《國史略》以及西方各國的歷史、經濟、法律等[10]。漱石所提到的「左國史漢」指的是：《春秋左氏傳》《國語》《史記》《漢書》。全面說來，漱石的漢文學素養分為兩個層面：一個是「修身齊家治國平天下」的儒學層面；一個是超世脫俗、隱居遁世的老莊哲學層面。這兩個層面此消彼長，一直構成漱石精神結構的主要部分。而在初期，無疑是第一個層面佔據主要地位。漱石在12歲時曾寫過題為《正成論》的漢文作文，文中寫道：凡臣之道在於不仕二君，心如鐵石，以身殉國，救君於危機之中。我國有楠正成者，忠且義，智勇雙全，乃豪傑也[11]。江藤淳在《漱石和他的時代》中對此所作的評價是：這裡所體現的精神結構完全是朱子學式的，作為具有個人價值的人是不存在的，只是「無用之人」。對於此時的漱石來說，「生」只是作為「臣」或「子」而生，一言一行都必須符合「大義」「公」的價值規範[12]。而以這樣的「儒學」為核心的有關「文學」的觀念，在近代以前的日本佔有主要地位，這和英文學中所說的「文學」（literature）的內涵是十分不同的。漱石在面對漢文學和英文學時所產生的精神困惑，首先是來自於兩種文化背景下產生的兩種概念的差異。

夏目漱石考入英國文學科是東京大學文科大學改組後的明治23年，這個時候，「文學」的內涵已經由於大學制度的保障

---

[10]　高文漢：《日本近代漢文學》，寧夏人民出版社，2005年，第18頁。
[11]　『夏目漱石全集26卷』，第3頁。
[12]　前引江藤淳『漱石とその時代』第一部，第72頁。

而開始固定為英文學的「literature」。對於漱石來說，從漢文學中得到的「文學」是集世界認知、修身處世、審美活動於一體的，那麼，他進入東京大學之後學習的又是什麼樣的文學呢？漱石在1914年11月25日於學習院所做的《我的個人主義》的著名演講中這樣說道：

> 那時候，傑克遜是我的老師。他讓我讀詩讀文章、寫作文，並時常因為我漏掉冠詞或發音不準而大發雷霆。考試盡是些這樣的試題：華滋華斯生於何年死於何月，莎士比亞的作品版本有幾種，按年代順序寫出司格特的作品。年輕的朋友們，你們大約可以想像得到，這到底是不是英國文學，且不說英國文學，首先文學是什麼，用這樣的方法來學習是不可能明白的。（中略）總之，我學習了三年，也不知道文學是什麼。我的煩惱可以說首先就是來源於此[13]。

　　對每一個學習外國文學的人來說，學習語言是第一步，這無可厚非，但如果止步於此，文學畢竟不僅僅是詞彙和語法的問題，也不是單純文學史問題，所以，漱石的這一煩惱可以理解。不過，如果我們聯想到漱石赴英留學前對「英語」和「英文學」的近乎固執的追究，就會發現這一煩惱背後的深層含義。明治33年，當時在熊本第五高中任英文教師的夏目漱石作為第一批文部省官費留學生被派往英國留學，這筆「官費」來自於甲午戰爭中日本從中國所獲得的二億兩白銀的賠償金。

---

[13] 『夏目漱石全集第16卷』，第590頁。

當時派遣這批留學生的文部省學務局長正是大力主張「國學論」的上田萬年，他十分清楚地意識到隨著日本殖民主義的擴張，必須將還沒有完全確立起來的近代標準語—言文一致體定位為日本「國民的語言」，這就是夏目漱石、芳賀矢一、高山樗牛等人被派遣到西方各國留學的歷史背景。而在留學前，夏目漱石向上田萬年提出了一個很「奇妙」的問題：文部省給自己的命令是「研修英語」，那我是不是就不能研究「英文學」了呢？按常識來說，學習「文學」當然也就學習了語言，這兩者似乎沒有截然對立的理由，那麼為什麼漱石會提出這樣偏執的問題呢？因為當時同被派出留學的芳賀矢一所接到的命令是去德國學習「國文學」，而高山樗牛的命令是學習「哲學」「美學」「文學」，唯獨漱石沒有被要求學習「英文學」。眾所周知，高山樗牛在明治28年（1895）創刊的《帝國文學》上激烈主張必須在這個「國威漸張」的時代創造出「大東帝國的文學」，並在明治30年（1897）的《太陽》雜誌上大肆攻擊硯友社和文學界，提倡「歌頌愛國義勇」的「國民文學」。而芳賀矢一也是日後日本「國文學」的開創者之一。他們兩人被派往德國，明確要求其學習「文學」，而被派往英國的漱石卻只被要求學習「英語」。漱石對此的「偏執」追問其實顯示了他對其背後所隱藏的國家意識形態的高度敏感。自從明治4年（1871）岩倉使節團訪問德國以來，當時剛剛統一的德意志帝國所推行的強硬的軍事立國路線給日本以很大啟發，《大日本帝國憲法》就是在德國法律顧問的指導下制定的俾斯麥式的憲法。剛剛成立的日本文學也由模仿英國文學轉而大量翻譯引進德國文學。維多利亞時代的英國文學中，描寫戀愛婚姻為中心的家庭浪漫小說占著主流地位，日清戰爭後的「大日本帝國」

是不可能以此聯合起國民感情的。不過，為了瞭解和吸收包括美國在內的使用英語地區的先進技術和知識情報，「英語」是必要的。所以，漱石也就順利成章地得到了學習「英語」而不是「英文學」的命令。而漱石在東京大學文科大學所接受的偏重語言的英文學教育也是出於同樣的歷史背景。

當漱石來到英國之後，他僅僅上了三個月的課，就因為「和日本大學裡的講義」差不多而不再去了，轉而聘莎士比亞研究專家克雷爾做私人輔導。其實，作為「literature」發源地的英國，「英文學」開始在大學裡作為一門課程講授也不過是19世紀開始的。19世紀後半期，在英格蘭之外的地方大學出現「英文學科」，其後在以中產階級出身學生為主的倫敦大學也設立了「英文學科」。對於說著「queen's English」、以讀書寫作為日常消遣的上流階級來說，沒有專門學習「英文學」的必要，可是對於蘇格蘭、威爾斯出身，或者即使生活在倫敦卻說著下層俚語的人們來說，「queen's English」仍然是必須通過學習才能掌握的語言。而充斥著大量上流階級日常對話的維多利亞風格的小說，正是學習這種語言的最合適的版本。於是，那個時代的公務員考試的必考科目之一便是英國文學，而在對派往殖民地的工作人員和軍人的考試中也有關於英國文學的試題[14]。也就是說，「英文學」也和日本文學一樣，和當時的軍事、政治的社會背景分不開。正像伊格爾頓所說：「這是為了用英國文學來武裝那個時代的帝國主義的公僕們，好讓他們帶著毫不動搖的國民意識，到海外向野蠻的殖民地的人宣傳自己國家的優越性」[15]。在這樣的大環境下，漱石所接受的英文學

---

[14] 小森陽一：『ゆらぎの日本文學』，日本放送出版協會，2002年，第54頁。
[15] T. イーゴルトン：『文學とは何か』，大橋洋一訳，岩波書店，1985年，第46頁。

教育除了偏重語言學習之外也多是流於表面的文學史內容介紹，對文學的內部少有觸及。

漱石從漢文學中得到的是修身、處世、審美這樣「文」「史」「哲」相互交融的整體性的「文」的概念，然而在接觸到英文學之後，卻疲於語言學習和文學史知識的學習，這種失望之情可想而知。更重要的是，這種「英文學」所代表的不僅僅是一種與「漢文學」相對的國別文學。對於剛剛在甲午戰爭中戰勝中國的日本來說，拋棄文化母國－中國的文學概念，轉而向literature靠攏，是走向帝國主義發展道路的必然，是重建文化身份的手段之一。所以「literature」已經被奉為具有「普遍性」的概念而被大學制度等一系列國家制度所保障。如果不是亦步亦趨地跟隨這種大潮流，就意味著被排斥於社會之外，會成為被社會遺棄的「孤兒」。對於生活在那個歷史斷裂時期的知識分子來說，恐怕都不得不面對這種精神上的迷茫、困惑和焦慮，對於漱石來說更是如此。他幼年時就曾經被父母送給別人做養子，後來生父母和養父之間又發生了很多變故，這在其自傳體小說《道草》中都有詳細的描寫。漱石從小就體味了被拋棄於家族制度之外的孤獨，所以他始終對自己的身分歸屬十分敏感。因此，「無法理解英國文學」也就更加成為一個關乎「生存危機」的問題。而如何解決「漢文學」和「英文學」的這種二元對立，也就相應地具有了生存論的意義。

然而，儘管夏目漱石直覺地感受到「漢文學」中的「文學」被「英文學」中的「literature」置換背後的意識形態性，他首先提出的追問仍然是指向文學自身的——「何謂文學」，也即是否存在具有「普遍性意義」的文學。當他在倫敦放棄大學的課程，轉而聘克雷爾做私人輔導的時候，目睹其沉浸在詩歌

朗誦中「臉和肩膀像熱浪一般微微震顫的」場景，深感自己無法像西方人一樣如此欣賞「英文學」。在《文學評論》的序、《我的個人主義》的演講、題為《taste》的日記斷片，以及《文學論》為代表的一系列文學理論闡釋中，漱石都提到一個問題：「鑒賞的統一和獨立」[16]。也即指一方面由於讀者（鑒賞者）的不同會對同一作品產生不同的評價，「甲國民喜愛的東西乙國民必定喜愛，這是一種誤解」[17]。而另一方面，漱石又在企圖追尋一種凌駕於國別文學之上的文學的普遍意義，並通過這樣的追尋進行超越意識形態的嘗試。《文學論》就是在這樣的思想背景下誕生的一篇文學理論著作。

三、「文學」對「道德」的超越

在《文學論》中，夏目漱石提出了一個重要的文學公式：「F＋f」，這其中體現了他對文學比喻性語言的高度重視，而這一點是與他對文學的超越「道德」的形而上意義的思考分不開的。

在第一編第二章《文學內容的基本成分》中，漱石有一個很新穎的論斷：「道德也只是一種美感」[18]。在這章的開頭，漱石就提示出自己是「試圖糾正有人認為文學只是單純的高尚的知的娛樂，或者有人認為的文學必須有道德的成分」。在論述恐怖、怒、同感、自己的情感等人類的內部心理作用可以成為文學的內容之後，作者提到「兩性的本能，或者用上等的文字說即戀」也是其中的文學素材之一。在運用斯賓賽的心理學

---

[16] 明治43年7月21日，漱石曾在朝日新聞文藝欄中發表以此為題的文章，可見『夏目漱石全集16卷』，第329頁。
[17] 『夏目漱石全集15卷』，《文學評論》序，第46頁。
[18] 『夏目漱石全集14卷』，第85頁。

進行了略顯冗長的解釋之後，漱石肯定愛情可以作為文學內容，古今文學尤其是西方文學，約有九成都與此有關，但是，「在戀愛方面，由於社會的、時代的等等原因，而存在著深與淺、簡單與複雜的差異是理所當然的。」這主要指的就是東西方之間對愛情的不同看法：「西方人視戀愛為神聖，具有為沉溺於戀愛而得意的傾向。」而「吾人重視戀愛的同時，也常常克制它。如果不能克制，就覺得沒有面目面對自己所受的教育。要是隨心所欲地心猿意馬，必然帶來罪惡。可以說，這正是東西方思想的一大區別。」同時，對戀愛的看法也會隨著世代而變遷：「如果作家以同情的態度描寫如此非法的戀愛，就難免與我們的封建精神發生衝突。……不過也有人為得到這樣的自由而隨心所欲地行動，對於沉湎於如此自由的人，應該視為破壞社會秩序的敵人，要是有誰來描寫它就憎恨誰。然而關鍵是：要在憎恨的人與覺得有趣的人、覺得很美的人取得平衡的基礎上，決定這種文學的價值。而平衡又是隨著社會組織一起推移的，因此應該知道，在這點上現代的青年和封建時代的青年的見解有明顯不同。世上還有人一味鼓吹美的生活，只要滿足美感，道德也不足以一顧。然而道德也不過是一種美感，裁決要看兩者衝突的結果。」這裡所說的「鼓吹美的生活」的人指的是曾發表過《美的生活》一文的高山樗牛，他曾說：「道德的價值是很低的」「道德和理性，雖然是區別人與低等動物的重要特徵，然而能給予我們幸福的卻並不是這兩樣東西，而是本能……人生至樂存在於性的滿足」[19]。漱石既沒有過分抬高道德也沒有贊成單純的「純藝術的美「，但他將屬於

---

[19] 日本近代文學大系第57卷『近代評論集1』，角川書店，昭和49年，第172頁。

意識形態領域的前者歸於審美領域中，認為其只是衡量作品文學價值的尺度之一。由此我們可以看出漱石想用文學抹平意識形態差異的努力。

在第二編第三章《伴隨的幻惑》中漱石又再次提到「情緒是文學的骨子，道德是一種情緒」[20]。文中認為往往直接經驗感受不到的f，將其通過作品表現出來成為間接經驗的時候，會產生更多的快感。原因有二：一為「表出的方法」，即作者的處理技法會代替素材成為關注的焦點；二為「讀者的幻惑」，即讀者會在文學鑒賞中忘卻某些實際的因素而沉醉於單純的文學情緒中。這裡有兩種情況：一是自己關係的抽出，由於與自己沒有利害關係，所以可以單純地欣賞作品。二就是道德要素的抽除，文中說道：道德家對「純藝術論」往往頗有微辭，然而「文學內容以情緒為主，文學靠情緒才能成立。而且，道德也只不過是一種感情。因此，如果對道德派和藝術派的衝突追根求源，那麼就可以歸結為是以道德的情緒來解釋文學，還是應該以其他情緒來解釋。究竟以哪個解釋恰當，本來是由作家的技巧和讀者的傾向如何決定的……主張從一切藝術中排除道德成分的論者，在藝術鑒賞時喪失了自己的心的狀態，他們甚至對待混入重大道德成分的作品也暗暗忘卻了這種成分，只是恬然回想起自己以前的幾多經歷。相反，有些人卻還把純藝術論當作新東西來鼓吹，他們都是些盲目的人，不知道此現象已貫穿幾百年的文學中了。至於那些主張文藝和道德無關，因而寫任何作品都不對此加以關注的人，是不知道道德成分是文學多麼重要的因素，不瞭解道德也是可以成為情緒的。情緒是文

---

[20]　『夏目漱石全集第14卷』，第180頁。

學的骨子，道德是一種情緒。」這裡的基本觀點和第一章中是一致的：文學可以描寫道德，但道德只是的一種，決沒有凌駕於文學之上的理由。這裡需要注意的是，漱石是在「讀者的幻惑」這一標題下討論這個問題，讀者可以完全忽視道德因素而沉醉在藝術的「幻惑」中，這實際上是從接受美學的角度對干涉文學的意識形態作用的一種消解。

仍然是在第二編第三章中，在談到人事的F如何取得文學的f時，作者認為這種F其實包含有十分曖昧的成分，比如道德。作者是以尼采為例，說明其所宣導的「君主道德」其實本來就是道德的一個方面而已。「提起平常所說的道德，我們會發現正相反的性質，同時以同樣的資格為人所欲。」具體來說，是指「我們的精神狀態所依據的，是社會進化的結果，是社會組織必須使然的，一方面是為保存自身，；另一方面是為保存他人而發生。自從耶穌出現，為人子而被釘在十字架上以來，世人都以為除了謙遜、親切、仁惠以外再也沒有可以稱為道德的東西。而這只是為了他人的道德，至於為自己的道德，我們雖然每天都在實行，卻被人束之高閣。」經過這樣的論述之後，漱石對尼采做出了自己的解釋：「到十九世紀出現了一位叫尼采的人，他最初區別了君主道德和奴隸道德，認為耶穌教徒的道德是奴隸道德，呼籲將其丟棄而樹立君主道德。他所說的因為貌似奇妙而且是突然現於世間，遂轟動一時，其實毫不稀奇。他所謂君主道德與奴隸道德，自社會存在之初即並存而發展至今。唯因君主的道德無須宣導，故被無意識地等閒視之。今余欲以事實示之，故試將吾人之精神作用之對偶物排列如左：意氣對謙讓，大膽對謹慎，獨立對服從，勇氣對溫厚，主張對恭順。如此，凡俗流之輩皆為之稱頌之品性，其相對之

一方則與其完全矛盾。一方乃以自己為主所樹立之道德，另一方則是以自己以外為目的所發展之道德。藉尼采之語而述之，則前者為君主道德，後者為奴隸道德也。從而所謂道德，都是允許二樣的解釋的。」正如有論者所說，這樣的解釋是十分具有解構主義意味的。「道德」本身就是具有差異性的，可以有不同的解釋。只不過在某一歷史階段由於意識形態的影響，會有一個占上位價值的評價。在這段評論之後，漱石順理成章地提到了「春秋筆法」，人們依據這樣的手法便可以把以前堂堂的英雄人物從神壇上趕下來。而我們知道所謂「微而顯、志而晦、婉而成章、盡而不污、懲惡而勸善」（《左傳‧成公十四年》）的春秋筆法其實指的是語言的意識形態性、權力性，一種政治修辭術。在這裡，可以說作者是將道德的歷史視為一個話語體系或者一個文本，他看到了以後福柯所提到的語言和權力的關聯。也正是由於擁有語言學的視角，漱石才會看透由於語言的恣意性，「道德可以有二樣的解釋」。這裡的「道德」意味著在脫亞入歐的文明開化的風潮中樹立起的「新道德」，是「英文學」成為權威文學概念背後的精神支撐。而通過這樣的解構性分析，漱石獲得了某種精神上的安慰，「英文學」和「漢文學」之間生存論意義上的差異和斷裂被暫時撫平了。

自從《文學論》及其相關的《文學評論》問世以後，漱石就沒有進行過系統的文學理論研究，他自己認為《文學論》是以失敗告終，但是通過這部著作他得到了珍貴的「自我本位」的視角，也就是說不再視西洋人的觀點為唯一正確的標準，自己具有獨立判斷文學作品價值乃至事物價值的能力。加上漱石曾經在明治43年7月21日的《朝日新聞》文藝欄中發表的題為《鑒賞的統一和獨立》一文中提到，自己在英國研究文學期

間，「為了讓自己的立場有正當化的解釋，曾以「趣味的差異」為標題，收集了很多這方面的例子，」「為了從根本上證明根據國民、時代、流行、年齡、個人的性情和教育的不同，所喜愛的事物也是有差異的。」那麼，漱石的文學理論的出發點究竟是為了尋找東西共同的文學規則，還是為了確立自己的「自我本位」呢？關於這一點，先行研究中是有不同意見的。比如，吉田精一認為《英文學形式論》《文學論》《文學評論》中的立場都是「自我本位」的，而發表在明治43年7月31日至8月1日的東京朝日新聞上的《好惡和優劣》一文則是這種立場的集中表現[21]。大野淳一也認為在《英文學形式論》中漱石文學研究的方法是「自我本位」的[22]。高野實貴雄則認為並不儘然，《英文學形式論》和《文學論》中雖然有強調「日本人的立場」的地方，但重點仍然在追求一種「普遍性」，而在《文學評論》中則更是貫穿著反「日本人」的立場，對「趣味的普遍性」的追求更加明顯[23]。筆者同意高野氏的觀點。儘管在《文學論》中漱石始終認為由於讀者不同對相同的F會有不同的反映，會產生不同的f，而且這一點也是此書將讀者心理作為理論構建出發點的根本原因。但是，作者由此出發想要追尋的是一種具有「普遍性」的文學模式——具體體現在（F＋f）這個公式上。

---

[21] 可見「夏目漱石の文學理論」一文，『夏目漱石全集別卷』，昭和50年，角川書店。
[22] 大野淳一：「漱石の文學理論について」，『國語と國文學』，昭和50年。
[23] 高野實貴雄：「漱石の文學理論構造とその相位」，『日本文學研究資料新集14夏目漱石卷・反転する文本』，石原千秋編，有精堂，1990年，第14-27頁。

結語

　　《文學論》和《文學評論》都屬於夏目漱石早期的文學探索成果，漱石的中後期，尤其是進入朝日新聞社任專職作家之後，他主要進行了小說創作，專門論述文學意義的文獻資料比較少。但是，「文學」的意義這個問題是伴隨夏目漱石一生的思考，他雖然沒有能按照本來的願望用十年功力寫成能解答「文學是什麼」的鴻篇巨著，不過在《文學論》裡已經顯示出了他對文學的基本態度：文學永遠與生存問題相糾纏。在其後期小說三部曲及未完成的《明暗》等著作，以及在他終其一生十分愛好的漢詩的創作中，我們都能讀出他對「文學」這個概念本身的深刻思考，這一點也正是使其當之無愧地成為明治文壇第一人的內在原因之一。

第二節　　「物語」與「療癒」[24]
──村上春樹的「小說」觀解析

　　村上春樹是一位對自己的寫作有很強自覺意識的作家，也就是說他對於自己的作家身分和寫作這一活動本身的意義有強烈的主體意識。他曾經在不同場合提到自己寫作的三個轉變過程：在二十九歲的時候，某一天突然想到要試著將「即使自己也無法說清的事、無法說明的事用小說這種形式提出」[25]，這一階段「作為文章來說或者說是形式主義，或者說是疏離（即

---

[24] 「療癒」即日語的「癒し」一詞，本文沿用秦剛在翻譯小森陽一《村上春樹論　精讀〈海邊的卡夫卡〉》一書中所使用的中文譯名。

[25] 村上春樹　河合隼雄：『村上春樹、河合隼雄に会いに行く』，岩波書店，2001年，第66頁。

detachment——筆者註），形成了和以往的日本小說、我讀過的東西完全不同的形式」[26]。但是，「不久我就非常明白，要作為小說家發展下去的話光憑這樣是不夠的。因此，將那種疏離、形式主義的部分，漸漸置換為『物語』。這樣開始的最初作品便是《尋羊冒險記》這樣的長篇」[27]。而以《奇鳥形狀錄》為標誌村上認為自己進入了第三個階段，即「介入」（即commitment——筆者註）。而進入這個階段的原因恐怕就是村上採訪歐姆真理教策劃的東京地下鐵沙林事件的受害者而撰寫的《地下》一書的後記《沒有記號的噩夢》一文及《村上春樹，去見河合隼雄》一書中提到的：自己已經不再那麼年輕，尤其經過長時間在歐洲及美國的生活之後，自然而然地認識到，已經到了實現自己在社會當中承擔「所賦予的責任」[28]的年紀了。而這三個階段都是與「療癒」這個關鍵字分不開的。區別在於第一階段中，村上強烈感受到的是對自己的治療，而到了第二和第三階段更強調的是通過自己作為小說家的努力，而讓日本社會得到「療癒」的社會責任的方面。

1990年代末期以來的日本社會，「療癒」或「渴求療癒」等說法，成為覆蓋大眾文化的一個關鍵字語，1999年首次進入日本年度流行排行榜，並且愈演愈烈，滲透音樂、影視、漫畫、文學等各個領域，成為一個國民性的話題。其直接原因可以歸結到泡沫經濟崩潰後延續十年之久的經濟停滯、1995年阪神大地震和奧姆真理教製造的「地鐵沙林事件」等等事件給日

---

[26] 前引『村上春樹、河合隼雄に會いに行く』一書，第67頁，

[27] 相關內容參考中文版小森陽一：《村上春樹論　精讀〈海邊的卡夫卡〉》一書譯者序及小森陽一本人的中文版序部分，新星出版社，秦剛譯，2007年。

[28] 村上春樹：『村上春樹全作品1990-2000⑥アンダーグラウンド』，講談社，2003年，第658頁，後記《目じるしのない惡夢》一文。

本普通民眾帶來的心理創傷。深層原因則如有論者指出過的，對歷史問題的追究使得當代日本人對自身民族國家在起源上的「原罪」產生了集體無意識性的心理陰影和精神重負[29]。村上春樹對小說「療癒」功能的認識有一個重要的媒介概念——「物語」，並且他這種「小說」—「物語」—「療癒」的思想連結的形成和日本當代著名心理學者、榮格的研究者、2002年曾出任日本文化廳長官的河合隼雄是分不開的。當然這並不是說村上春樹的這種認識完全來源於河合隼雄，如柘植光彥所指出過的，從村上早期的作品就能看出具有榮格、佛洛伊德心理學的要素[30]，單從這點也就不難理解村上和河合隼雄為什麼能夠一見如故，相談甚歡。同時我們也至少能說，村上在和河合隼雄見面以後，不僅從意識的層面將自己的創作和「療癒」聯繫起來，而且基於他自己所說的「社會責任」的出發點，更加有意識地注重了作品的對讀者的「療癒」功能。

以下就結合村上春樹與河合隼雄的交往，通過分析他在訪談及作品中表現出的對「小說」及「物語」概念的認識，指出其「小說」及「物語」觀的特徵，從日本語境中「小說」與「物語」的關係溯源出發，梳理他在當代日本的語境中將「小說」和「物語」及「物語」的「療癒」功能連接起來的過程和必然性，並通過其對夏目漱石等文學前輩小說觀的認識和指摘，在歷史發展的脈絡中把握村上「小說」觀的定位，結合《海邊的卡夫卡》這一具體作品的分析，進而指出村上在寫作

---

[29] 前引『村上春樹、河合隼雄に會いに行く』一書，第67-68頁。
[30] 柘植光彥：「メディアとしての「井戶」——村上春樹はなぜ河合準雄に會いにいったか」，『國文學』，1998年第2期。

實踐中貫徹「小說」與「物語」及「療癒」連接起來的表現及其根本缺陷。

一、「物」與「人的主體性」

從村上春樹本人的訪談及文章來看，他經常將「小說」和「物語」兩個概念混合使用，不過仔細分析，這兩個概念的基本區別還是存在的。在日語中，「物語」即「（講）故事」，脫胎於口承文學；作為文學形式，一般認為《竹取物語》為物語文學的發端，平安時代中期的《源氏物語》為其發展的頂峰。根據內容不同，又有軍記物語、歌物語、歷史物語等等分類[31]。

從語源學來說，「物語」的基本意思是「物（もの）」的「語る」，不管是解釋為「物を語る」也好，還是「物が語る」也好，其重點都是「物」。而近代以後才形成的小說的重點往往不是「物」，而是「人物」。因為在近代以後，人的「主體性」被突出出來，人的意志被認為可以戰勝一切。但是，河合隼雄卻說「我不覺得現代的小說很有意思」，而神話、傳說等傳統文學形式的「物語」，卻因為描寫的是「比人更厲害、人無論如何也束手無策的、物的潮流」，而受到他特別的喜愛。看到這些物語，就會覺得「所謂人這種東西實在是沒價值，只是漂浮在『物』這樣了不起的潮流之上而已」；現代人認為「自己的意志無所不能」，其實卻是「從物的潮流和命運被割斷了」[32]。也正是從這樣的基本認識出發，他高度評

---

[31] 在上世紀80年代敘事學理論進入日本，「物語」一詞也用來指「敘事」。因為村上春樹的物語觀與理論意義上的敘事學關係不大，故在本文中不討論「物語」的此種含義。

[32] 以上均引自河合隼雄：「境界體驗を物語る──村上春樹『海辺のカフカ』を

價《海邊的卡夫卡》這樣的作品由於既描寫了人物，又很好地描寫了「物的潮流」所以稱得上是「偉大的物語小說」[33]。河合隼雄作為一個治療人們心理疾病的心理學家，在日常治療過程中他深刻感受到現代人的很多心理問題都是由於過多割斷與「物」的聯繫，過多強調人自身的意志而導致的，所以他有以上的思維方式是順理成章的。

而作為和河合隼雄有緊密精神聯繫的村上春樹，他從文學者的角度對小說的發展也做過這樣的解說：「完全的小說家」到了20世紀就不存在了，所謂「完全的小說家」即為能創作出「完全的物語」的文學者，這種小說的特徵就是作家不突出「自我」，只是概括地把握「自己」[34]這一概念，所以能寫出具有完結性的作品來。而之所以作家能做到這一點是因為當時的時代還沒有進入資本主義的高度發達時期，「自我」的慾望還沒有十分高揚，讀者也集中在富裕的資產階級，他們有大把的休閒娛樂時間。巴爾札克、簡・奧斯丁、福樓拜所創作出的小說對於讀者來說很容易理解，很容易引起同感。「物語能夠作為物語坦率地自律地流動」[35]。但是到了20世紀，情況發生了巨大變化，資本主義的高速發達帶來了慾望的張揚，「自我」從「自己」中突出出來，被高度重視，「自我」和「物語」的分界線變得異常嚴峻，由此「小說」的內涵也就發生了變化，村上認為的「完全的物語」也就不復存在。對於日本的情況，

読む」一文，『新潮』，2002年12月。

[33] 「物語小說」這個名詞似乎是河合隼雄的獨特提法，從本文的分析中可以看出，它主要指的就是在「小說」這種現代文學類型中吸收強調「物」的描寫等物語基本特徵的小說。

[34] 「自己」和「自我」相當於英語的「self」和「id」，前者包括了後者。村上春樹在和河合隼雄的第一次對談中便提到過這兩個概念。後文還將對此有所涉及。

[35] 「村上春樹ロングインタビュー」，『考える人』，2010年8月夏季號。

村上特別提到夏目漱石，「（漱石）有意識地將自己逼到了小胡同裡，如果不和近代性的自我相對峙的話，就無法繼續將小說寫下去」。而村上非常明確地表明，自己的理想非此類小說，而是19世紀的「完全的物語」。

如果說以上的論述是村上春樹在世界的文學發展背景中定位自己的創作特徵的話，那麼在1994年和河合隼雄的第一次題為「現代日本的物語」的公開對談中，村上春樹就已經比較詳細地提及過在日本的文學發展潮流中自己的定位。這一次他仍然首先以夏目漱石作為討論的首要對象。在提到「自我」這個問題的時候，村上指出夏目漱石在明治時期將「近代自我」強力地引入進來，漱石自己的小說發展軌跡也是越到後期越詳盡地描寫了自我與外部世界的磨擦。雖然這樣的發展有其必然性，也應該得到高度評價，但是，村上認為「這還是固定了日本小說的物語的一個傾向，我甚至覺得正是因為這樣，我才在很長時間內無法寫出被稱為小說的這種東西」[36]。並且提到這種從自我和外部世界的糾葛的方向把握的「物語的系譜」已經在消解，如「第三代新人」的創作就與漱石時代迥然不同，關鍵在於作家處理自我與外部世界的方式已經不一樣了。在上文引用的2010年的訪談中，村上也再次提到在21世紀，這樣描寫「自我」與世界的摩擦的傾向已經發生了變化，已經有了新的發展趨勢，而自己所寫的《海邊的卡夫卡》、《1Q84》也許就可以歸入這種「精神性的再編成」[37]的大的潮流之中。

由上面的論述我們可以看出，村上春樹對「小說」的認

---

[36] 河合隼雄等著：『こころの聲を聴く　河合隼雄対話集』，新潮社，平成20年，第245-246頁。

[37] 前引「村上春樹ロングインタビュー」一文，『考える人』，第76頁。

識重點在於其「物語性」。也就是說他重視敘述一個故事，而不是突出「人」以及與之相連的「自我」這樣的概念。不通過作品表達「人」而是敘述「故事」，這正是作為前近代文類形式的「物語」的主要特徵。雖然「物語」這種文類形式是日本特有的，比如「竹取物語」、「源氏物語」等等，但村上春樹（以及河合隼雄）這種通過古代文類形式的媒介給近代以後興起的「小說」文類賦予反近代意義的認識卻不是日本特有的。比如盧卡契在《小說理論》中早就說過，小說是現代這樣「罪惡時代的史詩」，對現代人來說世界是沒有意義的，「心靈」要通過「形式」賦予世界以意義，小說的本質就是為世界賦形。所以，《小說理論》提出的一個深刻問題就在於「小說形式能夠如何克服現代性」。而盧卡契之所以提出這樣的論題，其認識起源是：現代社會是一個巨大的倒退，上帝隱退、人們無所皈依，失去這樣的「總體性」之後人的「主體性」便凸顯出來，人如何樹立自己的「主體性」、如何使自我成為可能便是現代人必須要解決的問題[38]。在前近代，人與「物」是沒有強烈的主客體區分的，就像盧卡契在《小說理論》中所說的，古希臘人的世界是「一個同質的世界，人和世界的分離、自我和他我的區別還無法擾亂這個世界的同質性」[39]。這樣的總體性隨著「神」的權威性的喪失、「自我」意識的蓬勃興起而崩潰。在這樣的背景下，如米蘭·昆德拉所提及，小說與歐洲精神的危機相伴而生。這樣的觀點和村上春樹及河合隼雄的認識幾乎可以說是完全一致的。而在盧卡契之後，本雅明、巴赫金

---

[38] 可見日譯本ルカーチ：『ルカーチ著作集2　小說の理論』，大久保健治·藤本淳雄·高本研一譯，白水社，1968年。

[39] 前引日譯本ルカーチ：『ルカーチ著作集2　小說の理論』，第29頁。

等人對小說與現代性的關係都有很深刻的討論。所以，村上春樹對「小說」的「物語性」的重視絕不是偶然的。不過，村上提出的一個值得我們思考的問題是：經過了「現代」、「後現代」，我們今天是不是可能通過重現「物語」這樣前現代的文類特徵的途徑，解決「自我」膨脹此類的現代性問題？這樣的解決方式是圓滿的嗎？其根本缺陷在哪裡呢？要回答這些問題，我們還是要從村上春樹的思想軌跡中看一看他是如何認識「物語」的作用的。

二、「物語」的兩層內涵與「連接」的功能

上文提到村上春樹重視小說「物語性」的體現是強調敘述「物」的發展，而不是近代小說強調的「自我」的主體性。而他之所以要強調這一點和盧卡契等人對「小說」這一文學形式附以眾望的出發點是一致的：即對近代以前「人」與世界的整體性的懷念。這種整體性之所以失去正是由於近代「自我」概念的興起。而村上春樹能夠將小說賦予回復整體性的直接依據是什麼呢？在與河合隼雄的第二次對談中，一個重要話題就是「作為連接物的物語」[40]。「連接」正是小說能夠實現回復整體性的關鍵字。

按照河合隼雄的說法，「物語」具有將很多東西「連接」（つなぐ）[41] 起來的功能。「物語」成立的本身就是將看上去似乎沒有關係的事項「連接」起來而成立的。比如，把「父親死了」、「兒子去旅行了」這兩個句子中間加上「由於太悲

---

[40] 村上春樹　河合隼雄：『村上春樹、河合隼雄に會いに行く』，岩波書店，2001年，第118頁。

[41] 河合隼雄：『講座　心理療法2　心理療法と物語』，岩波書店，2001年，第10頁。

傷」將這兩個句子便連接了起來，形成了一個「物語」。這其中自然有說故事的人本身的主體在起作用。從這個方面說，「物語」和近代科學的「記述」是完全對立的。近代科學比起「連接」要更加重視「切斷」，研究者必須和被研究的現象保持「切斷」的關係，只有這樣，近代科學才能保持它所主張的超越個人的「普遍性」。而這樣的邏輯思維又被不知不覺被運用到人際關係中，便導致了「關係喪失」的心理疾病。河合隼雄從自己的職業出發，指出這種情況下「物語」在心理療法中便越來越被重視，比如人們往往會在睡夢中夢到自己討厭的人送給自己禮物這樣的「故事」，在這種時候就應該尊重在現實中被排斥的情節，這樣被「切斷」的人際關係才會重新建立起來。如此看來，「物語」起到了「連接」人們「意識」和「無意識」的作用。除此之外，「物語」還可以連接「過去」、「現在」「未來」以及「生」與「死」等等似乎無法用既有的理性思維解決的事物。那麼，將這樣的「連接」的功能直接賦予現代文學形式的「小說」是不是可能的呢？

如果細細梳理河合隼雄和村上春樹運用「物語」的場合，會發現基本上他們是在兩種意義上使用這個名詞。一個即是特指「竹取物語」這樣的日本古代文學形式；一個是指一種「虛構」的思維模式和由此構成的故事情節。這兩種含義當然有重合的地方，後一種含義是由前一種含義引申而來。因為「物語」和「小說」除了有上文所說的一個重要描寫「物」，一個重在描寫「人」的區別之外，「物語」另一個特徵是有意識地設置並清楚表明這是「虛構」的，比如「物語」的常見開頭一句便是「很久很久以前如何如何」，這就是非常明顯地提示讀者這是和你現在所處的完全不同的時空；而「小說」，尤其是

剛成立初期的「小說」（現代以後的小說漸漸產生對自身「真實性」的懷疑甚至是有意解構這種「真實性」則另當別論），其基本特徵是極力讓讀者相信這是個「真實」的、和自己所處的沒有什麼差別的時空，即使這種「真實」從根本上就是不存在的。「即使寫現實主義文本，重要的是伴隨著這樣的主張：這是由寫實主義的寫作手法而賦予的現實性」[42]，因為凡是文學必定是虛構的。而且我們從村上春樹的小說中可以看出，甚至比起現實主義手法，他都更加鍾愛在作品中加入「另一個世界」、「另一側」這樣的因素。村上春樹之所以如此重視「虛構」，是因為他更相信和重視現實生活表面之下的「真實」。在與河合隼雄的第一次對談中，村上說過這麼一句話：「我將物語用小說來寫所想到的是，這樣結果只是模仿（simulation）而已。是一種模擬的遊戲。比如自我和環境之間有很多糾葛，可是我即使寫了誰也無法理解。比如我和河合先生吵架了，很生氣。可是即使我想將這件事向別人說明，我的憤怒也是無法正確傳達的。傳達了什麼呢？只是傳達了村上當時很惱火這件事，至於我當時是如何惱火的並沒有被傳達」[43]。那麼如何才能說明呢？就是「不是自我和環境，而是將這兩者的關係牽拉到意識的下部方向。也就是用別的形式來模仿。這樣寫的話就會很好懂。這就是對於我來說的物語的意義」。

　　鑒於以上這樣的認識，河合隼雄和村上春樹為了特別突出現代「小說」應該具有以往「物語」的這種「虛構」本質，而經常使用「物語」一詞。那麼，這兩種具體含義的「物語」都是如何實現「連接」的功能的呢？

---

[42] 以上參考真銅正宏：『小說の方法』，萌書房，2007年，第172頁。
[43] 前引『こころの聲を聴く　河合隼雄対話集』一書，第251-252頁。

對於這兩個意思之中的前者來說，其「連接」功能的前提就是「古代」這種時代背景。我們知道，「物語」作為日本古代的一種文學形式，它顯著的特徵之一是沒有標上作者姓名，（《源氏物語》因為明確標出了作者是紫式部，所以被認為是跨時代的進步，接近現代的小說），這和世界所有文學的起源是一樣的。沒有作者就意味著它不屬於個人創作，是一個社會集團經過長時間的沉澱而形成的集體創作，那麼它自然反映的是一種「集體無意識」，它擁「有將社會集團成員「連接」的功能是必然的。而「小說」這個概念是起源於西方，它的重要成立因素是作者的署名，這就表明了這個文本是產生於「個人」的，它可以反映「集體無意識」，也完全可以是作者感情的流露。所以，現代文學形式的「小說」並不必然地具有將社會集團「連接」起來的功能。作為作家的村上春樹當然可以選擇將自己的「小說」寫成具有反映「集體無意識」的作品，（他在《海邊的卡夫卡》、《1Q84》中也的確在實踐這種意圖）可是這裡存在的危險就是：在此種情況下，作家的意圖將會決定整個作品的「價值」[44]。因為「現代性」的一個重要特點是「反思性」（reflexitity）[45]，作家不僅僅是反映了「集體無意識」，而且一定是在「製造」「集體無意識」，人們會有意無意地根據作家「小說」中「製造」出的「集體無意識」「反思」並支配自己的思想和行為。從這點來說，一個像村上春樹

---

[44]　當然，作為「文學」，任何價值評判在一定程度上都是無意義的。但是，如小森陽一在《村上春樹論　精讀海邊的卡夫卡》等書中所做的出於文學評論家責任的分析，至少在人類發展的現階段仍然是相當深刻和必要的。從這個意義上說，筆者認為討論文學作品的「價值」在現階段是必要的。伊格爾頓等人所指出的文學皆是一種「價值判斷」的看法仍然具有現實意義。

[45]　Anthony Giddens. *The Consequences of Modernity.* Stanford University Press, 1990, p.36. 中譯本《現代性的後果》，田禾譯，南譯林出版社，2000年，第32頁。

這樣有意識地要製造如古代物語般將社會集團連接起來的作品的作家，其實也就是給自己賦予了宗教領袖般的「特權」。而且，其作品的流行性越高，這種特權也就越大。伊格爾頓在探討「文學」本質的時候，就曾尖銳指出過，在維多利亞時代中後期，由於科學和社會的進步，曾經長時間作為強大精神支柱力量的「優秀的社會『溶接劑』──宗教開始出現破綻，作為它的替代品，「文學」登上歷史舞臺，嶄新意義上的「英文學」應運而生[46]。所以，從這樣的思維邏輯來看，村上春樹會對奧姆真理教的麻原彰晃在製造讓人相信的物語這方面產生共通感[47]，這絕不是偶然的。雖然村上春樹意欲從麻原彰晃的對立面製造與之相抗衡的「物語」，但是任何這種被賦予了「特權」的位置都是足以讓人警惕的[48]。

而村上春樹使用的第二種「物語」的內涵，其實是第一種「物語」含義的延伸，它不是單純指文學形式，而是指形而上意義上的一種強調「虛構」的思維模式和故事情節。比如在《地下》的後記《沒有標記的噩夢》中，村上所用的「物語」一詞大部分都是這種層面的意義。如「要是你失去了自我，也就是你喪失了作為自我的一貫性的物語」[49]；「換言之，我們平常作為『共有映射』所擁有的（或認為所擁有）的想像力＝物語，無法提出能與這些降臨的洶湧而來的暴力性（指奧姆

---

[46] T.イーゴルトン：『文學とは何か』，大橋洋一訳，岩波書店，1985年，第37-38頁。

[47] 可見村上春樹：『村上春樹全作品1990-2000⑥アンダーグラウンド』後記《目じるしのない悪夢》一文，講談社，2003年。

[48] 小森陽一在《村上春樹論 精讀海邊的卡夫卡》中對《海邊的卡夫卡》一文的尖銳批判充分反映了這一點：如果作家自身對事物沒有透徹理解的話，會在有意識和無意識之中誤導廣大的閱讀者。

[49] 前引村上春樹：『村上春樹全作品1990-2000⑥アンダーグラウンド』後記《目じるしのない悪夢》一文，第650頁。

真理教—筆者注）相對抗的價值觀」[50]。第二種意義上的「物語」既然是第一種意義的延伸，其「連接」的功能當然也是由第一種而來，其隱含的矛盾也是一樣的，不過側重的重點有所不同：在第一種含義上矛盾集中在「作者」方，由於村上作為一個「個人」性的作家，他意圖創作古代物語式的反映「集體無意識」的小說，這是在給自己賦予一種宗教領袖般的特權，這裡的危險性顯而易見；在第二種意義上，這種矛盾包括了讀者方面，讀者需要擁有具有自我一貫性的「物語」，與此同時，這種「物語」又需要是「共有映射」，這樣才能發揮河合隼雄所說的將各種事物「連接」起來的功能。所以，這兩種意義上的「物語」都表明村上春樹自我期待的發揮「連接」作用的「物語」在今天這個時代存在著根本的矛盾：在「自我」意識已經十分強烈的今天，通過小說（文學作品）追尋具有「共有性」的「集體無意識」，其途徑必然要通過「自我」的裝置「發出」（從作者方）和「接收」（讀者）。雖然村上春樹本人不喜歡近代以後描寫自我與世界磨擦的非「完全的物語」，但他由於不再處於具有「整體性」的前近代的時代背景中，他就必須首先仍然從「自我」這個裝置著手，再試圖用「物語小說」去「連接」各種事物。可是，我們通過村上春樹的文學實踐會發現：他的這種手法並不完善，導致的結果是分不清外部世界和「自我」的內部世界，所有「連接」最後事與願違地歸屬為「自我中心」的封閉世界。具體論述如下。

---

[50] 前引村上春樹：『村上春樹全作品1990-2000⑥アンダーグラウンド』後記《目じるしのない惡夢》一文，第664頁。

三、「物語小說」與「自我」的悖論

在上一部分提到的通過「物語」達到「連接」功能的論述中，我們可以清楚地看到榮格心理學的影響。榮格和佛洛伊德最大的不同點在於他不僅重視人的無意識，而且將這種個人無意識與社會集團的集體無意識緊密聯繫起來。他將人類心理分為三層：1、意識；2、個人的無意識，即意識的內容失去了強度被忘卻的內容，或者被意識迴避的抑或壓抑的內容。而且，雖然這部分內容沒有達到意識的層面，但是會通過某種方法在心中留下感覺性的痕跡；3、普遍的無意識，這種無意識是人類普遍具有的一種「行動的樣式」（pattern of behavior），榮格稱其為「元型」，在神話、傳說、精神病人的妄想等等中都能見到[51]。作為榮格研究者河合隼雄密友的村上春樹雖然自陳在與河合見面以前並沒有看過榮格的著作，不過兩人見面以後，就很難說村上沒有收到榮格著作的直接影響了。尤其是村上要實現以小說來實現「介入」社會、承擔社會責任的目的，他所依據的其實也正是榮格這種個人無意識與普遍無意識的關係的理論：通過「物語」式的小說不僅「介入」讀者的個人無意識，而且「介入」社會集團的「普遍無意識」。這一點通過村上春樹2002年出版發行的《海邊的卡夫卡》可以清楚地看出來。

《海邊的卡夫卡》描述的是一個被父親告誡「你遲早要用這雙手殺死父親，遲早要同母親交合」[52]的卡夫卡少年，從

---

[51] 可見Jung, C, G., *The Structure of the Psyche*,高橋義孝・江野專次郎訳「心の構造」，ユング著作集4所收，日本文教社，1970年。本論文轉引自河合隼雄：『ユング心理學入門』（心理療法　コレクション I），第三章　個人的無意識と普通的無意識，岩波書店，2010年。

[52] 本節所引用《海邊的卡夫卡》原文均選自村上春樹：『海辺のカフカ』（上、下），新潮社，平成19年。筆者試譯。

東京離家出走，一直來到四國松山的一個名為甲村的圖書館。在這過程中遇到了疑似姐姐的櫻花、雙性人大島、疑似母親的佐伯等等人物。故事同時發展的另一條線索是記述自少年時代的某個事件後失去讀寫能力的中田，尋找失散的小貓，被逼殺死生吞貓的心臟的瓊尼·沃克（文章暗示即為卡夫卡少年的父親）、遇見卡車司機星野來到松山等等過程。從最通俗的層面理解這個作品故事情節的話，即為一個問題少年（四歲失去母親、和父親關係不融洽）經過離家出走的所遇見的一系列事件，找到重新生活勇氣的過程。這也是很多大眾讀者閱讀和接受這本作品的直接感覺。恰好作品發表之時正趕上911事件、阪神大地震、東京地下鐵沙林毒氣事件發生之後人們精神狀態急需撫慰的時期，於是作為「療癒」小說作品得到了廣泛的歡迎。在《海邊的卡夫卡》中我們很容易解讀到「集體無意識」的因素：首先，「殺死父親，和母親交合」的咒語明顯來源於希臘神話中「俄狄浦斯」的故事；其次，在卡夫卡少年踏入森林以後進入的另一個世界中遇到的兩名二戰時期的士兵、以及導致中田失去讀寫能力的少年時期的岡持老師的暴力等情節中，都可以讀到日本近代化過程中「戰爭」帶給人們的集體記憶。小森陽一等評論家已經從語言和歷史語境的層面對這部作品作為「療癒」小說的致命缺陷作了深刻解讀，在此不再贅言。筆者想指出的是：這部作品的重點並不是這些「集體無意識」的外部因素，這些外部因素都無一例外地只是成為卡夫卡少年成長中自圓其說的證據，作品的落腳點最終是村上春樹本人並不青睞的「自我」問題。不過，與夏目漱石相比，村上春樹這部作品並不在於描寫「自我」與外部世界的痛苦的衝突，這種客觀的衝突被完全融入了主觀之中，這個「自我」是絕對自我中心式的。

比如作品中出現的「俄狄浦斯」神話的作用。希臘悲劇的主題就像書中大島所揭示的一樣，「不是人選擇命運，而是命運選擇人。（中略）俄狄浦斯王不是因其怠惰和愚鈍、而恰恰是因其勇敢和正直才給他帶來了悲劇。於是這裡面產生了無可迴避的irony」。俄狄浦斯王是從「阿波羅神諭」中得知自己將「殺父娶母」，為了逃避這個命運他所採取的行動，反而恰恰讓其實現了這個咒語，這正是希臘神話所要表達的宿命。而《海邊的卡夫卡》中的少年是自己陳述說，這個咒語是自己的父親「反反覆覆說給我聽，簡直像用鑿子一字一字鑿進我的腦袋」，「我開口了：『你遲早要用這雙手殺死父親，遲早要同母親交合』他說」。而從故事的發展來看，雖然作品是通過兩條線的敘述方式避免了直接敘述，但卻明顯地暗示讀者這個「殺父娶母」的咒語是實現了。中田代替卡夫卡少年殺死了被暗示為其父親的瓊尼・沃克，而且作品中設計的情節是：瓊尼・沃克生吞貓的心臟、用貓的靈魂製造笛子，並且他不斷地主動要求和逼迫中田殺死自己，是一個似乎「應該」被殺死的人物；而卡夫卡少年和暗示為其母親的佐伯也確實發生了性的關係，但佐伯是以「生靈」的形式出現，並始終避免正面承認自己是卡夫卡少年的母親。這樣一些設計都是在有意無意地消解卡夫卡少年「殺父娶母」的罪惡。更引人產生懷疑的是，卡夫卡少年作為一個有閱讀習慣、很瞭解「俄狄浦斯」神話的人物，這種他自述是其父親加於自身的咒語，有很大可能產生於他自身的臆想，即是他自己編織的「物語」。而這些都成為他打破人類「殺父娶母」這樣的禁忌、完成一個封閉人格的藉口。至於卡夫卡少年踏入森林時遇到的停留在二戰時空的兩名士兵，從表面看來是在作品中追問了近代日本侵略戰爭的歷

史，是在觸及日本人的「集體記憶」，但這兩位士兵在作品中的實際作用只是引導卡夫卡少年走入自己的意識深處，和另一個自我──「叫烏鴉的少年」進行對話，在另一個世界得到母親佐伯的精神撫慰，再回歸現實世界。所有這些情節都顯示：村上春樹所引入的這些歷史等屬於「普遍無意識」層面的因素，都被納入「個人」的精神結構中，正如福田和也在與柄谷行人的對話中所說，完全沒有內側和外側的區別，完全被「內面化」，內面覆蓋了一切，在這同時也就意味這沒有了內面，因為既沒有了社會也沒有了現實[53]。這種傾向在村上春樹早期作品中就表現無遺。如同柄谷行人在1989年發表的《村上春樹的風景》一文中就提到的：村上作品中屢屢出現具體的年月日數字，但「這不是歷史意識的表現，是追求空無化的東西。看上去好像是要喚起共同擁有那些日期的讀者的懷舊性的一代人的同感。其實，並非如此。這些日期完全是個人性的沒有意義的」[54]。

所以，村上春樹試圖通過「物語小說」達到「介入」以致「療癒」社會的主觀目的很難說得以實現，因為他所創作的作品並沒有起到其所期待的「連接」功能，他的作品從初期到現在並沒有根本性的改變，都是內外部不分的個人性的「自我」意識的成長描述。

村上春樹曾將個人自律性的力量成長過程和他律性力量過程比喻為「相對應的鏡子」，是相互依存的，而人應該在每個人的世界認知中找到合適的位置，合理安置這兩種「陰」和「陽」的力量。而這就是「自我的客體化」，是「對於人生的

---

[53] 柄谷行人與福田和也的對談：「現代批評の核」，『新潮』，2004年8月。
[54] 柄谷行人：『終焉をめぐって』，福武書店，1990年，第85頁。

真正的儀式」[55]。如果這種過程沒有得到穩妥實現，便會在社會倫理和個人之間產生物理性的（法律性的）衝突，麻原彰晃就是這樣的典型。在《沒有記號的噩夢》中村上反覆強調說，人不要丟失「自我」。「人失去自我，就是失去自我這個一貫的物語。但是沒有物語，就無法長久地活下去。這種「物語」能夠超越局限人們的倫理性的制度（或是制度性的倫理），是能夠讓你和他者得到共時體驗的重要的祕密的鑰匙，是一種安全閥」，「物語」，當然就是『話』（原文為「お話」—筆者注）。『話』不是道理不是倫理不是哲學。這是你一直在做的夢。你也許沒有注意到。但就如你在呼吸一樣，你也在不間斷地做著這樣的夢。在這種『話』裡，你有著兩張不同的臉。你是主體，同時又是客體。你是綜合的，同時又是部分的。你是實體，同時又是影子。你是製造物語的『製造商』，同時又是體驗這種物語的『玩家』。我們多多少少都是靠著擁有這樣複數層面的物語，才能療癒在這個世界中的個體的孤獨」[56]。以上的論述如果結合村上在與河合的對談中關於「自我」的解說會更加容易理解。村上認為在「自我」（ego）之外還有一個「自己」（self），然後才是外界，這個「自己」包括了「自我」，起到了在「自我」和「外界」之間的緩衝作用[57]。那麼這個「自己」其實就是將「自我」「客體化」的有效裝置。這樣就能實現村上所說的「自我」這個一貫的「物語」的形成，因為「我」是兩個部分：「自己」和「自我」，所以，「自

---

[55] 前引『村上春樹全作品1990-2000⑥アンダーグラウンド』後記「目じるしのない悪夢」一文，第648頁。

[56] 前引『村上春樹全作品1990-2000⑥アンダーグラウンド』後記「目じるしのない悪夢」一文，第651頁。

[57] 前引河合隼雄等著：『こころの聲を聴く　河合隼雄対話集』一書，第253-254頁。

我」可以言說「自己」，「自己」也可以被「自我」言說。這樣，「我」就既可以是「物語」的主體，也可以是「物語」的客體。就像在《海邊的卡夫卡》中，卡夫卡少年同時也是「名叫烏鴉」的人物，卡夫卡少年是作品的主人公，同時又在敘述「名叫烏鴉」的人物的故事。可是，村上一直沒有解決好的一個問題是：既然這種「物語」的必要前提是具有「我」這種很強的自我意識，那麼如何實現和他人和社會的共用呢？至今為止，我們在村上作品中能看到的涉及歷史等集體記憶的因素，都像在《海邊的卡夫卡》中一樣只是在個人成長過程中被內面化，成為完全自我中心主義式的人物成長的藉口而已。

　　而因為無法解決好如何通過「物語小說」達到「連接」自我與他者等各種事物的難題，村上對身為「作家」的自己的寫作意義也無法給出合適的定位。他警告讀者如果沒有固有的自我，就無法製造固有的物語，這樣就會把自我交給他人，從他人那領受新的物語。就像奧姆真理教的信徒把自己交給麻原彰晃一樣。而麻原彰晃所建造的雖然是看上去很拙劣的滑稽的物語，但是卻具有相當的說服力。村上這樣說道：「可是，對於此，『這一側』的我們究竟能夠拿出什麼樣的有效的物語呢？能夠驅逐麻原的荒唐無稽的物語的，無論是在亞文化領域，還是在主流文化領域，我們真的擁有嗎？這真是一個大命題。我是小說家，如大家所說，『小說家』是以『物語』作為職業的人群。所以，這個命題，對於我，更加嚴峻」[58]。如中島一夫所說，從這樣的表述中，我們能讀到村上從職業功能的角度和

---

[58]　前引『村上春樹全作品1990-2000⑥アンダーグラウンド』後記「目じるしのない悪夢」一文，第653頁。

麻原的深切同感[59]。作為製造「物語」的作家，村上如何實現通過「物語小說」「連接」和「治癒」的功能呢？如果麻原彰晃能夠通過「拙劣的」、簡單物語打動為數不少的信徒的話，是不是意味著村上春樹也會效仿呢？有論者認為，在《被約束的場所》中，能看出村上對於「稚拙的物語」的認可[60]，其實在其新作《1Q84》的第三部中，我們也能讀到村上春樹這樣的寫作傾向。如果通過寫作「簡單」、「稚拙」的物語小說，就能達到村上自身所期望的「介入」以致「療癒」社會的目的，我們究竟應該感到慶幸還是悲哀呢？

小谷野敦曾經在《村上春樹應該寫私小說》一文對村上做過很是辛辣的諷刺，他認為村上作品的讀者以及村上和河合本人，都是精神狀態有一定問題才會依賴作品以達到「療癒」的目的[61]。這樣的諷刺雖然感性色彩太重，但是通過本文以上的分析，我們恐怕也會發現：村上春樹通過作品表達的其實都是有關「自我」個人性的精神層面的問題，雖然他主觀上希望通過「物語小說」達到「連接」和「介入」社會的功能，但其效果只是為生活在「後‧後現代」社會的人們安撫各自的精神世界添加了類似「鎮靜劑」之類的物品而已。

小結

通過以上兩節的分析，我們可以對夏目漱石和村上春樹關於「文學」功能的探討做一小結。對於夏目漱石來說，「文

---

59 中島一夫：「空虛と反復──村上春樹の『則天去私』」，《文學界》，2006年8月。

60 加藤典洋：『イエローページ　村上春樹2』，荒地出版社，2004年，第66頁。

61 小谷野敦：「村上春樹は私小說を書くべきである」一文，『1Q84スタディーズBOOK1』，若草書房，2009年。

學」這一概念本身在明治時期處於剛剛確立的階段，厘清「文學」究竟是什麼，就是個相當深刻的問題。漱石作為明治知識分子的代表者，「文學」究竟是一千年以來日本知識者熟悉的修身立國的「漢文學」？還是剛剛進入日本、卻是代表先進世界觀的「英文學」？這個問題首先擺在他的面前。從這樣的問題出發，漱石從《文學論》開始進行了艱難的探索過程。《文學論》從文學的外部，比如心理學、語言學出發，對「文學」概念本身進行了卓越的探討，漱石的基本觀點是：文學超越道德、意識形態，是一種由比喻性語言組合的情緒的世界。在他以後的創作過程中，這一觀點是貫徹始終的。雖然作為一個近代日本的國民，漱石也沒有完全能夠擺脫意識形態的約束[62]，但至少，在意識的層面，他的確有這樣的信念。

村上春樹和夏目漱石相比，其共同點是：這兩位作家都有意識地進行了關於文學功能問題的探討，並都賦予了文學一定的積極功能。但是村上春樹面臨的時代背景自然和漱石大不相同，「文學」這一概念本身早已經確立，不過已經成為了被解構的對象。和國際文論的「文學的終結」聲音相呼應，在日本，如文學研究重鎮柄谷行人在1990年出版《關於終結》一書[63]、川西政明在2004年出版《小說的終結》一書[64]、批評家山形和美2006年出版《文學的衰退與再生之路》[65]一書，等等不一枚舉。所以，在這樣一個大環境下，從相當個人主義風格起家的村上春樹，能夠對小說（物語）的功能如此重視（即使對於

---

[62] 有關內容可以參考拙作《夏目漱石與近代日本的文化身份建構》，北京大學出版社，2009年。
[63] 柄谷行人：『終焉をめぐって』，福武書店，1990年。
[64] 川西政明：『小說の終焉』，岩波書店，2004年。
[65] 山形和美：『文學の衰退と再生への道』，彩流社，2006年。

他試圖通過稚拙的物語「治癒」人們心靈創傷的具體做法，我們不能完全同意），這不能不說是他的積極之處。

　　而兩位作家都能夠自覺地探索「文學」功能的原因，也是有很大相似之處的：那就是外部文化視角的獲得。夏目漱石如果不是為了學習英文學而赴英、村上春樹如果沒有對美國文學的愛好、並赴美四年，他們對「文學」功能的自主的追求恐怕很難實現。漱石在漢文學和英文學的衝撞中發現「文學」有超越國境、文化及意識形態的形而上功能；村上在赴美期間開始關注亞洲、關注日本、關注切實的普通人，當然與心理學家河合隼雄的相遇，更加使其作為作家的使命感大大加強。

　　不過，從兩位作家對文學功能的探求中，我們會產生這樣一個疑問，當文學被賦予「功能」的時候，是不是在某種程度上意味著「文學」會喪失本原的意義？村上春樹希望以稚拙的物語治療人們的創傷，可是他以此為創作出發點的最新作《1Q84》很難說有很高的文學價值，尤其是第三部中，大團圓的結尾讓人們對其文學之路的前景頗為擔憂。但是，在漱石的創作中，我們並沒有看到他的文學價值會因為他對「文學」本身功能的追求而喪失。其實，漱石的小說創作，尤其是《虞美人草》之後的作品，都是報紙連載小說，而且在當時擁有相當多的讀者，也就是說，漱石在當時也和現在的村上一樣，是一位「粉絲」頗多的人氣作家。但是，他的作品，包括最後因病故而未完成的《明暗》，其中的思想性和文學價值都是相當高的。為什麼漱石和村上會有這樣的區別？筆者認為，原因在於，漱石對於「文學」功能的定義是從「文學」本質出發所做的思考，也就是說，如果我們堅持「文學」的本質是由比喻性的語言而建構的獨特世界的話，也許就能夠實現「非目的的而

合目的性」的文學的功能；如果我們喪失對文學這一本質的關注，文學也許只會淪落成一種「工具」。而「工具」會隨著其使用者的不同而產生不同的作用，這一點是值得村上春樹等當代作家認真關注的問題。

終章　現代和後現代語境下日本文學者的精英意識
——從村上春樹對夏目漱石的「誤讀」談起

一

　　以上各章從「自我」內涵、女性觀、中國觀、對「文學」意義的追求四方面對日本近代代表作家夏目漱石和當代代表作家村上春樹做了比較分析。從中我們可以看出，作為近代和當代的代表作家，兩人的思想和文學表現既存在顯著差異，也存在內在聯繫。

　　就本文所探討的主題來說：在「自我」概念的認知上，漱石對於當時還處於摸索階段的「自我」概念的確有著超越他那個時代的質疑，也就說，在與他者的關係中，可不可能存在絕對的「自我」？這種「自我」概念在何種程度上是成立的？這種疑問反映到「戀愛」關係上，便產生了漱石作品中戀愛雙方之間深刻的齟齬和糾結。漱石的這種思考和魯迅在《傷逝》中發出的「娜拉出走後怎麼辦」的疑問一樣，都具有超越當時時代思潮的先鋒性；而村上對於「自我」概念的質疑是具有濃厚後現代色彩的，他解構的是「自我」這個概念本身，他的作品中的主人公並不像明治時期人們一樣，還要主動地追求獨立的「自我」，而是從根本上就不覺得自己能夠成為獨立的主體，追求的是自己的「分身」，或者是丟失的另一半。

在女性觀的問題上，漱石和村上倒是頗有相似之處。如果說，漱石的時代決定了他不可能從根本上消除「女性嫌惡」傾向的話，村上作品中的「女性嫌惡」就頗值得我們思考。其實對於漱石，他的更大價值在於：在當時那個時代，只有在他的作品中「女性才作為一個擁有精神的人而呼吸」[1]。如同水村美苗所說，漱石的「女性嫌惡」有很大部分起源於他對「英文學」和「漢文學」的差別的覺察。描寫「修身、治國、平天下」的「漢文學」完全是男性的世界，而「英文學」比如維多利亞時代的文學、簡・奧斯丁姐妹的文學則描寫的是「男性與女性」的世界，漱石能夠將女性作為獨立思考的人加以描寫，是因為其受到了英文學的薰陶；而在本能上，對這種具有與男性同樣思考力的女性，漱石是加以排斥的。這一點集中體現在《虞美人草》中他所主觀設計的藤尾的死這一情節上。對於村上春樹為什麼在女性解放已經眾所周知的今天還在作品中會出現「女性嫌惡」傾向的問題，我們不能忽視的是，村上與漱石不同，在他的主觀意識中當然有避免「女性嫌惡」的想法，尤其是在他看到小森陽一等人的評論之後。本論主要對其《1Q84》中的「女性嫌惡」傾向做了批判，因為很有意思的是，在小森陽一《村上春樹論——精讀海邊的卡夫卡》一書（2006年）問世以前，沒有多少評論者指出村上作品中的「女性嫌惡」傾向，渡邊みえこ批判《挪威的森林》等作品中存在「女性嫌惡」的著作也是2009年出版的。在看到這些評論者的批判之後，村上春樹為了表示自己並沒有這種傾向，特意在新作《1Q84》中設計了青豆等似乎是女性解放代表人的形象。而恰恰是這樣的主觀意願，卻使得《1Q84》成為了

---

[1]　水村美苗：「『男性と男性』」と『男性と女性』」，『批評空間』，1992年7月。

最能體現「女性嫌惡」傾向的作品。這就不得不讓我們思考：究竟在（日本）現代人的思想中，女性解放是什麼樣的概念？僅僅是青豆等人物表面上體現出的釋放性慾的平等嗎？或者是男性的「行刑人」角色的實現？眾所周知，西方女性主義思潮從強調男女平權到重視男女自然差異，也經過了相當長時間的發展。而日本人對女性的認識，特別是日本文學作品中女性形象的表現，則在此基礎上有著強烈的日本特徵。日本平安時期女流文學的昌盛在世界文學史上也是少有的現象。但作為當代「國民作家」的村上，其作品中的「女性嫌惡」傾向讓我們不得不重新審視現代日本人視野中女性解放的局限性。

「中國觀」問題是歷來中國學者研究日本文學的一個重要視角。漱石的中國觀不用贅言，村上的中國觀也被當今一些中國學者，如林少華、許金龍、劉研、尚一鷗等所重視。不過，筆者認為中國學者用「中國觀」的視角研究日本作家時，有一個重要問題被忽視：那就是，「中國觀」不是一個獨立的問題，如果不在歷史文化的背景以及作家自身的整個文化素養中加以考慮的話，恐怕是很難準確把握全貌的。具體到村上來說，單純從他的作品中抽取提到中國因素的地方，再加以籠統概括，這樣的研究很容易陷入一些陷阱之中。而我們如果將村上的中國觀和近百年前漱石的中國認識、以及村上的中國觀和其美國觀相對比的話，其中一些隱藏的問題就會看得十分清楚[2]。漱石在《滿韓處處》中對中國「骯髒、喧囂」的描寫和村上的《諾門罕的鐵的墓場》中的描寫幾乎如出一轍，這一點至今沒有被任何研究者所重視。

---

[2] 本人於2012年申請了中國教育部人文社會青年專案：歷史文化視域下日本當代代表作家中國觀問題研究，其中一個重要部分即是對村上春樹的中國觀和美國觀的比較研究，相關成果將在近幾年陸續發表。

漱石「中國觀」的最大問題在於將作為文化符號的「中國」和作為實體的「中國」分開，這是他那個時代以及其後的芥川龍之介一代日本文人的共同特點；而村上的「中國觀」最大問題在於停留在符號化「中國」的層面，幼年時聽取父親戰爭經歷時的生理上的反感一直影響著他的中國認知，即使在理性層面，村上承認並反省日本近代戰爭的罪惡，但這種反省的出發點是日本。如同村上生理上對中國菜產生「過敏」一樣，他對於中國的第一感受是「戰爭的血腥」這樣令人不快的記憶。這種中國認識反映了目前大部分日本人對於「中國」的感覺。這種認識的深層是對日本近代「加害者」身分的迴避。

　　對於「文學」意義的追尋也是漱石和村上的共同點。在日本作家之中從意識的層面主動進行這種追尋的其實並不太多，所以這一點是值得肯定的。在明治時代，寫出《文學論》這樣從文學外部探討「文學」的內涵的人物也只有漱石一人。村上對於「文學」的意義探討是有個發展過程的。在其創作初期，個人主義色彩是相當濃厚的。作一個遠離社會的「個人」，沒有職業、甚至沒有家庭，是村上初期小說中的典型主人公形象。當然這一傾向在他現在的創作也是十分明顯的，不過，自《奇鳥形狀錄》之後，經過美國的四年生活以及與河合隼雄的交往，村上作為「作家」的社會責任感明顯加強了。他對「物語」的「療癒」功能的追求正是這種責任感的體現。不過，問題在於，村上作為一個「國民作家」似乎還綽綽有餘，但作為一個思想者來說，其思想能力明顯缺乏深度。他所追求的文學「療癒」功能顯然來自於精神學者河合隼雄的影響，而且是迎合自911、阪神地震、及東京地下鐵事件的社會輿論的主張。雖然我們如果追溯的話，亞里斯多德《詩學》中所說的「卡塔

西斯」（catharsis）指的就是文學的「療癒」功能，但像村上春樹在《海邊的卡夫卡》和《1Q84》中，用權宜的手法抹平歷史帶給人們的創傷，從而迴避對歷史以及自身的追問，這種「療癒」無疑是小森陽一所說的「思想的終止」。

在撰寫本論的過程中，筆者一直在思考這樣一個問題：夏目漱石和村上春樹最大的不同究竟在哪裡？他們之間近一百年的時空差距究竟帶給他們什麼根本區別？比較研究不應該止於指出比較雙方的共同點和不同點，更重要的是，通過比較我們能得到什麼思想上的啟迪和借鑒。寫完這部書的主要內容之後，筆者覺得：漱石和村上最大的根本區別在於他們對自身文學者、乃至知識分子的定位是不同的，村上從根本上並不具有漱石那種「精英」意識。雖然，村上在《奇鳥形狀錄》之後社會責任感有所加強，但這並不是他的本來意願。即使他自主地想要承擔知識分子的責任，他的出發點也是「個人」性的。所以，反映在其作品上，我們就會發現：當他作為脫離社會的「個人」存在和寫作時，就會遊刃有餘；而當他想要承擔某種「文學」責任時，他的作品就會破綻百出。以下就從村上春樹對夏目漱石的直接評論入手，通過村上對漱石的某種程度的「誤讀」的分析，對兩者作為知識分子的自覺意識做一比較。

二

在2010年夏季號的《考える》雜誌上，曾經登載了松家仁之對村上春樹的長篇訪問文章[3]。在這篇文章，村上集中地談

---

[3] 『考える人』，2010年夏號，第20-100頁。

到了夏目漱石。村上春樹的日本文學素養並不很深，他自己坦言並沒有看過多少日本文學著作，從小所受到的文學薰陶主要是來自外國文學。不過，夏目漱石作為日本近代文學者的第一人，其作品如《心》等也被載入日本中學生國文學課本中，村上在上大學前對漱石這些基本文學作品是有所瞭解的。上了大學，村上和其夫人洋子結婚以後，因為洋子有全套的夏目漱石全集，所以當時「還很貧窮沒有錢買書看」[4]的村上便開始閱讀漱石的作品。閱讀之下，覺得很有意思，並尤其喜歡《三四郎》《從此以後》《門》三部曲。同時，「《坑夫》和《虞美人草》，從個人角度很喜歡，客觀性的作品評價則另當別論」。

我們知道，《坑夫》作為漱石作品中很接近意識流小說的一部作品，一直以來並沒有引起評論者十分的重視。直到小森陽一在一九九六年出版了分析這部作品的著作《作為事件的閱讀》（《出來事としての読むこと》，東京大學出版社），才有越來越多的論者開始對這部作品加以關注。小森陽一主要指出的是，《坑夫》描寫的「不是一個青年的『礦工』體驗，而是通過只有由語言才能生成的人們的意識這種事物，以試圖把握『主體』或是慾望生成的現場」[5]。《坑夫》「通過『寫生文』式的語言表現的實踐，『自我』得到了治癒，痛苦的、關乎死亡的記憶，通過語言將這種感觸置換，才首次使擺脫這種恐懼成為可能」，小森高度評價這種「從被對象化的自己，從能夠將此對象化的發話主體的自己，同時『抽離』出『自我觀念』，由此賦予連續性的轉換，這是寫生文和以此為基礎的漱

[4]　前引「村上春樹ロングインタビュー」一文，第62頁，
[5]　小森陽一：『出來事としての読むこと』，東京大學出版社，2006年，第211頁。

石文學，甚至是日本近代散文的可能性的中心」[6]。也就說，小森注重的是《坑夫》這部作品的「回想性」特徵，是回到東京以後的主人公對自己當初成為「坑夫」過程的回憶，而這種回憶過程恰恰是「自我」形成的重要組成部分，即：通過語言表現而將「自我」對象化，從而實現真正的「自我」。

　　但是，村上春樹對於《坑夫》的把握則不同於小森，他喜歡的是「這種完全沒有進展性的地方。糊裡糊塗地進了碳礦工作，雖然遇到了一些倒楣的事，但是並沒有從中學到點什麼，也沒有感受到什麼，就這樣從碳礦裡又出來了。沒有什麼被稱為主題的東西。也不知道要寫這種東西的目的何在。像這樣的沒有系統、後現代性的氛圍很好」[7]。村上的這種感想恐怕是大部分讀者讀過《坑夫》的感想，這種感想的缺陷在於完全忽視了《坑夫》這部作品的「敘述者」的視角，單純看到了「敘述者」的敘述內容。不過，這充分反映了村上自己喜好的文學創作的出發點：「沒有系統的、後現代的氛圍」。從夏目漱石的整個思想及創作全貌來說，筆者傾向於小森陽一的把握。雖然漱石本人並不一定有這樣的主觀認識，但其一生的創作證明了，他的確是通過自己文學實踐，對「自我」、「文學」等概念本身進行了艱難而卓越的探討。所以，《坑夫》一文並不僅僅是漠然描述一個青年的成為礦工的過程，而是也像《心》、《行人》、《明暗》等作品一樣，對如何通過文學「鍛鍊」成近代「自我」的過程進行了探討，只不過和《心》等作品相比，其探討的角度是不同的。

---

[6]　前引『出来事としての読むこと』一書，第271-272頁。
[7]　前引「村上春樹ロングインタビュー」，第63頁。

但村上感興趣的並不是這個部分，而是敘述手法的「沒有系統」的無目的性。所以，我們就很容易理解村上為什麼不喜歡《明暗》這部作品。他這樣說道：「我不明白《明暗》什麼地方好，哪個地方讓大家覺得難得。要讓我說的話，我真不知道為什麼必須把這樣大家都十分清楚的事情，特意辛辛苦苦地寫成小說。把近代的自我加以解體、剖析、從正面進行精密的描寫，對於漱石來說也許這樣的工作是新鮮的，而讓現代的讀者看的話究竟會如何呢」[8]。其實，村上春樹在《地下》的後記等後期文章中，對「小說」（「物語」）的功能做過一些理論上的探討（具體可見前文的第四章第二節相關內容），他也注意到了「物語」具有小森評論《坑夫》時所提過的通過將「自我」對象化以實現「自我」的這種功能。比如，「自我的客體化」，是「對於人生的真正的儀式」[9]。如果這種過程沒有得到穩妥實現，便會在社會倫理和個人之間產生物理性的（法律性的）衝突。村上反覆強調說，人不要丟失「自我」。「人失去自我，就是失去自我這個一貫的物語。但是沒有物語，就無法長久地活下去。這種「物語」能夠超越局限人們的倫理性的制度（或是制度性的倫理），是能夠讓你和他者得到共時體驗的重要的祕密的鑰匙，是一種安全閥」，「物語，當然就是『話』（原文為「お話」──筆者注）。『話』不是道理不是倫理不是哲學。這是你一直在做的夢。你也許沒有注意到。但就如你在呼吸一樣，你也在不間斷地做著這樣的夢。在這種『話』裡，你有著兩張不同的臉。你是主體，同時又是客

---

[8]　前引「村上春樹ロングインタビュー」，第63頁。
[9]　『村上春樹全作品1990-2000⑥アンダーグラウンド』，後記「目じるしのない悪夢」一文，講談社，2003年，第648頁。

體。你是綜合的，同時又是部分的。你是實體，同時又是影子。你是製造物語的『製造商』，同時又是體驗這種物語的『玩家』。我們多多少少都是靠著擁有這樣複數層面的物語，才能療癒在這個世界中的個體的孤獨」[10]。但是，村上的問題在於，他沒有能夠將這種「物語」的力量和語言的功能聯繫起來，如何通過由語言構成的文學作品實現這種「自我」的客體化，是村上一直沒有明確認識的盲點。而這個盲點直接與村上對文學者自身定位的認識密切相關。

三

在長篇訪談中，村上對小說家與小說的關係，按照自己的理解做了比較詳細的解讀。他認為十九世紀的小說是「完整的小說」，此時作家還沒有所謂的近代「自我」意識，而成為社會核心的資產階級需要規模宏大的商業娛樂，於是便有了歌劇、小說等的誕生。因為資產階級有大把的娛樂時間，所以長篇小說紛紛問世，並且都是生動地、宏偉地描寫資產階級切身生活和人生的故事。看到這樣的故事，讀者首先是很容易理解，其次，讓他們暫時擺脫現實的生活，融入作品的世界之中。因為沒有「自己」和「自我」的齟齬，所以「物語能夠作為物語坦率地、自律地流動」[11]。但是到了20世紀，情況發生了巨大變化，資本主義的高速發達帶來了慾望的張揚，「自我」從「自己」中突出出來，被高度重視，「自我」和「物語」的

---

[10]　前引『村上春樹全作品1990-2000⑥アンダーグラウンド』後記「目じるしのない悪夢」一文，第651頁。

[11]　前引「村上春樹ロングインタビュー」一文，第76頁。

分界線變得異常嚴峻，由此「小說」的內涵也就發生了變化，村上認為的「完全的物語」也就不復存在。對於日本的場合，村上特別提到夏目漱石，「（漱石）有意識地將自己逼到了小胡同裡，如果不和近代性的自我相對峙的話，就無法繼續將小說寫下去」。而村上非常明確地表明，自己的理想非此類小說，而是19世紀的「完全的物語」。村上認為像傑拉德這樣的小說是二十世紀小說家中的例外，「在傑拉德的小說中，幾乎感受不到對於自己物語的不信任感、不安感」，而這正是起因於「傑拉德關於自我沒有這麼胡思亂想那麼多。他能夠迴避這個問題」，這一點體現在作品中，就是傑拉德設計了菲力浦・馬龍這個人物，這個人物因為是從外側自主地建造出來的，所以成功地成為了作者傑拉德迴避自我的裝置。「所謂的純文學作家，比起從外側包圍建構自我來說，更願意從內部開始進行建構。而這樣困難的工作，會使小說和小說家都無法維持下去」[12]。

　　從上面的敘述中，我們可以清楚地看到村上對於小說的態度：他希望作為作者的「自我」不參入文本之中，或者說不通過文本達到追求「自我」等具有思想性的目的。村上希望自己的小說是十九世紀小說式的「完整的物語」，而在他的理解中，十九世紀的小說歸根到底是供當時主流社會階級「娛樂」的手段之一。漱石的《明暗》讓村上覺得沒意思的原因在於：這部作品鮮明地傳達了漱石對近代「自我」的痛苦的思考。並且，村上認為自己不喜歡《明暗》，其實和自己不喜歡日本文學是相通的。包括以後的川端康成、三島由紀夫，都是如此，因為「對在那種高度的自我，我沒法提起興趣」[13]。他認為自

---

[12] 「村上春樹ロングインタビュー」，第88-89頁。
[13] 「村上春樹ロングインタビュー」，第66頁。

己和三島由紀夫這樣的作家最大的區別是「我不認為自己是藝術家，雖然是創作的人、製造者這樣意義上的創作者，但是我不認為自己是藝術家。如果說藝術家和創作者有什麼區別的話，那就是藝術家是認為自己活在土地上這件事本身具有一種意義。而我卻不這樣認為。吃飯、坐地鐵、去舊唱片店，在過著這樣普通日子的時候，所謂的村上春樹不是什麼特別的人。只是在這的一個普通人而已。只不過，趴在書桌上寫東西的時候，我便成為了能夠進入特殊場所的人。所有人都多多少少有點這樣的能力，我只是偶然具有了能夠更加深入追求的能力而已……是特殊技術者」，但是三島由紀夫或者川端康成，「也許覺得自己是具有他人沒有的藝術的感性的特別的人，就像是藝術貴族一樣。這是和我不同的地方。我對生活在土地上的自我幾乎沒有什麼興趣，我也不想勉強對此加以描寫」[14]。

也就是說，村上之所以不喜歡在作品中探討「自我」這樣的主題，起源於他自己沒有像夏目漱石、三島由紀夫、川端康成這些文學者的「精英意識」，從本質上說，村上沒有以往日本文學者作為知識分子的自覺意識。這種自覺意識體現的是，自己作為社會精英，要通過自己的作品探討與國家、社會相關的論題。而如果我們要搞清村上為什麼不具有這樣的「精英意識」的話，恐怕就不能不梳理近一百年來日本知識分子和作為民族國家的「日本」之間不斷變化的錯綜複雜的關係。聚焦從夏目漱石到村上春樹這近一百年間的發展過程中，不可忽視的一些典型日本文學者形象：比如芥川龍之介、阪口安吾、戰爭期間的日本文人、戰後的第三代新人、三島由紀夫等等。通過

---

[14] 「村上春樹ロングインタビュー」，第66頁。

探討他們和作為民族國家的「日本」之間的關係，我們才會明白漱石和村上為什麼會有這樣的根本區別。以下就先簡單地對近一百年來日本文學者的精英意識做一鳥瞰性的敘述，以明確下一步的研究任務[15]。

四

在夏目漱石生活的明治時期，文學者的精英意識是無容置疑的。絕大多數文學者都具有深厚的漢文學素養，所謂「修身、治國、平天下」的漢文學傳統對他們有重要的影響。對於當時的社會，他們一方面處於樸素的愛國主義情懷，對當時的社會發展進行了文化和精神上的支持。比如通常在文學史中被認為是「小說」前身的「政治小說」模式其實就是很多政客為了宣傳自由民權運動而創立的。如身為政治家的矢野龍溪所著的《報知異聞》等等。當時著名的文學評論家坪內逍遙的《小說神髓》就對競相創作藝術性小說的尾崎紅葉和幸田露伴提出了批評，認為兩位作家於戀愛中尋找題材，不利於國民的啟蒙。在甲午戰爭爆發後，日本國內的民族主義情緒高漲，而包括夏目漱石在內的日本文學者文學者能夠提出清醒批判的也不在多數；但另一方面，文學者對當時的日本漸漸走上軍國主義道路也是有所批判的。在日俄戰爭期間，日本國內的文學者就發出了很多反對的聲音，比如與謝野晶子的著名抒情詩歌《兄弟你不能死》就是這樣的代表作之一。

---

[15] 由於本人對這一課題還未做系統深入的研究，而且由於篇幅所限，所以本書僅在附錄三《試論知識分子與民族國家的關係——從明治知識分子對文化身份的探尋談起》部分對明治時期的知識分子的精英意識方面做了稍微具體的探討，其他時代的相關具體研究只能留待日後再做。

到了大正期間，如芥川龍之介這樣的文學者，其實秉承了很多漱石一代文學者的氣質。從文學素養傳承來說，他們也是最後一代具有深厚漢文學素養的日本文學者，其精英意識也是很濃厚的。芥川的很多作品就對「自我」意識中的「私欲」做了深刻的剖析，作家自己也無法承受這種精神探索帶來的壓力，最後選擇了自殺的道路。不過，日本文學者中也向來具有置身社會之外、追求擺脫道德自由的傾向，而這種傾向其實隱含了很多對日本「現代化」道路的嚴峻批判。這一階段的文學者中，如谷崎潤一郎，就是個典型。他對「江戶藝術」大加讚揚，認為其因為遭到社會的流放，反而擺脫了社會道德的禁錮或妨害，獲得了自由自在的發展。在其著作《陽春木屐》中，他就強烈抨擊了急功近利的物質文明以及由此帶來的對於江戶地形及風景的破壞。再比如白樺派文學運動，武者小路實篤就代表了那個時期的文學者強烈的人道主義傾向。他主張的是「人類普遍主義」，即抹殺了國家及一切階級集團鬥爭和差別的思想，相信本源性的「生命」。這也是大正生命主義運動的重要組成部分。

　　在昭和時期，一方面興起了當時還是非法組織的日本共產黨領導的「無產階級文化運動」的浪潮，當時如小林多喜二的《蟹工船》等作品就很是暢銷；另外一方面就是一批文人對軍國戰爭的搖旗吶喊。如阿部知二等文學家就直接參與了戰爭，還寫出了《火島》等宣揚大日本帝國的作品。尤其是一九四二年，《文學界》召開的「超越近代」的座談會，從表面上的完全知識性的立場，引導出了「大東亞共榮圈」的完全錯誤的結論。大陸學者如孫歌等對這個課題做出了深刻的研究和批判，值得參考。

戰爭的失敗為日本文學者從文學的角度反省日本現代化道路提供了很好的契機，但是由於日本整個戰後機制就沒有對權力核心——天皇制做出根本批判和改變，很多文學止於宣揚日本的「受害者」意識。同時，戰時為軍國主義搖旗吶喊的文人開始關注獨立的生命感覺。比如「戰後派」文學代表作家的梅崎春生，其《櫻島》就描寫了戰爭極限狀況下的人的特殊心理。這也反映了從戰後開始，日本文學者的精英意識似乎有所降低。

到了1960後高漲的安保鬥爭，日本知識人的精英意識又到了一個高潮時期。這期間的三島由紀夫就是一位值得關注的作家。他對日本中世時期的美學很有興趣，進而發展成激進的文化民族主義者，並最終採取剖腹自殺的舉動引起社會譁然。在這期間的大江健三郎也是一位不得不提的作家，他從邊緣的視角對日本現代化道路進行了深刻反省，對沖繩問題、原子彈問題加以關注，這些反映了大江還是一位具有比較強烈的精英意識的作家。

安保鬥爭的失敗對日本知識分子是一個沉重打擊，在此以後，隨著日本資本主義的高度發展，日本文學者的精英意識大幅度減弱。出生於一九五四年的村上春樹所抱有的自己只是個普通人的心理，恐怕是當今絕大多數日本文學者的共同點。即使村上隨著文學地位的上升，對自己的社會使命感有所加強，但其思想的根本仍然是非常個人主義化的。如果我們將川端康成、大江健三郎獲得諾貝爾文學獎時的發言，與村上春樹2012年6月獲得的加泰羅尼亞文化獎的發言相對比的話，就會清楚地看到這一點。川端和大江的題目分別是《在美麗日本的我》以及《在曖昧日本的我》，在發言中，川端和大江的態度在某

種程度上就表示出自己是「日本」的代表；而村上的發言，則屢屢強調自己的個人立場，比如在說到「我們日本人，應該對核說不」的時候，村上不會忘記加上一句「這是我個人的想法」。

當然，知識分子的非精英化現象不為日本獨有，現代社會對於知識分子的定義已經和以前完全不同，按照葛蘭西的定義，今天在與知識生產或分配相關的任何領域工作的每一個人，都是知識分子，並且由於大眾普遍文化程度的提高，加上大眾文化已深深捲入資本市場的運作，知識分子似乎離班達對其的定義越來越遠，他曾經這麼說道：知識分子是一小群才智出眾、道德高超的哲學家－國王（philosopher-kings），他們構成人類的良心[16]。就像賈克比（Russell Jacoby）在《最後的知識分子》一書中嚴辭批判的一樣，在美國「非學院的知識分子」（the nonacademic intellectual）已經完全消失，取而代之的是一群怯懦的滿口術語的大學教授，專業態度（professionalism）成為對知識分子特別的威脅，今天的知識分子很可能蝸居於自己的小天地，收入不菲卻沒有興趣與課堂外的世界打交道。但日本知識分子的確具有自己的獨特性，如果與中國知識分子相對照，我們更可以發現其中的顯著差異。雖然日本一直屬於東亞的漢字文化圈，儒家的「修身、治國、平天下」的思想也深深影響著日本知識分子，但由於日本沒有類似中國科舉體制的制度，所以並沒有形成中國的「士」這樣專門的知識階層，支撐近世藩閥政權直到明治維新的一個重要階層反而是下層武士，因此日本知識分子的自我定位一直相當模糊。有的人依附統治

---

[16] 愛德華‧W‧賽義德：《知識分子論》，單德興譯，三聯出版社，2002年，第12頁。

階級，為國家利益放棄知識分子的獨立；有的人完全轉向自我，像賽義德所說的被專門化，試圖用所謂知識性態度摒棄一切意識形態影響，包括對人類良知的思考。而且，這兩種極端就像一張紙的兩面，像石川啄木這樣的知識分子很容易便從這個極端走向另一極端。在日本戰敗之後，雖然也出現了像竹內好這樣對學院知識生產體制產生根本性質疑的知識分子，但由於許多歷史問題的懸而未決，而且經歷過五六十年代的革命理想破滅之後，許多日本知識分子寧願選擇知識的立場而不是知識分子的立場來思考問題。所以，村上春樹雖然總是希望和別的日本作家有所不同，希望自己的風格是獨一無二的，但我們不得不說，他的根深蒂固的個人主義立場還是有深厚的社會背景做支撐的。在把握他的創作個性的同時，我們還是必須在掌握日本近代文學近百年的的大的歷史語境的基礎上，尋找他的定位。而本論就是基於這種思考的基礎上所做的一種嘗試。

附錄一　夏目漱石研究略史[1]

　　戦後、江藤淳の『夏目漱石』（東京：東京ライフ社、
1956年）は「低音部」のキーワードを導入し、漱石の「則天
去私」神話へ決定的な批判を下した。これを契機に存在論的
漱石像が作り出され、漱石研究は新たな段階に入ったように
思われる。前後して片岡良一『夏目漱石の作品』（東京：
厚文社、1955年）、唐木順三『夏目漱石』（東京：修道社、
1956年）、岩上順一『漱石入門』（東京：中央公論社、1959
年）、荒正人『評伝　夏目漱石』（東京：実業之日本社、
1960年）、瀬沼茂樹『夏目漱石』（東京：東京大學出版社、
1962年）などの優秀な著作がある。

　　1960年代から漱石研究は「作品論」の時代を迎えた。越
智治雄『漱石私論』（東京：角川書店、1971年）は深い読み
方により作品の「原型」に達することを目指している。平岡
敏夫『漱石序説』（東京：塙書房、1976年）もこの時代の代
表作と言え、戦後の漱石研究の成果を踏まえながら新たな読
み直しが試みられた。ほかに、吉川幸次郎『漱石詩注』（東

---

[1]　本附錄部分是2011年在為外語教學與研究出版社即將出版的《日本近代文學》
　　一書中「夏目漱石」條目撰寫的內容上修定而成，所提到的論文及專著截至
　　2011年下半年。此書已於2014年出版。

京：岩波書店、1967年）、桶谷秀昭『夏目漱石論』（東京：河出書房新社、1972年）、柄谷行人『畏怖する人間』（東京：冬樹社、1972年）、比較文學分野の平川佑弘『夏目漱石　非西洋の苦闘』（東京：新潮社、1976年）、江藤淳『漱石とアーサー王伝説──『薤露行』の比較的研究』（東京：東京大學出版社、1975年）、新しい評伝の成果としての江藤淳の『漱石とその時代』第一部・第二部（東京：新潮社、1970年）および荒正人『漱石研究年表』（東京：集英社、1974年）、多くの新資料を駆使して作成された村岡勇『漱石資料──文學論のノート』（東京：岩波書店、1976年）などが注目すべき成果である。また、柄谷行人のデビュー作「意識と自然」（「『群像』24-6、1969年6月、98-128頁）から江藤淳などの漱石研究権威を超越しようとする企みが読み取れるし、作者の卓越した思想力の端緒も窺われる。蓮実重彦の『夏目漱石』（東京：青土社、1978年）も江藤淳の漱石論への批判から出発した異色な漱石論である。

　　1980年代以後、「作品論」の「自閉性」に対する批判を受けて、「テクスト」という概念から出発する様々な文學理論への時代へと移行するにつれて、漱石研究はより豊かな様相を呈している。空間論の前田愛「謎としての都市──『彼岸過迄』をめぐって」（『現代詩手帖』20-5、1977年5月、56-66頁）、「漱石と山手空間──「門」を中心に」（『講座夏目漱石4』、有斐閣、1982年2月、120-145頁）、テクスト論の小森陽一、「「こころ」を生成する「心臓」」（『成城國文學』1、1985年3月、41-52頁）、石原千秋「「こころ」のオイディプス　反転する語り手」（『成城國文學』1、1985年3

月、29-40頁）などが代表的な論説である。資料の整備と開発も一層進展している。平野清介編『雑誌集成　夏目漱石像』（全20巻、東京：明治大正昭和新聞研究會、1981-1983年）、『新聞集成　夏目漱石像』（全6巻、東京：明治大正昭和新聞研究會、1979-1984年）、平岡敏夫編『夏目漱石究資料集成』（全10巻＋別巻、東京：日本図書センター、1991年）はその方面の証拠である。三好行雄、平川祐弘、平岡敏夫、江藤淳編『講座夏目漱石』（全5巻、有斐閣、1981-1982年）が多岐的な問題設定を見せて多くの成果を挙げた。また、佐藤泰正『夏目漱石論』（東京：筑摩書房、1986年）、秋山公男『漱石文學論考──後期作品の方法と構造』（東京：桜楓社、1987年）、相原和邦『漱石文學の研究──表現を軸として』（東京：明治書院、1988年）玉井敬之『漱石研究への道』（東京：桜楓社、1988年）、石崎等『漱石の方法』（東京：有精堂、1989年）、中村宏『漱石漢詩の世界』（東京：第一書房、1983年）、佐古純一郎『漱石詩集全訳』（東京：二松學舍出版社、1983年）、塚本利明『英國と漱石──留學體驗と創作の間』（東京：彩流社、1987年）、小倉脩三著『夏目漱石　──ウイリアム・ジェームズ受容の周辺』（東京：有精堂、1989年）なども挙げられる。

　　1990年代から研究者は方法意識に更に自覚的で、カルスタやポスコロなどの新しい文學理論で漱石作品を読み直そうとする試みが盛んに行われている。小森陽一は『漱石を読み直す』（東京：筑摩書房、1995年）、『世紀末の予言者』（東京：講談社、1999年）などの著作を出版しただけではなく、石原千秋と『漱石を語る』1、2（東京：翰林書房、1998

年）、『漱石研究』（全18巻、東京：翰林書房　1993-2005
年）なども編集し、漱石研究の新たな成果を幅広く紹介して
いる。川村湊の「「帝國」の漱石」（『漱石研究』5、28-38
頁、1995年）はポスコロ系の代表的な論説と言える。ジェン
ダー論としては小谷野敦の『夏目漱石を江戸から読む　新
しい女と古い男』（東京：中央新書、1995年）や飯田祐子の
『彼らの物語　日本近代文學とジェンダー』（名古屋：名古
屋大學出版社、1998年）などが參考にしたい。伊豆利彦『漱
石と天皇制』（東京：有精堂、1989年）、藤井淑禎『不如帰
の時代　─水底の漱石と青年たち─』（名古屋：名古屋大學
出版社、1990年）、竹盛天雄著『漱石文學の端緒』（東京：
筑摩書房、1991年）なども示唆的な著作である。石原千秋の
『反転する漱石』（東京：青土社、1997年）、『漱石の記號
學』（東京：講談社、1999年）などの研究は前時代のテクス
ト論を受け継ぎ、〈読者〉という装置を重視している。1991
年出版された『漱石作品論集成』（全12巻＋別巻、東京：桜
楓社、1990-1991年）は作品別の漱石先行研究を瞭解するのに
重要な文獻となっている。

　　2000年以後の主な研究成果は、まず2000年7月出版した
夏目漱石事典（東京：勉誠出版　平岡敏夫　山形和美　影山
恒男編集）が研究者の必備の参考書として評価されるべきで
ある。また、権威學者は引き続き研究をより深く進める一
方、外國人研究者は比較文學の角度から斬新な著作を続々
出版している。前者は平岡敏夫『漱石　ある佐幕派子女の
物語』（東京：おうふう、2000年）、清水孝純『笑いのユー
トピア　『我輩は貓である』の世界』（東京：翰林書房、

2002年）、小森陽一『漱石論——21世紀を生き抜くために』（東京：岩波書房、2010年）、石原千秋『「こころ」大人になれなかった先生』（東京：みすず書房，2005年）、『漱石はどう読まれてきたか』（東京：新潮社，2010年）などがあるが、後者は李國棟『魯迅と漱石の比較文學的研究』（東京：明治書院、2001年）、潘世聖『魯迅・明治日本・漱石：影響と構造への総合的比較研究』（東京：汲古書院、2002年）、欒殿武『漱石と魯迅における伝統と近代』（東京：勉誠出版、2004年）、徐前『漱石と子規の漢詩』（東京：明治書院、2005年）、樸祐河『ナショナル・アイデンティティとジェンダー　漱石・文學・近代』（東京：クレイン、2007年）、金正勲『漱石と朝鮮』（東京：中央大學出版部、2010年）などが挙げられる。その中に、樸祐河の研究は「漱石」の読まれ方がどのようにナショナル・アイデンティーの形成に影響を及ぼしていったのかを追及し、外國人研究者の獨特な文化的視座を浮き彫りにさせている。伊藤泉「変動する漱石」（『文學』1-2、2000年3-4月、47-62頁）と柴田勝二『漱石のなかの〈帝國〉』（東京：翰林書房、2006年）も國民作家としての漱石が近代國家成立の過程に果たされた役割を分析している。社會學者である若林幹夫の『漱石のリアル　測量としての文學』（東京：紀伊國屋書店、2002年）は、鉄道、都市、貨幣などのキーワードで漱石を「測量装置」として近代社會におけるリアルの地形をあぶりだしている。また注目すべき成果は佐藤泉『漱石　片付かない〈近代〉』（東京：日本放送出版協會、2002年）、山崎甲一『夏目漱石の言語空間』（東京：笠間書院、2003年）、佐藤裕子『漱石解読

〈語り〉の構造』（大阪：和泉書院、2005年）、『漱石のセオリー：『文學論』解読』（東京：おうふう、2005年）、仲秀和『『こゝろ』研究史』（大阪：和泉書院、2007年）、德永光展『夏目漱石『心』論』（東京：風間書房、2008年）、亀山佳明『夏目漱石と個人主義』（東京：新曜社、2008年）、高橋正雄『漱石文學が物語るもの』（東京：みすず書房、2009年）、小泉浩一郎『夏目漱石論〈男性の言説〉と〈女性の言説〉』（東京：翰林書房、2009年）などがある。

　　　中國では夏目漱石が最も多く研究されている日本作家であると言える。2000年以前の翻訳史と研究史は王成「夏目漱石が中國における翻訳と研究」（「夏目漱石文學在中國的翻譯和研究」『日語學習與研究』104、2001年第1期、25-29頁）、王向遠「八十年間の中國における夏目漱石についての翻訳、評論と研究」（「八十多年來中國對夏目漱石的翻譯、評論和研究」『日語學習與研究』107、2001年第4期、40-45頁）、王志松「夏目漱石が中國における研究」（「夏目漱石文學在中國的研究」『俄羅斯文藝』專刊、2002年、77-82頁）に詳しく述べられている。簡単に言えば、中國における漱石研究は四つの時代に分けられるということだ。第一の段階は1949年新中國の成立以前の研究である。周作人、魯迅をはじめとする學者たちは主に「餘裕派」の角度から漱石作品を把握している。そのため、「餘裕派」の代表作とされる「草枕」や「倫敦塔」などの前期作品は漱石作品のなかで最も早く翻訳された。張我軍が訳した『文學論』（上海：神州國光社、1931年）は現在まで唯一の『文學論』訳本として評価されるべきである。第二段階は1949年から1980年代前

半までの研究である。イデオロギーの深い影響で夏目漱石を
ブルジョア社會への批判者としてつかまえている傾向が強かった。劉振瀛が『夏目漱石選集』（北京：人民文學出版社、1958年）の前書きとして綴った文章はその時代の代表的な論文と言える。

　　第三段階は1980年代中期から新世紀のはじめまでである。この時代から、研究者は作品が表した思想や主題についてのイデオロギー的な研究からテクスト自身に關心を持つようになり、文學的な「読み」に著眼しはじめている。中國學界の思想開放の大背景のもとに、漱石を個人主義の提唱者やアジア式のモダンリズムの探索者として評價するようになった。たとえば、劉振瀛の「それから」の訳本の前書き（『後來的事』、上海譯文出版社、1984年）、王成「東洋近代化の探索——夏目漱石と老舍の比較研究」（「東方現代化的探索——夏目漱石與老舍比較研究」（『日本學研究』2、1992年、100-112頁）、李國棟『夏目漱石文學研究の主脈』（『夏目漱石文學研究主脈』北京：北京大學出版社、1990年）などの研究はこの方面の代表作と言える。比較文學の角度からの論説はブームになったように感じられる。楊曉文「夏目漱石と豐子愷」（「夏目漱石與豐子愷」（『吉林大學社會科學學報』、1993年第1期、53-60頁）、王向遠「魯迅の「野草」と夏目漱石の「夢十夜」（「魯迅的《野草》和夏目漱石的《十夜夢》」（『魯迅月刊』、1997年第1期、42-47頁）などが示唆的な論文である。また、1985年何乃英の『夏目漱石和他的小說』（北京：北京出版社）は中國で最初の漱石研究著作として出版された。揭俠「夏目漱石の中國觀」（「夏目漱石

的中國觀」（『日本學論叢Ⅱ』、1991年12月、175-195頁）は
漱石の中國観の局限性を指摘しているが、劉健輝「漱石と
「満州」「下等遊民」発見の旅」（『國文學　解釈と鑑賞』
62-6、1997年6月、17-23頁）は「満州」「下等遊民」の発見
を切り口として漱石文學を再検討しようとしている。何少賢
は漱石文學理論について一連の論文と『日本現代文學の巨匠
夏目漱石』（『日本現代文學巨匠夏目漱石』北京：中國文學
出版社、1998年）の著作を発表していて、『文學論』の內容
を詳しく紹介している。『文學論』に關する代表的な論說と
しては王志松「『文學論』「文學的言語表現」と「自己」へ
の探求」（『國文學　解釈と鑑賞』62-6、1997年6月、141-146
頁）も挙げられる。

　　2000年代以後、漱石研究はより豊かなな様相を呈し、第
四段階に入った。王志松「漱石の「道草」「明暗」──その
「過去」の斷片化と斷絕化をめぐって」（『日本學研究』
10、2001年8月、87-96頁）、「漱石の「小說組立て論」──
「虞美人草」との關連で」（『日本學研究』11、2002年5月、
298-307頁）、「漱石文學と「超自然的事物」──日本近代文
學の想像力への一視座」（『日本學研究』14、2004年10月、
209-224頁）と王成「「草枕」論──その禪學的側面をめぐっ
て」（『日本學研究』9、2000年11月、57-71頁）、「明治期
における演說と修養──夏目漱石の修養論のために」（『日
本學研究』14、2004年10月、185-208頁）、「夏目漱石の満韓
ところゞ」（「夏目漱石的満韓遊記」『讀書』333、2006年第
11期、21-28頁）などの一連の論文は新世紀の漱石研究の代表
的な成果だと言える。また、高寧「虛像と差異──夏目漱石

精神思想について」（「虚像與反差──夏目漱石精神思想探微」『外國文學評論』58、2001年第2期、36-45頁）は漱石の政治思想の「忠君愛國」の要素を指摘し、漱石像を再評価する必要があると説いた。祝枝媛『夏目漱石の漢詩と中國文化思想』（北京：中國書籍出版社、2003年）は漱石の漢詩と中國の文化のつながりを分析している。張小玲『夏目漱石と近代日本のカルチュラル・アイデンティテー』（『夏目漱石與近代日本的文化身份建構』北京：北京大學出版社、2009年）はカルスタ系の研究で、漱石の文化価値を近代日本のカルチュラル・アイデンティテーの問題に絡めながら、文學理論、寫生文、語りなどの角度から詳しい分析を展開している。比較文學の角度は一貫して中國漱石研究界の好きなテーマであるが、中國文學科出身の研究者、たとえば方長安「以他者話語質疑、批評「五四」文學非寫實潮流──成仿吾對夏目漱石『文學論』的借用」（『武漢大學學報哲學社會科學版』57、2004年第4期，551-556頁）などの論文には示唆的なものが多いと思われる。最新の研究としては、郭勇「近代性の中の焦慮──夏目漱石の「三四郎」をめぐって」（『「現代性語境中的主體焦慮──論夏目漱石的「三四郎」國外文學』117、2010年第1期、131-138頁）、李征「汽車の中の三四郎──「三四郎」の近代性とスピードの意味」（「火車上的三四郎─夏目漱石三四郎中現代性與速度的意味」『外國文學評論』95、2010年第3期、27-31頁）の論文に漱石と近代性の關係を再檢討する端緒が窺える。

附錄二　村上春樹研究略史[1]

　　村上春樹是以《且聽風吟》一文在1979年獲得第23回群像新人獎而踏上文壇的,當時擔任群像獎評委的文學評論家丸谷才一評價他的小說是「深受美國現代小說的影響」、並且預言村上的出現將帶來文壇「趣味的變化」(「新しいアメリカ小說の影響」、『群像』1979年6月)。在村上春樹初期創作階段,其評論多集中在其作品中的「都市感覺」、「全共鬥一代人的共通的精神」上。代表論文有:川本三郎「「都市」の中の作家——村上春樹、村上竜をめぐって」(『文學界』1981年11月)、三浦雅士「村上春樹とこの時代の論理」(『海』1981年11月)、松本健一「主題としての「都市」」(『文芸』1982年1月)、加藤典洋「自閉と鎖國——一九八二年の風の歌——村上春樹『羊をめぐる冒險』」(『文芸』1983年2月)、「中上健次と村上春樹—都市と反都市〈特集〉」(『國文學』1985年3月)、「村上春樹〈特集〉」(『文學界』1985年8月)、『Happy Jack鼠の心——村上春樹の研究読本』(東京:北宋社、1984年)、鈴村和成『未だ／既に　村上春樹と「ハードボイルド・ワンダーランド」』(東京:洋

---

[1]　本書是在本人2011年年末於復旦大學博士後流動站完成的博士後論文基礎上加以修訂的,故本附錄中涉及的論文及專著截至2011下半年。

泉社、1985年）、久原伶『シーク&ファインド　村上春樹』
（東京：青銅社、1986年）等。當時文學評論界的大家們都注
意到村上春樹的創作風格：如前田愛對其消費性語言的質疑
（「僕と鼠の記號論」『國文學』1985年3月）、柄谷行人指
出村上作品具有為了確保「超越性優勢」的浪漫派的反諷味道
（「村上春樹の風景」『海燕』1989年11月、12月）。

　　村上春樹在1987年發表的《挪威的森林》引起了很大的反
響，上下兩冊的銷售創造了430萬部的奇蹟。由此，關於村上
春樹的研究也掀起了一股浪潮。而且，村上春樹的作品集、村
上春樹的研究事典也紛紛出版。主要著作有：今井清人『村上
春樹—OFFの感覚』（東京：國研出版、1990年）、黒古一夫
『村上春樹と同時代の文學』（東京：河合出版、1990年）、
村上啟二『「ノルウェイの森」を通り抜けて』（東京：JICC
出版局、1991年）、横尾和博『村上春樹の二元的世界』（東
京：鳥影社、1992年）、加藤典洋編『イエローページ　村上
春樹』（東京：荒地出版社、1996年、2004年『イエローペー
ジPART2』、2009年『イエローページPART3』も刊行）、吉
田春生『村上春樹、転換する』（東京：彩流社、1997年）、
石倉美智子『村上春樹　サーカス団の行方』（東京：専修
大學出版局、1998年）栗坪良樹，柘植光彦編『村上春樹スタ
ディーズ01〜05』（東京：若草書房、1999年）、村上春樹研
究會編『村上春樹作品研究事典』（東京：鼎書房、2001年、
2007年增補版）、平野芳信『村上春樹と《最初の夫の死ぬ物
語》』（東京：翰林書房、2001年）、三浦雅士『村上春樹
と柴田元幸のもう一つのアメリカ』（東京：新書館、2003
年）、清水良典『村上春樹はくせになる』（東京：朝日新聞

社、2006年）、石原千秋『謎とき　村上春樹』（東京：光文社、2007年）等等。

而近年來，隨著村上作品在世界各地被廣泛翻譯和閱讀，其國際文壇地位的提高，世界範圍內的村上春樹研究發展都極為迅速。所以，關於村上作品在各國的接受情況的研究成為一個熱點。東京大學藤井省三教授在2009年曾召開過一次國際研討會，美國、法國、台灣、香港等國家或地區的眾多譯者及小森陽一等著名評論家皆出席，會後與會者編輯了《世界は村上春樹をどう読むか》（文芸春秋社、2006年）及『東アジアが読む村上春樹』（東京：若草書房、2009年），其中不僅收集了與會者的論文及對談，而且還收集了林少華等中國大陸譯者的相關評論。在2010年6月日本近代學會關西分會作為春季大會的特集，也召開了一次題為「村上春樹と小說の現在──記憶・拠點・レスポンシビリティ」的研討會，會上年輕學者高木彬的發言從後現代語境下的本土性出發，對村上文學的世界性做了理論上的顛覆性解釋，引起了不小的反響。在會後的論文集《村上春樹と小說の現在》（和泉書院、2011年）一書中，也收集了韓國人、中國人學者的文章。對於村上春樹在中國的接受研究，藤井省三發表了一系列論文可供參考，並且在其《村上春樹のなかの中國》（東京：朝日新聞社、2007年）書中提出了一些引起廣泛關注的論點。其他如王海藍的博士論文中對3000名中國學生的調查報告、孫軍悅關於中國接受村上文學過程的論述等在日中國年輕學者的研究成果也值得關注。

小森陽一作為當今日本文學評論界的領軍人物，其關於村上春樹的研究的確也讓人刮目相看。他對2002年熱賣的《海邊的卡夫卡》所做的評論『村上春樹論『海辺のカフカ』を精

読する』（東京：平凡社、2006年）一書中，深刻地指出作品的「療癒小說」的實質，剖析了書中對日本近代歷史的迴避及「女性嫌惡」的傾向，對世界各地的「村上春樹熱」是一劑清醒劑。同樣指出村上作品中「女性歧視」傾向的還有渡辺みえこの『語りえぬもの：村上春樹の女性（レズビアン）表象』（東京：御茶の水書房、2009年）一書。此書雖然內容不多，不過從女性主義批評角度對《挪威的森林》等暢銷作品做了尖銳的剖析，值得研究者關注。村上春樹的其他比較重要的研究著作還有林正の『村上春樹論　コミュニケーションの物語』（東京：專修大學出版局、2002年）、風丸良彥の『越境する「僕」村上春樹、翻訳文體と語り手』（東京：試論社、2006年）、大塚英志の『物語論で読む村上春樹と宮崎駿』（東京：角川書店、2009年）、山根由美惠の『村上春樹〈物語〉の認識のシステム』（東京：若草書房、2007年）、半田淳子の『村上春樹、夏目漱石と出會う』（東京：若草書房、2007年）等等。近兩年來，日本文學研究界對於村上的關注集中在其新作《1Q84》上。《新潮》、《文學界》、《群像》等文學雜誌紛紛發表關於《1Q84》的評論專刊，並且相繼出現了《村上春樹『1Q84』をどう読むか》、（東京：河出書房新社，2009年7月）、《1Q84スタディーズBOOK1》（傑・魯賓編，東京：若草書房，2009年11月）、《1Q84スタディーズBOOK》（小森陽一編，東京：若草書房，2010年1月）、《集中講義『1Q84』》，（風丸良彥著，東京：若草書房，2010年6月）等等一系列關於《1Q84》的評論書籍。其中既有專門的日本文學的研究者，也有法國、美國、俄國文學的研究者，以及精神分析學者、宗教學者、社會學者、音樂評論家、作家、

自由文藝評論家等等各個文化領域的研究者。學者們從各自的研究領域對《1Q84》做了各色解釋，對作品的評價也是褒貶不一。比如加藤典洋就盛讚《1Q84》和以往的日本小說截然不同，是不可多得的佳作；而以小森陽一為代表的論者則持批判態度，指責作品缺乏對語言功能的重視，作品人物缺乏現實感、作品中的社會性因素只是起到點綴作用等等。其中有相當多的學者，如島田裕巳、都甲幸治等，都提到《1Q84》中的善惡觀缺乏一定的標準。尤其在《1Q84》BOOK3出版之後，評論界出現了很多對其創作前景的質疑。其實對於村上春樹這位人氣作家，與普通讀者對於其作品的擁護相對照，日本文學評論界對其評價向來不是十分統一，這種差別也是研究村上時不可不注意的一點。

對於中國的村上春樹研究，首先自然要提到其作品的翻譯。最早將村上作品翻譯為中文的是臺灣的賴明珠。一九八六年第二期的《日本文學》雜誌上刊登了賴明珠翻譯的短篇小說，一九八九灕江出版社出版了林少華譯的《挪威的森林》。在此以後，林少華成為中國大陸村上作品的主要翻譯者，截至2011年10月，包括村上小說、散文、遊記在內林譯村上作品共有三十五本左右。關於林譯村上作品，由於東京大學藤井省三在《村上春樹のなかの中國》一書中對此做出了嚴厲批判，認為林譯過於花哨，甚至將其上升到文化民族主義的高度，從2008年開始，林譯小說成為國內外評論界的一個不小話題。王成等國內研究者在《日語學習與研究》上撰文對藤井省三一說做了反駁，在2009年2月和10月該雜誌發表了相關專輯。也不排除村上本人對藤井省三的評論有所關注的原因，村上新作《1Q84》1、2、3的翻譯者改為施小煒，出版社為南海出版

社。譯者和出版社的更替曾在國內引起過不小的騷動，這個事件本身似乎也可以作為從文化視角研究村上的一個課題。

中國國內最早對村上作品加以介紹的是文潔若，《日本文學》雜誌一九八六年第二期，文潔若在題為《一九八五年的日本文學》一文仲介紹了《世界盡頭與冷酷仙境》一書。比較早的學術論文有李德純的《物欲世界的異化——日本都市文學分析》（《世界博覽》，1989年4月），同時也是灘江版《挪威的森林》的序言）、王向遠的《日本後現代主義文學與村上春樹》（《北京師範大學學報》，1994年9月）、林少華的《村上春樹作品的藝術魅力》（《解放軍外國語學院學報》，1999年3月）等。李德純一文將村上文學定位為日本都市文學的代表、王向遠一文認為村上文學是日本後現代主義文學的代表、林少華一文則從日本現代社會中年輕人的精神狀態和主人公的關係方面對村上文學做了評論。中國國內以後很長時間對於村上的評價基本上都是在這三篇論文的延長線上。特別是，作為村上春樹主要翻譯者的林少華在每部譯文的前言中都對作品的主要內容及創作背景做了介紹，後集結為《村上春樹和他的作品》一書在2005年由寧夏人民出版社出版，他的評論可以說成為了讀者閱讀村上的入門指導。

近年來中國國內的村上春樹研究成為一個熱潮，有很多年輕的碩士生和博士生都將村上作為了研究的對象，相關的碩士和博士論文也是層出不窮。值得關注的是幾位東北師範大學的博士和教師的論述。例如楊柄菁2009年出版其博士論文《後現代語境中的村上春樹》（中央編譯出版社）、尚一鷗相繼發表其博士論文《村上春樹的小說藝術研究》中的內容、劉研在《外國文學評論》等雜誌上發表的如對村上春樹東亞鬥士身分

的質疑等等。在《讀書》雜誌上，曾經先後刊登過王志松的《消費社會轉型中的「村上現象」》（2006年第11期）、林少華的《村上春樹的中國之旅》（2007年第7期）兩篇關於村上的文章，也從一個側面反映了中國村上春樹研究的熱潮。同時，日本關於村上春樹的專業文學評論書籍、例如秦剛譯小森陽一《村上春樹論　精讀〈海邊的卡夫卡〉》（新星出版社，2007年10月）、秦剛、王海藍譯黑古一夫《村上春樹：轉換中的迷失》（中國廣播電視出版社，2008年10月）、楊偉、蔣葳譯內田樹《當心村上春樹》（重慶出版社，2009年3月）等也以很快的速度在中國翻譯出版。這在中國的日本文學乃至外國文學的研究史上也屬少見的現象。

　　縱觀中國學者的村上春樹研究，首先後現代語境是一個關鍵字，大多數論者還是在此框架下把握村上的創作；其次，村上的中國觀也為學者們所青睞，但如何在大的文化語境及村上自身的知識構造內準確把握其「中國觀」的內容是研究者們必須面對的課題。

附錄三　試論知識分子與民族國家的關係
──從明治知識分子對文化身份的探詢談起

　　日本知識分子群體是個很值得研究的課題，如果與中國知識分子相對照，我們更可以發現其中的顯著差異。雖然日本一直屬於東亞的漢字文化圈，儒家的「修身、治國、平天下」的思想也深深影響著日本知識分子，但由於日本沒有類似中國科舉體制的制度，所以並沒有形成中國的「士」這樣的專門的知識階層，支撐近世藩閥政權直到明治維新的一個重要階層反而是下層武士，因此日本知識分子的自我定位一直相當模糊。但是，1868年的明治維新以後，日本正式踏上了近代民族國家的發展道路。在民族國家的框架中，知識分子也首次面臨著如何在民族國家中自我定位的問題。這個問題在他們對作為民族國家的近代日本的文化身份（cultural identity）的探詢過程中得到了充分體現。日本近代文化身份的確立是伴隨著近代民族國家的發展而提上歷史日程的，而知識分子則成為十分重要的建構者。日本近代文化身份的核心問題體現在如何處理亞洲（主要為東亞）和西洋關係上，這對於知識分子具有特別的意義：因為作為同屬漢字文化圈的日本來說，到明治大正之前的年代，知識分子精神結構的重要組成部分便是漢學，儘管在18世紀就有過試圖排斥「漢學」以樹立「國學」權威地位的國學運動，

但此運動也是在充分瞭解「漢學」的基礎上興起的。明治一代知識分子對漢學都有很深的造詣，在他們的文章中漢學典故隨處可見，絕大部分人都能寫得一手漂亮的漢文文章。而在近代，偏偏是這樣一個處於「文化母國」地位的中國受到了西方列強的百般欺凌，淪為了後進國。此時的日本便急於改變自己在亞洲的角色，重構自己的文化身份。而知識分子便充當了思想急先鋒的角色。在這裡，我們看到了兩條主要的建構路徑，而這兩種路徑的不同便是由知識分子對自我定位的不同造成的：一種以福澤諭吉、森有禮、德富蘇峰、樽井藤吉為代表，在一定程度上成為了「國家主義者」，淹沒在「主流的意識形態」話語中，為侵略戰爭搖旗吶喊；一種以內藤湖南等為代表，執迷在「純粹的文化主義者」角色中，完全忽略民族－國家的因素，然而這樣的傾向卻導致其無視中國這個民族國家的存在，使其發出的話語仍然成為發動戰爭的思想資源。通過梳理他們曾經走過的錯誤思想路線，可以使我們在認識知識分子和民族國家的關係上得到深刻的啟示。

一

　　作為明治知識分子探索近代文化身份路徑的具體體現，「脫亞論」和「興亞論」這兩種口號簡明地標誌了兩種不同傾向。尤其是前者，更是和福澤諭吉這位思想家的名字一起廣為人知。不過，需要我們注意的是：這兩種傾向其實互為表裡，其根本出發點都在於將日本的國家利益放在第一位。包括福澤諭吉本人，他在提倡「脫亞論」以前是主張「東洋連帶論」的，即東洋各國聯合起來應對西洋入侵，但前提是各國首先要進行國內改革舊制的革命，推翻守舊派的統治。當他對其他東

亞各國現狀失望之後，才轉為了「脫亞論」。1885年3月6日他在其主辦的《時事新報》上，以《脫亞論》為題發表社論，從而把社會上的「脫亞」風潮推向高潮。文中說道：日本若要步西洋文明之後，「脫卻舊套，而於亞細亞全洲之中，將出一新轉機，此主義唯在脫亞二字。」而「脫亞」具體指什麼呢，福澤諭吉這樣解釋道：「我日本國土地處亞細亞之東陲，其國民精神既脫亞細亞之固陋而移向西洋文明。然不幸之有鄰國，一曰支那，一曰朝鮮……此二國者，不知改進之道，其戀古風舊俗，千百年無異。在此文明日進之活舞臺上，論教育則曰儒教主義，論教旨則曰仁義禮智、由一至於十，僅以虛飾為其事。其於實際，則不惟無視真理之原則，且極不廉恥，傲然而不自省。以吾輩視此二國，在今文明東進之風潮中，此非維護獨立之道。若不思改革，於今不出數年，必亡其國，其國土必世界諸國分割無疑。古人曰：『輔車唇齒』，以喻鄰國相助。今支那、朝鮮於我日本無一毫之援助，且以西洋文明人之眼觀之，三國地理相接，時或視為同一。其影響之事實已顯，成為我外交之故障甚夥，此可謂我日本國之一大不幸也。如上所述，為今之計，與其待鄰國開明而興亞洲之不可得，則寧可脫其伍而與西洋文明共進退。親惡友而不能免其惡名，吾之心則謝絕亞細亞東方之惡友」[1]。

在這篇不長的文章中，顯示了明治知識分子考慮日本文化身份時的幾個基本思路：首先，所有的思考都是從「優勝劣汰」這樣關乎民族國家生存的基本點出發，「救亡」成為淩駕一切的首要命題，它重要到可以無視其他國家和民族的存在，

---

[1]　福澤諭吉：『福澤諭吉選集』，第7卷，岩波書店，1989年，第221頁。

由此帶來的是文化角度的喪失：漠視其他民族文化的生存。這一點被後來的北一輝等人發揮到極至；其次，如孫歌所說的，這裡隱藏著將日本、亞洲符號化的重大缺陷。這是福澤諭吉無視日本的地理位置，打算將其在理念上挪出亞洲的必然途徑。這一思路和江戶儒學中的「華夷秩序觀」一脈相承。所謂「華夷秩序觀」是指「華」和「夷」不再只是地理上的中央和邊境的關係，而且是兩種判斷政治文化的標準。如荻生徂徠就曾經說過：如果夷進而為夏，就該視其為華；如果夏退而為夷，就該視其為夷，要點在於是否遵循先王禮教。自從中國明清改朝換代之時，日本上層社會便有了「華夷變態」思想，即指否定「異族」清朝中國代表「華」的正統性，日本取而代之。這裡採取的思維方法便是把符號和它所指稱的實體相分離，「中華」可以成為一個指稱任意實體的符號，而不必顧忌它與中國的地界有所關聯。福澤諭吉在這點上與此如出一轍，「脫亞入歐」實際上就是把日本這一亞洲國家從其地理位置上抽離，符號化為可以移動的文明載體，讓其成為歐亞大陸另一端的西方強國的一員[2]。以後的絕大部分關於日本文化身份的思考都脫不了這個思路。第三點，《脫亞論》中顯示的對西方文明既愛又恨的緊張情緒也為大多數明治知識分子所共有。文中這樣說：「西洋之風東漸，所到之處，無不風靡於一草一木。」但「文明又如麻疹之流行，……我輩斷乎不具（治癒）其術。有害無益之流行病尚且不可阻擋其勢，何況利害相伴且常以利為主之文明乎！」[3]，明智之舉應為「助其蔓延」，使人民「早浴其風氣」，就像得過一次麻疹就具有了免疫能力一樣，既然無法抵

2　孫歌：《亞洲意味著什麼》，巨流圖書公司，2001年，第31頁。
3　前引福澤諭吉：『福澤諭吉選集』一書，第221頁。

擋那就接受西洋文明。所以，福澤諭吉決不是唯西洋文明的馬首是瞻，吸收它是不得已之舉，其根本出發點還在於前面所說的第一條——國家的存亡。

而在明治初期，即十九世紀後半期，後來臭名昭著的「大亞細亞主義」作為「興亞論」的具體內容還不完全是後來所演變成的一個為日本侵略行為尋找藉口的理論命題，而是一個充滿實踐性的口號。比如杉田鶉山在《興亞策》裡就提出過十分具體的實現亞洲聯合主義理想的方案，如在亞洲實現自由政體；實現亞洲教育改革；促進產業開發，鼓勵亞洲互相通商；結束亞洲的「割據」狀態，實現「聯合」；而且必須實現基本民權：「回顧我亞細亞專制之制度，人皆習以為常」，因此「吾輩同志當也基於天地之公道，將自由之檄文飛揚於亞洲」[4]。樽井藤吉則提出了亞洲合邦論，在明治24年所寫的《大東合邦論》中，他主張日本與朝鮮合併以抗擊歐洲列強。他自己曾建立了一個帶有社會主義傾向的政黨「東洋社會黨」，後遭到政府的壓制。除了這些文字上的建議以外，日本的「浪人」「志士」還親身參加了東亞鄰國的顛覆性活動。朝鮮1884年的甲申事變就與日本志士密不可分，而中國的辛亥革命更是有像宮崎滔天這樣的日本知識分子的積極參與。宮崎滔天是終身從事支援中國革命的活動家，在辛亥革命期間，他與孫文交往甚密，並為革命者的武器、資金來源而四處奔走。

但在這些興亞論裡，絕大部分都包含著一個傾向：擔負起興亞重任的只能是日本。比如杉田在《興亞策》裡就流露出明顯的日本優越思想，他在遊歷中國之後「痛感」中國人「毫

---

[4] 轉引自雜賀博愛：『杉田鶉山』，翁杉會出版社，1928年，第546頁。

無憂國憂民之心，也無利國益民之心」，認為有「對清國人進行教育的必要」，即所謂的文明輸出論。而樽井藤吉在《大東亞合邦論》中雖然說：「抑合邦也者，協約立國，以合其邦，……兩邦不行其權，而其合成國專行其權，亦使兩邦人民均得參聽其大政，則彼此平等矣」[5]。但這個「合成國」由誰來主導呢？樽井在這點上交待得十分含糊，難怪井上清認為這是「似是而非的聯合論」，實際上成了「以日本為盟主的聯合理論」。[6]而草間時福在《東洋連橫論》裡直接宣稱，亞洲可主持連橫之大業的，「除了日本難道還有其他的國家嗎」[7]。這種傾向為日後「大亞細亞主義」成為日本侵略東亞各國的口實打下了基礎。

如果將這些興亞論再細分的話，可以發現其中有兩種將亞洲視為一體的思路：一種是完全從國家民族主義的立場尋求亞洲聯合；一種則是貌從文化角度出發尋求亞洲的共同點，以和西方相對抗，但往往和前一種殊途同歸。第一種的代表者除了以上所列舉的思想家之外，最典型的代表便是北一輝。他十分明確地打出「亞洲解放」、「亞洲是亞洲人的亞洲」這一旗號，對西方採取的是完全對立的態度。他認為日本近代的發展並不是吸收了西方文明以後才得以實現的，而是得力於日本自身的「興國精神」，難怪有論者說：「在拒絕一切西方文明這一點上，（北一輝）是極其標新立異的」[8]。和大隈重信主張「日英同盟」以便實現「支那保全主義」不同，北一輝堅決反

5　樽井藤吉：「大東亞合邦論」，竹內好編『アジア主義　現代日本思想大系9』，筑摩書房，1963年，第107頁。
6　井上清：《日本帝國主義的形成》，人民出版社，1984年，第133頁。
7　草間時福：「東洋連橫論」，『郵電報知新聞』，明治12年11月19日。
8　野村浩一：《近代日本的中國認識》，張學鋒譯，中央編譯出版社，1999年，第37頁。

對日本和西方人一起「開發中國」，在這點上他十分清楚地認識到日本近代化過程中的偽善和虛偽，小森陽一曾將這樣的態度稱為日本的「自我殖民化」或「殖民地無意識」[9]：一邊裝作亞洲代表者，要將亞洲從西方侵略下「拯救」出來，一方面又和西方各國一起瓜分中國。但是，北一輝採取的解決方式是根本錯誤的，他的主張就是日本要成為名副其實的東方的代表，為了東方而保護中國。我們可以發現，北一輝將東西方的對立僅僅只放到民族存亡的立場上考慮，要想解決對立，只有靠「強力」。這就導致他在拒絕西方文明的同時，也將東方文明丟棄了。因為他在涉及到「東方精神」的時候，只是從一點上理解：即民族的覺醒以及隨著這種覺醒而產生的力量——興國精神。北一輝對辛亥革命的支持也由此而來：因為這體現了中國「興國之魂顯現、潛伏之過程」。然而這樣絕對的民族國家的立場也讓北一輝陷入了無法解決的矛盾之中：怎樣避免中國和日本這兩個民族國家間發生衝突呢？所以最後他寫下了《日本改造法案大綱》，改變初衷，「於強取他人寸土之同時……如有必要，應有奪取全地球之遠大抱負」[10]，從而走上了法西斯主義的道路。

二

　　與北一輝不同的是，日本近代知識分子中也有利用「文化」作為和西方對抗的思維方式的，而且為數甚眾。他們的基本思路是：亞洲文明是歷史悠久、足以和西洋文明相提並論的，而日本集亞洲文明精華之所在，是當之無愧的亞洲代表。

---

[9]　有關論述可見小森陽一：『ポストコロニアル』，岩波書店，2004年。
[10]　北一輝：『北一輝著作集2』，三鈴書房，1959年，第277頁。

在甲午戰爭到日俄戰爭近十年的時間裡，日本和日本人論達到了第一個高峰時期，相關著作大量問世，比如：志賀重昂《日本風景論》（1894年）；內村鑒三《日本及日本人》（1894年，後改名為《代表性的日本人》）；大町桂月《日本的國民與國家》（1895年）；新渡戶稻造《武士道》（1898年）；苦樂道人《日本國民品性修養論》（1903年）；大町桂月《作為美術之國的日本的國民氣質》（1903年）；岡倉天心《論茶》（1906年）等等。這些著作有一些顯著的共同點：首先，在論及日本人的特徵背後都有著隱藏的西方視線。拿《武士道》為例，在序中作者就談到一位比利時法學家曾經吃驚地問道：「沒有宗教！那麼你們怎麼進行道德教育呢？」為了回答這個問題，作者開始「對形成我的正邪善惡的觀念的各種因素開始進行分析之後，我才發現正是武士道使這些觀念沁入我的腦海」[11]。也就是說，這本書是為了證明日本也有與西方相對的道德化傳統而問世的。而內村鑒三的《代表性的日本人》也是為了說明在非基督教的日本也存在倫理和宗教性人格傳統，從而將自己作為「主耶穌‧基督之弟子」的自覺和作為「一個武士之子」的自覺一體化。這些都顯示了那個時代的日本知識分子意欲通過對本國傳統文化的總結而與西方相抗衡，或者說以得到西方承認的努力。這就難怪子安宣邦會在《武士道》中讀出黑格爾歷史哲學的強烈陰影：「在他（指新渡戶稻造——筆者註）試圖重構日本的道德傳統這一行動背後，強烈意識到的是黑格爾歷史哲學中對『東洋』的某種否定性視線」[12]。其

---

[11] 新渡戶稻造：《武士道》，張俊彥譯，商務印書館，1993年，第3頁。
[12] 子安宣邦：《東亞論　日本現代思想批判》，趙京華編譯，吉林人民出版社，2004年，第27頁。

次，這些日本和日本人論大致都強調了幾個這樣的因素：如日本人的國家觀念、勤勞觀念、良好的衛生習慣等等。比如芳賀矢一就在《國民性十論》中列舉了十條日本國民性：1. 忠君愛國，2. 崇敬祖先、重視家名，3. 現世、實際，4. 喜歡草木、熱愛自然，5. 樂天灑脫，6. 淡泊瀟灑，7. 美麗纖細，8. 清淨潔白，9. 彬彬有禮，10. 溫和寬恕。而這樣的概括往往又是以對中國、朝鮮等東亞各國的否定和異化來完成的。這裡眾多作者又採取了前文提到的「華夷秩序觀」式的將符號與實體分割的慣用手法：將古代中國和現代中國割裂開，並暗示古代中國的優良傳統是由日本繼承下來的。《太陽》雜誌一卷12號上小柳司氣太的一篇題為《支那文學一斑》的文章這樣寫道：「觀今日之支那人，無不驚異於其禮法的敗壞。苟欲得黃金白銀，無論使其身如何不潔，使其行如何卑劣，皆無所顧忌。然回首過去，追溯四千餘年之往昔，翻閱其古典文學，稍加考察，便可知與今日如有天壤之別。彼時其人民優美，以禮法字據，某些地方可謂與泰西人之希臘人種有相同之處也」[13]。而日本人則行為端正，堪稱亞洲的典範。

　　以上的思路在岡倉天心出版於1903年的《東洋的理想——關於日本美術》一書中得到了集中體現和進一步發展。岡倉天心是明治時期著名的美術教育家和日本畫評論家，他以英文撰寫的《東洋的理想》、《日本的覺醒》、《論茶》在國際上享有盛名，尤其是《東洋的理想》中「Asia is one」的文化統一體的著名觀點更是廣為人知。在此書的開頭部分，作者以相當詩意的語言描寫了亞洲一體的景象：「亞洲是一體。喜馬拉雅

---

[13] 以上兩則引文轉引自劉建輝：《產生自日本的中國「自畫像」》一文，《中國與日本的他者認識》，社會科學文獻出版社，2004年，第91頁。

山脈雖然把擁有孔子的共同體社會主義的中國文明和擁有『吠陀』個人主義的印度文明——這兩個強大的文明分割開來，但是，就連這被白雪覆蓋的屏障，也從未有過哪怕一瞬間能夠切斷那尋求終極普遍之物的愛的擴展。而恰恰是這愛，是亞洲所有民族共通性的思想遺產，使得他們得以造就這世界上的所有大宗教，而且，特別要加以注意的是，這也是把他們與不顧人生目的而一味尋找手段的地中海與波羅的海沿岸的諸民族相區別的標誌」[14]。但是，這樣的描述並沒有說明岡倉和上文提到的那些貶低中國、朝鮮的思想家有什麼根本不同，行文很快便落實到日本是亞洲文明代表者這一點上：「可是，把這複雜性之中的統一特別明確實現的是日本偉大的特權。這一民族的印度－韃靼之血，使這一民族從兩個源泉中汲取養分，並使反映這個亞洲精神成為可能，這是一種天生的能力，擁有無可比擬的萬世一系的君主的幸福、從未被征服的民族的高傲的自尊心，以及以擴張作為犧牲來保持祖先傳承下來的理念和本能的島國的孤立等等，都使得日本成為代表亞洲思想和文化的真正的儲藏庫」[15]。《東洋的理想》共有十五節組成，其中除第三節（儒教——北方中國）、第四節（老莊思想——南方中國）、第五節（佛教與印度藝術）之外講的都是日本從原始時期到明治時期的藝術發展史，全書的宗旨其實就是在確立作為亞洲文明代表的日本文化藝術的世界地位。上世紀四十年代，在日本軍國主義侵略亞洲各國的時候，「亞洲是一體」的觀點被作為「大東亞聖戰」的「理念的理論依據」而盛噪一時，根本原因就在於它其實暗合著日本政府與上層社會在新的華夷秩

---

[14] 岡倉天心：『近代日本思想大系・岡倉天心集』，筑摩書房，1976年，第9頁。
[15] 前引岡倉天心：『近代日本思想大系・岡倉天心集』一書，第9頁。

序中確定自己優越位置的慾望。

　　日本的近代化道路已經被事實證明是錯誤的，儘管由於種種歷史原因，日本政府直到今天為止也沒有對此進行過深層反省。可是，值得我們深思的是，當初在對這一道路進行規劃和預測的時候，一些知識分子為什麼沒有能夠像賽義德和魯迅說過前引的那樣，保持一份作為outsider的清醒態度和批判精神呢？事實上，在這些人當中，雖然有與統治階層保持密切關係的「御用文人」，但也有相當數量的比較純粹的知識人，比如內藤湖南。他是一位傑出的中國學學者，對中國的國情比如鄉黨、宗族等有著深入的了解，可是，他對中國的情況越了解就讓其對中國的振興越沒有信心：「於今日，支那人真正掀起民眾運動，激起國民同仇敵愾一事，從根本而言，無有此可能」[16]。結果，他認為「將來二十餘年中，支那絕無國防之必要一事也。……支那完全廢棄國防，於其被侵略之土地之上，因受各國牽制，故不至於有其完全獨立之危險，此乃托列國勢均力敵之福也」[17]。湖南決不是一位國家主義者，他曾經說，人類之創造出來之事業中，政治、軍事之類乃最低級者。在《支那論》的緒言中他稱：此書，完全是代替中國人，為中國人考慮。這句話並不完全是堂皇的藉口，我們有理由相信湖南的確認為自己的想法是符合中國國情的。他曾這樣寫道：「縱使支那國家滅亡，竊以為亦無過分悲哀之理由。若於支那民族之大局而觀之，所言支那滅亡，絕非侮辱支那之語。若高於民族之大局，立於世界人類之大處高處觀之，其於政治經濟之領域，國家雖瀕於滅亡，然其郁郁乎文化之大功業則足以令人尊

---

[16] 內藤湖南：『新支那論』，創員社，1938年，第255-256頁。
[17] 前引內藤湖南『新支那論』一書，第161-162頁。

敬。與此大功業相比，國家之滅亡實無足輕重，無寧其文化恰能大放光輝於世界，支那民族之名譽，定與天地共存，傳之無窮」。我們可以看出在這位學者身上有多麼發人深省的倒錯現象：一方面，他對中國文化有著無比的崇敬，一方面又認為中國作為民族國家來說滅亡也未嘗不可，這事實上是在為日本的入侵正名。在某種程度上說，湖南是一個徹底的「文化主義者」，他完全將中國文化和作為載體的中國──這個民族國家分割開來：文化可以存在，國家可以滅亡。但這樣的思路最終和內田良平、福澤諭吉這樣的「國家主義者」的思考一樣，被作為了日本侵略其他亞洲各國以建立「大東亞帝國」的理論根據。這樣的事實讓我們不得不反思，日本近代知識分子對於近代化道路的思考究竟在哪裡出了問題，而這樣的追問也同樣指向我們自身──知識分子究竟應該在何處尋找精神的立足點：國家抑或文化？

三

從內田良平、福澤諭吉等人身上，我們看出如果民族主義完全成為知識分子定位話語身分標準的惡劣後果，而從內藤湖南這裡，我們又可以發現，意欲保持所謂「純淨」的「文化主義者」發話地位的危險性，它常常反而使我們在無意識之中陷入不可預料的陷阱之中。儘管對知識分子的定義很多，但愛德華・賽義德的觀點永遠讓我們對「知識分子」這個詞所表達的內涵心生敬畏：他將知識分子隱喻地定義為「圈外人」（outsider）、業餘者（amateur）、攪擾現狀的人（disturbur of the status quo），永遠處於不能完全適應的「流亡」（exile）的情境，能保持一種永遠獨立思考的能力，並在公開場合代表某

種立場，不畏各種艱難險阻向他的公眾作清楚有力的表達。「總括來說，知識分子一定要令人尷尬，處於對立，甚至造成不快」[18]。這段話會讓我們不由得聯想起魯迅於1927年在上海勞動大學的演講《關於知識階級》中對於「真的知識分子」的定義：「首先，他們與平民接近，或自身就是平民，」他們「感受到平民的痛苦，當然能痛痛快快寫出來為平民說話」，他們絕不會「在指揮刀下聽令行動」。其次，他們「對於社會永遠不會滿意的，所感受的永遠是痛苦，所看到的永遠是缺點」[19]，因而他們是永遠的批判者。這樣的定義讓人甚至感到幾分悲愴。也許，知識分子不再像古希臘的智者一樣，具有先知般的地位，但就像賽義德和魯迅所說的，他們決不應該淪為只是社會潮流中的另一個專業人士，他們仍然應該是人類的良心。

　　但是，一個更加困難的問題在於：良心的標準是什麼？知識分子並非生活在真空裡，他（她）總是某一民族的一員，我們每一個人都無法擺脫民族在我們周圍設置的邊界，儘管賽義德給出了這樣明確的回答：「雖然在民族危亡的緊要關頭，知識分子為了確保社群生存的所作所為具有無可估量的價值，但忠於團體的生存之戰並不能因而使得知識分子失去其批判意識或減低批判意識的必要性，因為這些都該超越生存的問題，而到達政治解放的層次，批判領導階級，提供另類選擇。……知識分子的忠誠必須不限於只是加入集體的行列邁進：在這方面，像印度的泰戈爾或古巴的馬蒂那樣偉大的知識分子都是典範，雖然他們一直是民族主義者，但決不因為民族主義而減低

---

[18] 愛德華・W・賽義德：《知識分子論》，單德興譯，三聯出版社，2002年，第32頁。

[19] 魯迅：《關於知識階級》一文，《魯迅全集》第8卷，人民文學出版社，1981年，第187-188頁。

他們的批評」[20]。那麼，知識分子如何保持這種批判意識？也許是因為他們所秉持的標準不僅僅是民族主義，而是更加普遍意義上的人類利益？就像子安宣邦提出的一個沉重追問：「如果『國家』不是歷史中我們行動的正當化的根據，那麼，什麼才是將歷史中我們的行動正當化的根據呢？『人類的生存』或者『地球』？」[21]竹內好曾經在1925年寫過一篇短文──《給年輕朋友的信──對歷史學家的要求》，發表當時的題目為《無國籍的問題意識》，在文中他這樣說道：「學問的國際性並非意味著學問沒有國籍，無國籍的學問對於世界性的學問而言，也是一種累贅」，這是因為「從終極結果上說來，與生活不相聯繫的學問根本不存在，任何學問都是從我們應該怎樣生存這一追問出發的」[22]。正像孫歌分析的一樣，這段話裡包含著兩層含義：首先，「『世界』存在於不同『國籍』的相互關係之中，而不是以某種普遍性的形態存在於不同的國籍之上，因此脫離了自己的民族性只能意味著你依附於別人的民族性，也意味著你無法進入不同國籍相互關係，亦即脫離了『世界』」。其次，「學問儘管不能等同於民眾的生活，卻無法擺脫它而獨立存在，在終級意義上，任何學問都無法逃避人如何生存的問題」[23]。這樣的解答頗具有後現代主義味道，它讓我們充分認識到學問在「國籍」所代表的民族性和「生存」所代表的超越民族之上的人類性之間的緊張感。

那麼，在這種緊張感中知識分子應該如何自我定位呢？在此，日本當代思想家酒井直樹關於民族主義中普遍性和特殊

[20] 前引愛德華・W・賽義德《知識分子論》一書，第39頁。
[21] 前引子安宣邦《東亞論 日本現代思想批判》一書，第20頁。
[22] 竹內好：《近代的超克》，李冬木譯，三聯書店，2005年，第268頁。
[23] 前引竹內好一書《近代的超克》中孫歌所做的中文序，第5頁。

性的深入思考也許可以給我們提供一條理論上的解決思路。他在「主題（subject）和、或者主體和文化差異的烙印」這篇論文中提出了應對「**認識的主體（主觀）**」和「**主體（實踐主體或實踐的動因）**」這兩個概念進行區別，在他看來，文化衝突和文化霸權之所以不能被正面作為問題提出，是在於「那個不斷被複製的有關文化差異的理論框架以認識論的『主觀』吸納了作為實踐主體的『主體』，以固體化的共時性取代了文化差異體驗中具體個別實踐的時間錯位，而後者具有很強的不可通約性」[24]。酒井直樹吸收了西田幾多郎關於這兩個概念的思考、中國朱子學中關於「情」和「性」的論述，結合其自身深厚的西方理論功底，並在理論問題也應該是有關實踐和知識的政治問題這樣的思考前提下，對這兩個概念的差異進行了獨創性的分析。西田幾多郎在二十世紀二三十年代的時候就曾經指出：「主觀（認識的主體）將自己定位於與所表現的對象的關係上，並且因此能夠作為表象伴隨物的先驗的自我而被理解，而主體（實踐的主體）不能被認為是某種同一性，因為實踐本質上是社會的。只有當主體開放在其他（同時開放並對立）在其他主體前時它才存在；也就是說，主體間的任何關係都不能還原成來自自我及意識中的表象關係。換句話說，在社會及實踐關係中，作為再現和表象的對象不可能遭遇到其他單獨存在者與『個別之物』；一個人只有在他者的他者性中才能遭遇他者」[25]。但是酒井直樹認為西田幾多郎最終由於一種宗

---

[24] 此文以酒井直樹1992年在俄勒岡大學亞洲及太平洋研究中心召開的「理論與亞洲研究」大會上的發言為基礎，早期版本的日譯本發表在『情況』第10期上。（東京：狀況出版社，1992年）。中文譯文選自《東亞現代性的曲折與展開 學術思想評論第7輯》，賀照田主編，吉林人民出版社，2002年，第270-316頁。

[25] 轉引自前文所提酒井直樹論文，《東亞現代性的曲折與展開 學術思想評論第7輯》一書，第274頁。

教傾向而未能將二者區分開來。而中國的朱子學則認為「情」是「性」的外在化運動形式，「心」則是「性」和「情」的主體。「性」是先於運動的，「情」已經在運動中，「心」能夠包括已在運動中的或先於運動的。這樣「情」就是被普遍化的「性」的一種客觀形式或者表現，尤其是在「性」在本體論上的優先性也被懷疑之後，「情」更成為一種不能被說明的、不能被束縛於性的共時空間性中的**運動**。這和德勒茲所說的「感覺中的差異」如出一轍。在這些思想資源的基礎上，酒井直樹認為當「主體」的形成被排除掉實踐關係中作為單獨個別存在的因素時，這個主體就會被吸納進「普遍性—特殊性」的怪圈（酒井在文中以和辻哲郎的《風土》為例對此進行了深入分析），而實際上我們在遭遇並闡明文化差異的實踐卻只能是恩內斯特·拉柯洛和奇恩特·穆夫所說的「articulation」（具體個別性）[26]，是一種「情動之物」，是在「理」的共時性意義中無法被捕捉的。也就是，酒井直樹秉承的是一種徹底的解構主義觀點，強調的是當我們將某個問題作為一個問題，也即將它賦予實質性意義考慮的時候（他在論文中特指文化差異），我們就失去了對這個問題的「具體個別性」的立場。而我們只有作為「實踐的主體」個別地「參與」研究對象，形成一種單獨的文化實踐，才能突破內部性與外部性的模式性的統合。

　　雖然酒井直樹的思考和所有解構主義思考路線一樣，存在「解構問題的同時也解構了自己」的悖論：他所提到的「實踐主體」的形成「恰恰超越了酒井的理論方式的限度。它的不

---

[26]　中文譯本將其譯為「具體個別性」，同時編者也指出，「它其實也包含著對中文「具體個別化」的解構意味。在實踐的意義上，酒井所指稱的具體化與個別化具有脫離中心和脫離整體的「單獨性」，這種單獨性與其他單獨性一起構成了整體性的網路，但絕對不是整體性的有機組成部分」。

可通約性使其不可能作為『原初的知覺之物』加以討論」[27]，因為「實踐主體」是具有「具體個別性」的，是不可能在酒井的理論框架的探討中得到解決的。但這種關於「主觀」與「主體」的認識思路對於我們認識知識分子的話語地位也頗有啟發。也許當我們一定要先為自己限定是身處「民族國家」之外或之內的時候，一定要事先明確是站在「民族國家」立場還是單純的「學院知識分子」立場的時候，我們的「認識主體」就吸納了「實踐主體」，這種「單獨性」便被與「普遍性」相對的「特殊性」所取代。這意味著我們在面對「話語」的時候，只能以「單獨」的個體身分「介入」它和揭示它。這一點讓我們聯想起日本近代文學文化中「文」這個關鍵字。柄谷行人、小森陽一等著名日本文學評論家、林少陽等中國學者都曾在著作中涉及到這一點[28]。簡單地說，「文」體現了近代若干思想者，尤其是文學者面對日本近代主流意識形態在「言文一致」等運動中表現的「聲音中心主義」等文化民族主義傾向的時候，通過文學實踐而進行的對「書寫體」的堅持。比如夏目漱石對寫生文、對前近代文類中敘述者特徵的追求、晚年「則天去私」思想的提出等等。這種「文」在很大程度就是一種「實踐主體」而不是「認知主體」的話語，充滿活力，具有強大的自我獨立精神，在前文所提到的紛紛被錯誤的主流意識形態吞噬的眾多近代日本思想家的思想軌跡中顯得難能可貴，值得我們深入思考。

---

[27] 前引《東亞現代性的曲折與展開　學術思想評論第7輯》一書專題二的編者按部分，第214頁。

[28] 可參見林少陽：《「文」與日本學術思想　漢字圈1700-1990》，中央編譯出版社，2012年。

結語

　　我們知道，「修身、治國、平天下」是中國知識分子的傳統思想，這一點在與日本知識分子的比較中更顯突出。儘管從「五四」的意欲領導社會變革的文化精英，到在革命話語中成為「大眾」的週邊，在八十年代初期又開始重拾社會先知的身分，知識分子對自己在話語結構中的自我定位經歷了起起伏伏的曲折變化過程。在進入消費時代的今天，知識分子對自身的身分定位似乎從來沒有如此多種多樣。資本在權力體系中的中心地位往往讓知識分子在企圖掌握話語權的時候顯得底氣不足，而所謂「後現代社會」帶來的精神危機似乎又讓教育程度越來越高的「大眾」對「知識精英」產生返璞歸真般的崇敬，同時，穩定的生活保障和令人眼花繚亂的社會現實又讓知識分子有了安居學院一隅的可能。在這樣的現實狀況中，「我們」究竟在哪裡？應該在那裡？這個問題更具有強烈的社會意義。而日本近代知識分子思想路線中的錯誤警告我們：在民族性和普遍人類性的緊張關係中，如果事先預設偏向一方的話語立場的話，都有可能使我們走向歧途。也許，只有以「具體個別性」的「實踐主體」的身分，生動地「介入」話語之中，才能夠在充滿悖論的兩難境遇中絕處逢生。

┃參考書目

一、中文譯本

土居健郎：《日本人的心理結構》，閻小妹譯，商務印書館，2006年。

子安宣邦：《東亞論：日本現代思想批判》，趙京華編譯，吉林人民出版社，2004年。

小森陽一：《村上春樹論：精讀〈海邊的卡夫卡〉》，秦剛譯，新星出版社，2007年。

井上清：《日本帝國主義的形成》，宿久高等譯，人民出版社，1984年。

內田樹：《當心　村上春樹》，楊偉、蔣葳譯，重慶出版集團，重慶出版社出版，2009年

升味准之輔：《日本政治史》，董果良譯，北京商務印書館，1997年。

尤爾根‧哈貝馬斯：《現代性的哲學話語》，曹衛東等譯，譯林出版社，2004年。

弗里德里克‧詹姆遜（Fredric Jameson）：《後現代主義與文化理論》，唐小兵譯，北京大學出版社，1997年

本尼迪克特‧安德森：《想像的共同體：民族主義的起源與散佈》，上海世紀出版集團，吳叡人譯，2005年。

伊夫‧瓦岱：《文學與現代性》，田慶生譯，北京大學出版社，2001年。

安東尼‧吉登斯：《現代性的後果》，田禾譯，譯林出版社，2000年。

安東尼‧吉登斯：《現代性與自我認同》，生活‧讀書‧新知三聯書店，趙旭東、方文譯，1998年。

竹內好：《近代的超克》，李冬木譯，三聯書店，2005年。

村上春樹：《挪威的森林》，林少華譯，上海譯文出版社，2007年。

村上春樹：《斯普特尼克戀人》，林少華譯，上海譯文出版社，2008年。

姜尚中：《煩惱力》，陳鴻斌譯，上海譯文出版社，2010年。

柄谷行人：《日本現代文學的起源》，趙京華譯，生活・讀書・三聯書店，2003年。

柄谷行人：《馬克思，其可能性的中心》，中田友美譯，中央編譯出版社，2006年

柄谷行人：《歷史與反覆》，中央編譯出版社，王成譯，2011年。

夏目漱石：《心》，林少華譯，花城出版社，2000年。

馬丁・布伯：《我和你》一書，陳維剛譯，北京三聯書店，2002年。

馬泰・卡林內斯庫：《現代性的五副面孔》，顧愛彬、李瑞華譯，商務印書館，2003年。

野村浩一：《近代日本的中國認識》，張學鋒譯，中央編譯出版社，1999年。

黑古一夫：《村上春樹：轉換中的迷失》，秦剛、王海藍譯，中國廣播電視出版社，2008年。

愛德華・W・賽義德：《知識分子論》，單德興譯，三聯出版社，2002年。

新渡戶稻造：《武士道》，張俊彥譯，商務印書館，1993年。

詹明信（Fredric Jameson）：《晚期資本主義的文化邏輯》，張旭東編，陳清喬等譯，生活・讀書・新知三聯書店，1997年

蓮實重彥：《反日語論》，賀曉星譯，南京大學出版社，2005年。

二、中文書籍

《中國與日本的他者認識》，中國社會科學研究會編，社會科學文獻出版社，2004年。

《日本史》，吳廷璆主編，南開大學出版社，1994年。

《西方文論關鍵字》，趙一凡、張中載、李德恩主編，外語教學與研究出版社，2006年。

李銀河：《同性戀亞文化》，今日中國出版社，1998年。

林少陽：《「文」與日本學術思想：漢字圈1700-1990》，中央編譯出版社，2012年。

孫歌：《亞洲意味著什麼》，巨流圖書公司，2001年。

高文漢：《日本近代漢文學》，寧夏人民出版社，2005年。

張小玲：《夏目漱石與近代日本的文化身份建構》，北京大學出版社，2009年。

張哲俊：《東亞比較文學導論》，北京大學出版社，2004年。

陳曉明主編，《現代性與中國當代文學轉型》，雲南人民出版社，2003年。

楊炳菁：《後現代語境中的村上春樹》，中央編譯出版社，2009年。

魯迅：《魯迅全集》第8卷，人民文學出版社，1981年。

三、日文書籍

『村上春樹「1Q84」をどう読むか』，河出書房新社，2009年。

Barbara G. Walker：『神話伝承事典　失われた女神たちの復権』，大修館書店，山下主一郎他共訳，1988年。

T・イーゴルトン：『文學とは何か』，大橋洋一訳，岩波書店，1985年。

イブ・コソフスキー・セジウィック：『男同士の絆──イギリス文學とホモソーシャルな欲望』，上原早苗、龜澤美由紀譯，名古屋大學出版社，2001年。

ルカーチ：『ルカーチ著作集2　小説の理論』，大久保健治・藤本淳雄・高本研一譯，白水社，1968年。

レイモンド・チャンドラー：『ロング・グッドバイ』，村上春樹訳，早川書房，2007年。

三好行雄：『近代文學史の構想』，筑摩書房，1994年。

三好行雄等編，『近代文學1：黎明期の近代文學』，有斐閣，1978年。

上野千鶴子：『発情装置』，筑摩書房，1998年。

小谷野敦：『男であることの困難』，新曜社，1999年。

小森陽一，『ポストコロニアル』，岩波書店，2004年。

小森陽一：『ゆらぎの日本文學』，日本放送出版協會，2002年。

小森陽一：『世紀末の預言者　夏目漱石』，講談社，1999年。

小森陽一：『出來事としての読むこと』，東京大學出版社，2006年。

小森陽一：『漱石論　21世紀を生き抜くために』》一書，岩波書店，2010年。

山形和美：『文學の衰退と再生への道』，彩流社，2006年。

川西政明：『小説の終焉』，岩波書店，2004年。

中山和子：『漱石・女性・ジェンダー』，翰林書房，2003年。

中村真一郎：『日本古典にみる性と愛』，新潮社，昭和50年。

內藤湖南：『新支那論』，創員社，1938年。

加茂章：『夏目漱石──その実存主義の接近』，教育出版センター，平成6年。

加藤典洋：『イエローページ　村上春樹2』，荒地出版社，2004年。

北一輝：『北一輝著作集2』，三鈴書房，1959年。

半田淳子：『村上春樹、夏目漱石と出會う』，若草書房，2007年。

平川佑弘：『西歐の衝擊と日本』，講談社學術文庫，1985年。

石原千秋：『謎解き　村上春樹』，光文社，2007年。

石原千秋編，『日本文學研究資料新集14夏目漱石卷・反転する文本』，
　　　有精堂，1990年。

江藤淳：『漱石とその時代』第一部，新潮選書，昭和45年。

池田好士：『文化の顔をした天皇制』，社會評論社，昭和61年。

竹内好編，『アジア主義　現代日本思想大系9』，筑摩書房，1963年。

佐々木英昭編，『異文化への視線』，名古屋大學出版社，2001年。

佐伯順子：『文明開化と女性』，新典社，1991年。

村上春樹、河合隼雄：『村上春樹、河合隼雄に會いに行く』，岩波書
　　　店，2001年。

村上春樹：『1Q84 BOOK1・2・3』，新潮社，2009-2010年。

村上春樹：『うずまき貓のみつけかた』，新潮社，1996年。

村上春樹：『村上春樹全作品1979-1989』（1-7），講談社，2003年。

村上春樹：『村上春樹全作品1979-1989』（1-8），講談社，1991年。

村上春樹：『海辺のカフカ』（上、下），新潮社，平成19年。

村上春樹：『辺境・近境』，新潮社，1998年。

村上春樹研究會編，『村上春樹作品研究事典』，鼎書房，2001年。

坪内逍遙：『日本近代文學大系　坪内逍遙集』，昭和49年。

松村映三、村上春樹：『辺境・近境　寫真篇』，新潮社，平成12年。

河合隼雄：『ユング心理學入門』（心理療法　コレクションⅠ），岩波
　　　書店，2010年。

河合隼雄：『講座　心理療法2　心理療法と物語』，岩波書店，2001年。

河合隼雄等著：『こころの聲を聴く　河合隼雄対話集』，新潮社，平成
　　　20年。

柄谷行人：『終焉をめぐって』，福武書店，1990年。

風丸良彦：『集中講義「1Q84」』，若草書房，2010年。

原田勝正：『満鉄』，岩波書店，1981年。

夏目漱石：《日本近代文學大系　第26巻　夏目漱石》，角川書店，昭和
　　　47年。

夏目漱石：『門』，岩波書店，1984年。

夏目漱石：『夏目漱石全集』（全28巻），岩波書店，1994-1996年。

栗坪良樹、柘植光彥編，『村上春樹スタディーズ　03』，若草書房，
　　　1999年。

柴田勝二：『村上春樹と夏目漱石ーー二人の國民作家が描いた〈日本〉』，祥伝社，2011年。

真銅正宏：『小說の方法』，萌書房，2007年。

笠井潔、加藤典洋、竹田青嗣：『村上春樹をめぐる冒険』，河出書房新社，1991年。

渡邊みえこ：『語り得ぬもの：村上春樹の女性表象』，禦茶の水書房，2009年。

飯田裕子：『彼らの物語──日本近代文學とジェンダー』，名古屋大學出版社，1998年。

奥田暁子編著：『女性と宗教の近代史』，三一書房，1995年。

鈴木貞美：『日本の「文學概念」』，作品社，1998年。

福澤諭吉：『福澤諭吉選集』，第7卷，岩波書店，1989年。

磯田光一：『近代日本文芸史雑誌』，講談社，1991年。

藪禎子：『透谷・藤村・一葉』，株式會社明治書院，平成3年。

藤目ゆき：『性の歴史學──公娼制度・堕胎罪體制から売春防止法・優性保護法體制へ』，不二出版，1997年。

蘆谷信和、上田博、木村一信編，『作家のアジア體驗』，世界思想社，1992年。

鶴田欣也編，『日本における〈他者〉』，新曜社，1994年。

┃後記

　　此書是在本人於2011年底完成的博士後出站論文的基礎上修訂而成的。時光荏苒，轉眼間，從復旦大學中文系博士後流動站出站已經兩年有餘，原論文中的大部分內容都經過修改，分單篇在中國大陸以及臺灣的學術雜誌上發表過。這次集結出書，則又重新進行了進一步修訂和潤色。

　　《夏目漱石與村上春樹的比較研究》，這是一個顯而易見的比較文學的課題。在選擇這個課題作為博士後論文題目的時候，筆者深知這其中隱藏的危險。雖然論文答辯的評委老師們對拙文給予了很大的肯定，甚至還忝列為當年的優秀出站報告，但是，將兩位相隔百年的作家放在一起加以比較，無論如何也不是一件討巧的事情。這涉及到比較文學領域經常被提及的一個話題：為什麼而比較？作為比較文學專業的一名學者，實在是看到了太多的似是而非的比較文學論文。說句誇張點的話，似乎所有世界上出現的作家或者作品，隨便拽兩個出來，都可以寫篇洋洋灑灑的所謂學術論文。從客觀上說，一個作家或多或少總是會受到其他作家或作品的影響，更不用說，所有的文學者都是有感情的人類，所有的文學作品都是人類感情的凝練，要想在兩者之間找到幾個共同點的確不是難事。也就是說，無論是平行研究還是影響研究都可以做出不少文章。就拿

村上春樹來說，從文學與體制的角度，可以和莫言比、和奧威爾比；從文學中反映的都市性，可以和雷蒙德·錢德勒比；從題材和語言的角度，可以和雷蒙德·卡佛比，等等等等。但是，如果我們單純為了比較而比較，那麼，我們所做的腦力勞動的結果只能是水中月、鏡中花，最終恐怕會真應了那句老話：「百無一用是書生」。通過比較，能加深我們自身以及讀者對一些理論問題的思考，提供給人們哪怕一點點認知世界的新視角，那麼，我們這些「書生」也算是沒有浪費腦細胞了。而本課題，就是希望能通過夏目漱石和村上春樹這兩個個案的比較，能提供給人們看待日本現代化道路的一些新的角度。比如，我們看一看漱石在作品中反映的中國觀，再看看村上作品中的中國觀，就會發現：哦，原來這兩人雖然一個處於日本的所謂「現代」時期，一個處於日本的所謂「後現代」時期，但是中國觀還是有很多相同點的。那麼，這樣就會讓我們思考：日本經過了這麼多年發展，究竟其對歷史的認知有多少改觀呢？這個國家真正反省了自己的近代錯誤了嗎？為什麼這個國家不能正視自己的歷史呢？當然，由於能力所限，筆者這種意願不一定完全實現了，只希望能夠拋磚引玉，能引發讀者的一些思考足矣。

從筆者的學術軌跡來說，選擇這個課題也是有某種必然。本人的博士論文做的是《夏目漱石與近代日本的文化身份建構》，經過修訂，已經在2009年由北京大學出版社出版過了。博士畢業，回到了原工作單位──中國海洋大學，而我所在的外語學院日語系，由於有知名翻譯家林少華老師在此任職，學生們大都對村上春樹其人其作十分熟知和熱愛，我指導的研究生當中也有很多人選擇村上作為研究課題。於是，教學相長，

在指導本科生和研究生的過程中，我也便閱讀了所有的村上春樹原著和能夠得到的有關村上文學的評論。看完之後發現，也許是因為村上成為了現在日本的所謂「國民作家」之由，很多評論者包括村上自己都在有意無意之間提到作為日本近代文學代表者的夏目漱石。但是，關於兩者的真正深入的比較研究並不很多，尤其在看到日本學者關於漱石與村上的專著以後，我覺得自己可以作為一名中國學者，從較為寬闊的文化視野出發，對兩者做一些切實的比較。所以，也便有了這個博士後的研究課題。需要加以說明的是，因為時隔兩年有餘，大陸的漱石研究和村上研究的最新成果在附錄一、二中還沒有收錄。例如在2012年山東文藝出版社翻譯出版了2009年由河出書房新社編輯部彙編的《村上春樹『1Q84』をどう読むか》一書，中文名為《村上春樹〈1Q84〉縱橫談》，也隨之相繼出現了一些關於《1Q84》的研究成果；另外，中國大陸的一些學者也注意到了村上春樹與美國文學的關係，並出現了由英語文學出身的博士生撰寫的關於村上春樹與美國文學的博士論文。筆者會在今後進一步關注這些新的研究動向。

　　這部拙著的完成，需要感謝很多人。從本科到碩士到博士到博士後，以致到最後的工作單位，算來我已經在五所大學裡蹉跎過歲月了。幸運的是，在此過程中，我遇到了諸多風格各異、研究專長不同的老師，他們都如此親切地對待我這個小學徒，讓我受益匪淺。對他們，我會終生心存感激。而這部書的問世，尤其要感謝我博士後期間的指導老師——復旦大學的邵毅平教授，邵老師深厚的中國古典文學功底和內斂紮實的治學態度讓我受益良多。同時也要感謝博士後流動站的陳思和老師、楊乃喬老師等諸位專家提出的意見和建議；感謝博士後期

間日本同志社大學真銅正宏教授在資料收集以及其他方面的幫助。另外，非常榮幸，由於和大陸著名的村上翻譯家林少華教授恰好是同事，自然近水樓臺先得月，我不僅常常從林老師那兒借閱圖書，有什麼村上研究的疑難問題也會叨擾討教一番，所以，在此，對林老師要鄭重地說一聲謝謝。還要真心感謝我所在工作單位——中國海洋大學外語學院對本人科研工作的支援，能在這樣一個重視科研、風清氣正的環境裡工作是很愉快的一件事。本課題也得到了教育部人文社會科學青年項目（編號12YJC752045）和教育部第47批留學回國人員科研啟動基金的支持，一併致謝。

最後，由衷感謝我的父母和我的先生。現代人（比如我）常常自詡精神獨立，可是，人生的歡喜與悲痛，如果沒有親人的陪伴與分享，其意義會大打折扣。溫情不是軟弱的表現，而是人之所以為人、人類社會從而得以延續的基礎。作為人文社科的研究者，只有意識到這一點，才會真正將學術融入生命。而使我有此深刻感悟的，是一個三個多月夭折的小生命。所以，此書要獻給我第一個永遠沒有出生的孩子。親愛的寶貝，請在天堂接受這份媽媽早已和你約好的禮物。

2014年1月21日於青島

語言文學類　AG0178　文學視界67

從現代到後現代的自我追尋
——夏目漱石與村上春樹的比較研究

作　　者／張小玲
主　　編／蔡登山
責任編輯／廖妘甄
圖文排版／楊家齊
封面設計／王嵩賀

發 行 人／宋政坤
法律顧問／毛國樑　律師
印製出版／秀威資訊科技股份有限公司
　　　　　114台北市內湖區瑞光路76巷65號1樓
　　　　　電話：+886-2-2796-3638　傳真：+886-2-2796-1377
　　　　　http://www.showwe.com.tw
劃撥帳號／19563868　戶名：秀威資訊科技股份有限公司
　　　　　讀者服務信箱：service@showwe.com.tw
展售門市／國家書店（松江門市）
　　　　　104台北市中山區松江路209號1樓
　　　　　電話：+886-2-2518-0207　傳真：+886-2-2518-0778
網路訂購／秀威網路書店：http://www.bodbooks.com.tw
　　　　　國家網路書店：http://www.govbooks.com.tw
圖書經銷／紅螞蟻圖書有限公司
　　　　　台北市114內湖區舊宗路2段121巷19號（紅螞蟻資訊大樓）
　　　　　電話：+886-2-2795-3656　傳真：+886-2-2795-4100

2014年12月　BOD一版
定價：300元
版權所有　翻印必究
本書如有缺頁、破損或裝訂錯誤，請寄回更換

國家圖書館出版品預行編目

從現代到後現代的自我追尋：夏目漱石與村上春樹的比
較研究 / 張小玲著. -- 一版. -- 臺北市：秀威資訊科技,
2014.12
　　面；　公分. -- (語言文學類；AG0178) (文學視界；
67)
　BOD版
　ISBN 978-986-326-301-2 (平裝)

　1. 夏目漱石　2. 村上春樹　3. 日本文學　4. 比較研究

861.57　　　　　　　　　　　　　　　　103021453

讀者回函卡

感謝您購買本書，為提升服務品質，請填妥以下資料，將讀者回函卡直接寄回或傳真本公司，收到您的寶貴意見後，我們會收藏記錄及檢討，謝謝！
如您需要了解本公司最新出版書目、購書優惠或企劃活動，歡迎您上網查詢或下載相關資料：http:// www.showwe.com.tw

您購買的書名：＿＿＿＿＿＿＿＿＿＿＿＿＿＿＿＿＿＿＿＿＿＿＿

出生日期：＿＿＿＿＿年＿＿＿＿＿月＿＿＿＿＿日

學歷：□高中 (含) 以下　　□大專　　□研究所 (含) 以上

職業：□製造業　□金融業　□資訊業　□軍警　□傳播業　□自由業
　　　□服務業　□公務員　□教職　　□學生　□家管　　□其它＿＿＿

購書地點：□網路書店　□實體書店　□書展　□郵購　□贈閱　□其他

您從何得知本書的消息？

　□網路書店　□實體書店　□網路搜尋　□電子報　□書訊　□雜誌
　□傳播媒體　□親友推薦　□網站推薦　□部落格　□其他＿＿＿＿＿

您對本書的評價：(請填代號　1.非常滿意　2.滿意　3.尚可　4.再改進)

　封面設計＿＿＿　版面編排＿＿＿　內容＿＿＿　文／譯筆＿＿＿　價格＿＿＿

讀完書後您覺得：

　□很有收穫　□有收穫　□收穫不多　□沒收穫

對我們的建議：＿＿＿＿＿＿＿＿＿＿＿＿＿＿＿＿＿＿＿＿＿＿＿

＿＿＿＿＿＿＿＿＿＿＿＿＿＿＿＿＿＿＿＿＿＿＿＿＿＿＿＿＿＿＿

＿＿＿＿＿＿＿＿＿＿＿＿＿＿＿＿＿＿＿＿＿＿＿＿＿＿＿＿＿＿＿

＿＿＿＿＿＿＿＿＿＿＿＿＿＿＿＿＿＿＿＿＿＿＿＿＿＿＿＿＿＿＿

11466
台北市內湖區瑞光路 76 巷 65 號 1 樓

秀威資訊科技股份有限公司　　　收

BOD 數位出版事業部

....

（請沿線對折寄回，謝謝！）

姓　　名：＿＿＿＿＿＿＿＿　年齡：＿＿＿＿　性別：□女　□男

郵遞區號：□□□□□

地　　址：＿＿＿＿＿＿＿＿＿＿＿＿＿＿＿＿＿＿＿＿

聯絡電話：(日) ＿＿＿＿＿＿＿＿＿　(夜) ＿＿＿＿＿＿＿＿＿

E-mail：＿＿＿＿＿＿＿＿＿＿＿＿＿＿＿＿＿＿＿＿＿